蜜柑の家の詩人 茨木のり子
——詩と人と

蘇芳のり子
SUOU Noriko

せりか書房

蜜柑の家の詩人　茨木のり子――詩と人と　目次

第三章　詩人の恋唄　290

はじめに

茨木のり子は、日本の敗戦後間もなく、一九五〇年頃から詩を書きはじめた現代の詩人である。一九五三年、川崎洋と二人で同人詩誌『櫂』を刊行、それ以降、第一詩集『対話』（一九五五年）から詩集『倚りかからず』（一九九九年）を経て、遺稿詩集『歳月』（二〇〇七年）を刊行する。そして詩集のほかに、童話、民話、詩人の伝記、詩の批評、エッセイといった散文を書き、韓国童話の日訳本、韓国現代詩の日訳本の刊行を行っている。茨木のり子の詩の世界の広がりと豊かさは、広い分野にわたって展開された様々な文学活動と対応すると思われる。

茨木のり子の詩の読みは、現在《いま》様々な方法で行なわれていると想われる。詩人の詩の読みは、遺稿詩集『歳月』（二〇〇七年）と『茨木のり子全詩集』（二〇一〇年）の二冊の詩集刊行に俟たなければならなかった。

『蜜柑の家の詩人　茨木のり子——詩と人と』という本は、茨木のり子遺稿詩集『歳月』と『茨木のり子全詩集』刊行後、この二冊の詩集を読むことからはじまった。

茨木のり子の詩を私がはじめて読んだのは高校時代だった。その後私は幾度か集中して詩人の詩集を紐解く機会をもった。しかしこの二冊の詩集の読みは、それまでの詩集の読みとは異なっていた。詩集

『歳月』には、生きた経験をもってはじめて読むことのできる深いものが表出されていた。詩集『歳月』所収の詩作品は、読み手の人間の生きた経験がより深い詩の読みに関わるのではないかということを思わせた。文学作品との出会いの機は偶然訪れる。若いときに読み親しんだ本は、年を経て人生のよい折に繰り返し読むことができる。『茨木のり子全詩集』は、文学作品のもつそんな恵みを与えてくれた。

『蜜柑の家の詩人　茨木のり子――詩と人と』という題のこの本は、茨木のり子の詩の読みを試みた本である。〈詩と人と〉とは、この本が、詩人の詩の読みを書いた本であると同時に、詩人の五十四歳の頃から晩年に到るまで親交をもつことができた私個人の感受した詩人像をエッセイとして書き加えた本であることを意味している。〈蜜柑の家の詩人〉とは、そのエッセイにおける詩人の呼び名である。詩人の家には蜜柑の木が植えられていた。茨木のり子の詩語〈蜜柑〉は、詩作品の読みに重要な意味をもっている。

茨木のり子の詩については、詩集に収録された詩は初出の詩集から、それ以外の詩は『茨木のり子全詩集』から引用し、必要な場合は初出の出典を記した。

和泉式部の歌の引用は、清水文雄校注『和泉式部集　和泉式部続集』（岩波文庫、一九八三年）に拠り、同書による作品番号を付した。

エミリー・ディキンスンの詩の引用は『エミリ・ディキンスン詩集』等に拠り、同書による詩番号を付した。

序章

蜜柑の実の黄色く映える季節になるといつも想う家がある。蜜柑の大粒の実と常緑の緑の葉に彩られたその家にひとりの詩人が住んでいた。蜜柑の家の詩人、私はその人をそう呼んでいる。その詩人の名は茨木のり子。

蜜柑

ある年の蜜柑の花の匂うときに
わたくしもはじめての恋をした
どうしていいのかわからなかったので
それは時すぎて今も幼い芳香を放ったまま

（「くだものたち」）

蜜柑の家は、初夏の季節には蜜柑の白い花の香りに包まれていた。蜜柑の花は、いまも初恋の香りを漂わせているにちがいない。蜜柑の家の詩人が詩作に耽る幻影が脳裏に浮かぶ。詩人はコーヒーカップを脇に置き、時折煙草をくゆらせては床に置かれた小机に向かっている。

詩を決めるときには正座してやります。

蜜柑の家の詩人の声が蘇る。詩人は、居間の窓際に置かれた低いテーブルの横に小机を置いて詩を決めていたと想われる。

蜜柑の家の詩人は、二〇〇六年二月十七日、冬枯れの季節に蜜柑の家で独りあの世へと旅立った。詩人に私が出会ったのは、一九八〇年、詩人は五十代の半ば、そして私は三十代のはじめの頃のことだった。それから四十年近くの時が流れた。詩人は、その頃生涯ただ一人の愛する伴侶を失って悲しみの淵に陥り、失意の底から立ち上がろうと朝鮮語学習に打ち込んでいた。

蜜柑の家の詩人との出会いは、私が詩人に宛てて書いた手紙によって始まった。私はその手紙に書いたことを全く覚えていない。当時私は、高校の国語の教師を務めるかたわら、ある場所で朝鮮語学習をしていた。私は十代の頃から詩人の詩の読者だった。詩人に宛てた手紙には、たぶん詩人の詩のこと、朝鮮語のこと、はじめての韓国への旅のこと、そして、『韓国からの通信』（T・K生　一九七七年）刊行当時の韓国の厳しい政治状況などについて書いたと思うが、何を書いたかは思い出すことができない。

茨木のり子の詩との出会いは、高校時代に教科書で読んだ詩篇「もっと強く」の中のリフレイン――「もっと強く願っていいのだ」を繰り返し読んだことに始まる。私は十代の後半からその後現在《いま》に到るまで、幾度か詩人の詩を集中して読む機会をもった。詩人晩年の頃に読んだ時には、若い頃にはよくわからなかったことが身に染みてわかるようになり涙が溢れ出ることもあった。その涙には、若い頃には詩人の詩をよく読めていなかったという悔いも混じっていた。

たとえば詩篇「根府川の海」の終りの詩行、

海よ

あなたのように
あらぬ方を眺めながら……。

広大な太平洋の海に向かって呼びかけるこの詩行などは、学生時代に東海道線に乗って根府川駅を通過する度に想い起こしたが、その頃の私には何も読めてはいなかったと現在《いま》は思われる。

朝鮮語学習に関しては、折しも詩人が朝鮮語学習を始めた頃に私も始めていた。詩人は一九七六年に新宿のカルチャーセンター、私は代々木の現代語学塾と東京外国語大学と、時を同じくしてそれぞれ場所を選んで朝鮮語学習を苦しみながら愉しんでいた。詩人は、日本の古代史に興味を抱き、朝鮮の焼物を愛好していた。私も日本の古典を読むうちに古代史や朝鮮の古典に興味をもち、朝鮮の李朝の焼物に魅かれるようになっていた。私が詩人にはじめて手紙を書いたのは、詩人の朝鮮への想いや朝鮮語学習のことを知り、茨木のり子詩集を紐解いていた頃のことだった。

　詩人に手紙を書いて間もなく詩人からの返事が私の許に届いた。その手紙をファイルの中から取り出して、その手紙と封筒を手にとって見る。封筒は、薄茶色の和紙で作られたもので、おおらかな字体で宛名が書かれ、左上に張られた切手には、藤島武二の描いた女性の絵――白いヴェールとブラウスを身につけて黒いレースの煽子をもった女性の絵が写されている。詩人から好みの切手を求めて東京の中央郵便局まで足を運ぶということを後に聞いたことがあったが、この切手を見るとなるほどと思われる。手紙はハングルで横書きに書かれ、手紙の最後には「1980年　7.12　이바라기 노리코 드림（茨木のり子拝）」と書き記されている。詩人の手紙のなかには「감복해서 읽었읍니다」（「感服して読みました」）と書かれている。私は自分の書いた手紙の内容を覚えていないので、どうして「感服して読みました」なのかはわからない。

　その手紙には朝鮮語や朝鮮文化、そして詩人の詩について私は書いたと思われるのだが。蜜柑の家の詩人の手紙を受け取って間もなくのこと、詩人から電話が入った。

　여《ヨ》보《ボ》세《セ》요《ヨ》（もしもし）、わたしはいまいろいろ辛いことがあります。いちどお会いしたいのでそちら

へお伺いします。

詩人は突然そう切り出したのだった。詩人との電話は、その後互いに〈여보세요《ヨボセヨ》〉（もしもし）という応答ではじめることが習わしになった。詩人は、詩人からかかってくる時も、私からかける時も私の〈여보세요〉の声を聴いてから話をするといったふうだった。詩人は「ごく親しい周辺には、三度鳴らしていったん切ってまたかけ直す、というような〝合図〟を伝えていた」（後藤正治『清冽』）という。たしかに詩人との電話には合図が必要だということを当時私も感じていた。

蜜柑の家の詩人は、その電話のあと私のアパートの一人住まいの狭い部屋にひょっこり姿を現したのだった。その時どんなことを話したかは何も覚えていない。ただ私は事の成り行きに驚いていた。当時私の書棚には、詩集や文学全集、朝鮮関係の本や辞書、そしてそんな本に混じって金子光晴の本なども並んでいたと思う。私の狭い部屋には、書棚とスペイン製の小さな机と椅子、そして整理ダンスが置いてあった。詩人とは家具の空き間という感じの畳の部屋で言葉を交わし合った。

詩人は、当時愛する伴侶を亡くして「傷ついた獣のように横たわる」（「五月」）という悲嘆の涙を流す日々を経て、朝鮮語学習に打ち込みはじめていた。その頃の詩人の愛の想いと悲しみは、遺稿詩集『歳月』を読んではじめて身に染みてわかるようになった。詩人との出会いの時に、五十四歳になる詩人の胸中を私には推しはかる術もなかった。

蜜柑の家の詩人は、その日風のように現れて、風のように姿を消した。その後間もなく蜜柑の家の詩人の風に誘われるようにして、私は東伏見の詩人の家の近くに引っ越した。やがて私の一人暮らしの部屋は、伴侶との二人暮らし、そして幼い子供を交えての三人暮らし、四人暮らしと次第に手狭になっていった。

詩人は、ご近所さんだった頃には折にひょっこりとわが家を訪れることがあった。一九八二年の暮れのことだった。詩人は、一九八二年十二月十七日の日付と筆名を印した詩集『寸志』（一九八二年一二月一五日刊）を携えてひょっこりと現れた。

寸志です。

詩人は、私の住まいの狭い玄関に入るや、詩集『寸志』をさし出して姿を消した。蜜柑の家の詩人からいただいた詩人の筆名と日付を印した本は六冊あるが、突然目の前に本をさし出されていただくことが多かったように思う。その六冊の本をいつ、どこで、どんなふうにいただいたかは、『寸志』をいただいた時を除いては情けないことに覚えていない。日記をつける習慣のない私には、そんな大切な想い出の詳細を手繰る手立てがない。手帳のあちこちには、ただ〈茨木さん〉とだけ記されてはいるのだが。丸善に案内されて出かけた時や、はるばる屋という店で買い物をした時、そしてル・ボン・ヴィボンでごちそうになった時など、詩人に誘われて出かけた折にいただいたものかもしれない。

蜜柑の家の詩人とはそんなふうにしてご近所さんとして過ごすという幸運に私は恵まれた。私が蜜柑

の家に詩人を訪ねる時には、ひょっこりとというふうにはいかなかった。いつも詩人からのお誘いを〈여보세요《もしもし》〉の電話でいただいて私は蜜柑の家を訪ねた。わが家が四人暮らしになる頃には、蜜柑の家にはバスを乗り継いで行かなければならない所に私は移り住むことになるが、詩人との交流は、住まいの遠近とは関わらず詩人の晩年までつづいていた。詩人と出会って以来、私は四つの住まいに住んだことになるが、その四つの私の住まいを見知る人は詩人を除いては誰もいない。

蜜柑の家の詩人の二階の居間は、うす茶色の色調に包まれてあたたかい雰囲気を醸していた。居間の中には台所の近くに食卓が置かれ、西側の窓の近くにソファーと小さなテーブルが置かれていた。そしてそのテーブルの向かい側に、詩人が愛する人のために買い求めた「椅子」（「倚りかからず」）が置かれていた。その居間の雰囲気は、『茨木のり子の家』（平凡社）に撮られている写真からそのまま伝わってくる。その本の中で、蜜柑の家は、「エントランスから臨む山小屋風のデザインは今見ても斬新だし、内装には独特の落ち着きがある」（宮崎治）と紹介されている。その住まいには詩人の好む「単純なくらし」（「部屋」）がそのままに反映されているようだった。

蜜柑の家の詩人は、私が訪ねる時にはいつも食卓にコーヒーカップを据えて、煙草をくゆらせていた。居間に隣接した台所は、蜜柑の家の詩人の大切な場所だった。詩人はとびきりおいしい料理の作り手だった。詩人が大切な伴侶を失ってからは、詩人の手作りの料理をごちそうになる人たちは少なくなかったのではないか。私もその料理をごちそうになったことがある。その時は私の伴侶と私の韓国の友人たちもいっしょに招かれていた。中華風の料理だったか、とてもふつうの奥さんの手料理とは思えなかった。詩人は、伴侶の三浦安信さんから「もっとふつうの料理を作ってくれ」と言われていたと話したことがあった。

料理といえば、『茨木のり子の献立帖』(平凡社コロナ・ブックス)という本には、詩人の献立帖と日記、そしてその献立帖をもとに作られた料理の写真、そして編集部による調理メモが記されていて見ていて愉しい。その本の写真の中に、居間から食堂へと通じる仕切りにカーテンが吊るされているものがあるが、その生地は中国の旅から私が持ち帰り詩人におみやげに贈ったものだと思う。わが家にも柄はちがうがその生地で作ったカーテンが掛かっていた。中央アジア風の模様が詩人の居間にはなぜか似合ってみえる。

詩人は家庭の人だった。『茨木のり子の献立帖』には、「茨木のり子には、詩人としての顔と、家庭人としての顔がある」と書かれているが、私にとっては「家庭人としての顔」の方がより親しみ深く感じられる。詩人はいつの日のことか、詩人の台所へと私を招き入れたことがあった。私は台所の中を見回して、そこが詩人にとっては大切な場所なのだということを実感した。詩人は、自分のお気に入りの生地を用いてカーテンやいろいろなものを作る人だった。お手製の夏のワンピース姿を撮った写真が私の手元にあるが、そのワンピースは、詩人にとても似合っている。『茨木のり子の献立帖』の帯に書かれた、

「倚りかからず」の詩人は料理上手だった――。

という一文は本当にその通りだと思われる。この本の中で一番精彩を放っているのは、詩篇「倚りかからず」の中の「倚りかかるとすれば／　それは／　椅子の背もたれだけ」という詩行にある「椅子」の写真ではないだろうか。

蜜柑の家の詩人は、家庭の人、そして詩作の人だった。詩人の家の近くには一軒の八百屋さんと小学校があった。小学校の子供たちの「目」は、詩人にとっては大切なものだったが、詩人は時にその子供たちに悩まされることもあった。いつのことだったか、蜜柑の家の詩人を訪ねた折のこと、玄関を出て帰ろうとすると、詩人はほとほと困っているというふうに私に訴えたことがあった。

子供たちの悪戯《いたずら》なのよ。

詩人は、玄関のガラス窓に石を投げる小学生の悪戯《いたずら》に悩まされていた。「春休みの悪童たち／　所在なしに／　わが家の塀に石を投げる」。詩篇「悪童たち」の中にこんな詩行がある。しかし、詩人の家の前を通る小学生たちは、詩人を内省へと導く大切な存在でもあった。

一人の男と結婚したとき
ふるさとの蜜柑の木を一本持参
関東では根づくかしらとあやぶんでいると

七年目にかわいい実をつけたのだった
　（省略）
近くの小学校から理科の先生に引率されて
子供たちもやってくる　「皆さん　これが蜜柑の木です」
二列に並んだ小さな目玉らに　まっすぐ観察され
蜜柑は照れて　いっそう赤味を増してゆく

詩篇「みかんの木」（「ＮＨＫ中学生の勉強室」一九七一年）のこの詩行は、「子供たち」の「小さな目玉」が詩人にとっては大切なものだったことを語っている。

蜜柑の家の詩人は、いつも寡黙で詩人の詩の言葉の多さとは異なり、ぽつりぽつりと話す人だった。私が何かを尋ねたときの応答も、詩人の一言は、省略した言葉の含みもつ意味をも感じさせるといった風にいつも決っていた。たとえば「私は嫌い」・「私は読もうとも思わない」といった風に。詩人と呼ばれる人は蜜柑の家の詩人しか知らない私は、詩を書く人はそんなふうに寡黙なのだといまも思っている。

蜜柑の家の詩人の家には余計なものは何もなかった。簡素でありながら心和む色調で統一されたその家は、詩人の「単純」な生への志向が反映されているようだ。

今までに見た
一番美しい部屋
不必要なものは何ひとつない
或る国のクェーカー教徒の部屋

わがあこがれ
単純なくらし
単純なことば
単純な　生涯

詩篇「部屋」の中に繰り返し用いられている詩語「単純」には、詩人の究極の願いが籠められているように思われる。しかし詩人の「くらし・ことば・生涯」は、実際にはどうだっただろうか。それは、「単純」とはかけ離れたものであったかもしれない。「単純」な「くらし・ことば・生涯」が「あこがれ」だということは、「あこがれ」と現実とが乖離していることを語っているのではないか。後半の四行は、詩人の詩論、そして詩人の人生観・世界観を語っていると思われる。

単純な言葉で深いことを言えてるものが最高と思いますもの。（対談「美しい言葉を求めて」）

短いこの言葉に籠められた詩人の想いは簡単に読み解くことはできない。それは「単純」という語の読みのむつかしさに因っている。「単純」を字義どおりに〈混じり気がなく複雑にいろいろな要素が入り組んでいない〉と読んでもここに用いられている「単純」の含意するものを読み解くことはむつかしい。

詩人は、詩篇「部屋」（一九八四年）の中で二つの詩語「単純」と「クェーカー教徒」とを共に用いている。そして「金子光晴」（『うたの心に生きた人々』）の中でもこの二つの詩語は共に用いられ、その二つの詩語は、詩人「金子光晴」の人と詩に繋げられている。

「自分自身の思考力を大切にする」という単純で、行ないがたいことを勇かんにやってのけた金子光晴は、だからこそ、人間としても、詩人としても、まったく新しいタイプをうちだした人といえましょう。（省略）クェーカー教徒というのは、十七世紀にイギリスで生まれた、キリスト教徒の一派ですが、徹底的な平和主義で、この信者の多いアメリカでは、クェーカーの「良心的参戦拒否」もみとめられているほどです。金子光晴の徴兵拒否という行為もまた、クェーカー教徒と等しい価値をもっていると言うべきでしょう。（「金子光晴」『うたの心に生きた人々』一九六七年）

詩人は、「単純」を、「クェーカー教徒」の「徹底的な平和主義」と詩人金子光晴の「徴兵拒否という行為」とに繋げ、「自分自身の思考力を大切にする」あり方として捉えている。
蜜柑の家の詩人の住まいには、その困難な「単純」な生の在り方への希求が具体的に顕れていると言える。詩語「単純」には、単純とは言うことのできない複雑な問題が包含されている。「単純」は、そういう点において重要な意味と機能をもつ〈詩人の語彙〉としてまず挙げることができる。

〈蜜柑の家の詩人　茨木のり子――詩と人と〉というこの本の題は、茨木のり子の詩の読みを行うことと、詩人その人の姿と声を伝えることを併せて書きたいという私の思いをあらわしている。
詩の読みは、まず詩人の人生史には直截関わりはないものとして行なうことが望ましいと思われる。詩人の人生史が先行する場合には、詩人の伝説が詩の読みに先行してしまいかねない。詩人に伝説はいらない。文学作品は創作であり、作家は作品を練り上げて作ると考えられる。アメリカの詩人エミリー・ディキンスンの詩について書かれた本の「はしがき」には、ディキンスンが書簡に書いた「伝記とはなによりも対象を見逃すものです」という言葉が紹介されている。そして「作家の生涯というものはつねに不在であり、『色はなく、油もまじらない』光でかがやくだけである。それはまさに〈不在〉の肖像といえよう」（新倉俊一『エミリー・ディキンスン　不在の肖像』）と書かれている。たしかに詩人には詩作品があるだけだと言える。茨木のり子という詩人にも詩作品があるだけである。しかし茨木のり子の詩の読みを行いながら、その読みが自然に想起させる詩人の姿と声とを書き伝えたいという思いを私は消し去ることができなかった。詩の読みと詩人の人生史とは直截関わりはないとしても、詩の直観的な読みを経て、解釈へと入る段階において、詩の背景にある〈日付と場所〉に触れて、詩人の人生史に目を通すことは自然な読みだと思われる。エッセイとしてここに書いた茨木のり子の姿と声が、ディキンスンの書いている「対象を見逃すもの」ではなく「対象」に近づくことのできるものであってほしいと念っている。

蜜柑の家の詩人にまつわる私の内なる記憶には、〈日付と場所〉が印されてはいない。しかし日記を書いたりする習慣のない私にも、〈日付と場所〉という記憶の喚起に欠くことできないものの手がかりが幾つか残されていた。詩人からの十二通の手紙、詩人とともに撮った数枚の写真、詩人からの贈り物、詩人の筆名と日付とを印した詩人から贈られた本、私の手帳に書き記された〈茨木さん〉の文字などは、詩人との思い出の記憶を喚び起こすよすがとなった。

詩人晩年の頃の記憶に関しては、詩人に宛てて書いた私の手紙のコピーが見つかり、それを読むことによって、記憶の喚起に必要な〈日付と場所〉をより具体的に想い起こすことができた。二〇〇二年に詩人からの電話が入ったのを機に、電話と手紙による詩人との交信が少しく密になった。詩人に会うことの叶わなかった私は、詩人に手紙を書くことによって心の均衡を保っていたのだった。私がその手紙のコピーを残したのは、いつか茨木のり子の〈詩と人〉とを扱った本を書きたいという思いを抱くようになっていたからだと思う。二〇〇二年には詩人に宛てて、〈人は記憶を生きる。したがって文学は、記憶を生きる人の生き方と深い関わりがある。デュラスの小説は、そのことを根源的に私に考えさせてくれたのでした。私は台所脇の小さな空間で一人考え、一人書き、フランスに届けたのでした。それが終って五年。私はいままた茨木さんの詩に還りました。 二〇〇二年十一月十六日〉と書いている。それから詩人の死を経て十七年の時が過ぎた。私は、この一冊の本を書くことにより、デュラスの小説から茨木のり子の詩へと還ることができた。

〈蜜柑の家の詩人　茨木のり子――詩と人と〉という題をもつこの本は、まずなによりも茨木のり子の詩作品の読みのひとつの試みである。詩作品の読みとしては、〈文体〉（言語的・記述的・形式的なもの）に関しては、詩人の詩作品に用いられている〈詩人の語彙〉のもつ意味と機能を探求するという方法を採ることにした。茨木のり子の詩の魅力のひとつは、ここで〈詩人の語彙〉として詩語「単純」に触れたが、〈詩人の語彙〉と呼ぶ詩語の豊かさとその読みの難しさにあると思われる。詩に用いられている詩語は、詩作品の〈文体〉と〈内容〉とに直截繋がっているはずである。この試みで行なう〈詩人の語彙〉の読みは詩の〈内容〉の読みでもある。

茨木のり子の詩作品には、使用頻度とは関わりなく、詩の読みに欠くことのできない〈詩人の語彙〉と呼ぶことのできる語彙がある。〈詩人の語彙〉としては、〈単純〉・〈魂〉・〈白皚皚《はくがいがい》〉・〈初夏《はつなつ》〉・〈孤独〉・〈始源〉・〈人間〉・〈湖〉・〈分裂〉・〈回転扉〉・〈恋〉・〈惑乱〉・〈薔薇〉・〈支離滅裂〉といった語彙が挙げられる。

エミリー・ディキンスンの詩の読みを試みた『不在の肖像』（新倉俊一）の中には、彼女の詩に多用されている語彙と用いられている回数――「喪失」八四回・「孤独」四七回・「苦痛」六四回・「不安」五三回といった――が書かれている。茨木のり子の詩作品においては、頻繁に用いられている詩語として挙げられる語彙はあまりない。しかし、先に茨木のり子の〈詩人の語彙〉として挙げた詩語は、使用回数はディキンスンの詩のように目立って多くはないが、複数の作品に使用され、詩の読みに欠くことのできない重要な意味と機能をもつと考えられる。

茨木のり子の〈詩人の語彙〉とここで呼ぶ語彙は、ロラン・バルトが「文体」論の中で書いている、「文体」は「何か生なものをもっている」・「深部を暗示する」という言説を思わせる。

文体は何か生《なま》なものをもっている。それは宛先のない形式であり、意図からではなく圧力から生まれ、思考の垂直で孤独な次元にたとえられる。（省略）社会には無関心で何の底意もない。個人の閉ざされた歩みであって、選択とか文学についての反省の所産ではけっしてない。（省略）文体は必然的に深部を暗示する。（省略）文体はつねに秘密なのである。（省略）文体は作家の気質をかれの言語にむすびつける必然性なのである。（ロラン・バルト『零度のエクリチュール』）

バルトは、「深部を暗示」する「文体」を「社会」ではなく「気質」に繋げて考えている。「気質」とは、心の持ち方から見た人の性質であり、〈心理学では、個人の性格の基礎になっている遺伝・生物学的な感情傾向を「気質」という〉とある。バルトは「文体」を「生なもの・深部を暗示する」ものとして捉え、「作家の気質」を作家の「言語にむすびつける必然性」として考えている。したがって「文体」は、「社会には無関心」なものであり、社会という〈時間と場所〉を超えたものとして捉えることができる。バルトは、「文体」を「垂直」の次元のものとして捉えているのに対して「エクリチュール」を「社会」という「水平」の次元のものとして捉えている。バルトの言う「文体」は、「時代や言語体」を共有しない場合の比較に示唆を与えてくれる。

ロラン・バルトのこの言説は、ボードレールが詩人の語彙について書いた言説を想わせる。ボードレールは、文芸批評の中で詩の批評を書いている。詩の批評の中で展開されている詩論には、詩の「語」・「語彙」という言葉が多く用いられている。

> 不可思議で深遠な、無限のごとく恐ろしい一つの語。(「一詩篇の創成」序言『ボードレール批評3 文藝批評』)

> 彼〔ルコント・ド・リール〕の語彙はきわめて博《ひろ》い。彼の語の組み合わせは、常に高雅であり、彼の精神の本性と明確に合致している。(「わが同時代人の数人についての省察」『ボードレール批評3 文藝批評』)

ボードレールは、詩の「語彙」は詩作品の読みに重要な意味と機能をもつと考えていた。茨木のり子の詩作品の読みにおいて、〈詩人の語彙〉とここで呼ぶ語彙は、詩人の詩の読みに欠くことのできない詩語であり、詩人の「精神の本性」に関わると思われる。

茨木のり子の〈詩人の語彙〉は、バルトの言う「何か生《なま》なもの・深部・秘密・気質」、そしてボードレールの言う「精神の本性」を表出する語だということができる。その語彙はバルトの言う「文体」の問題であると同時に、意味を決定するという「解釈」にも直截繋がっている。ポール・ド・マンは、文学作品を「読む」ことについて次のように書いている。

解釈学とは、その定義からして、意味の決定をめざす過程のことであり、（省略）判断力が超越論的な機能をもつことを前提とし、（省略）文学テクストが言語の外にもつ真理に関わる問題を提起しなければばならない。他方詩学は、（省略）意味作用から切り離された言語的存在そのものの形式的分析に関わるのであり、言語学の一部門として、歴史のなかでの具体化に先立つ理論的モデルをあつかうのである。（省略）解釈学的結論に到達するためには、あらかじめテクストを詩学の見地から「読む」ことが必要なのだということが明らかになる。（ポール・ド・マン「読むことと歴史」『理論への抵抗』）

文学作品の読みは、「意味の決定」をめざす「解釈学」と、「言語的存在そのものの形式的分析」に関わる「詩学」（「文体論」）との連繫においてはじめて成り立つことがここに語られている。ポール・ド・マンは、また「どんな理論にもまして、読みそのものが、（省略）批評の言説を変えることができる」と書いている。茨木のり子の詩の読みの試みの方法として、〈詩人の語彙〉と呼ぶ語彙に着目して行うことは、まず文体（詩学）の見地からの読みになるが、直截的に内容（解釈学）に繋がっていると考えられる。

茨木のり子は、エッセイ「散文」の中で「現代の口語自由詩」について次のように書いている。

散文に対比されるのは韻文で、詩歌も区分すれば韻文の中に入るわけなのだが、現代の口語自由詩は韻も含まず、形もなく、いたって不安定な状態である。（「散文」）

詩人茨木のり子が指摘する、「韻」も踏まず、「形」もないという「現代の口語自由詩」の「不安定な状態」は、現在も変わらない。茨木のり子の詩作品の読みの試みは、詩とは何か、散文とは何か、そして詩の読みとは何か、という問題にも関わっている。ここでは茨木のり子の詩の読みの試みを通してそうした問題にも触れてみたいと思う。

〈蜜柑の家の詩人　茨木のり子――詩と人と〉の中では全章にわたり比較という読みを行っている。とりわけ〈第三章　詩人の恋唄〉においては、茨木のり子の作品とフランスの作家マルグリット・デュラスの作品との比較を試みている。

茨木のり子は、デュラスの「ヒロシマ、私の恋人」（原題『ヒロシマ・モナムール　一九六〇年』）を映画化したアラン・レネ監督の『二十四時間の情事』（原題『ヒロシマ・モナムール』一九五九年　仏日同時公開）について「日本の恋唄から」（『わが愛する詩』）の中で扱い、この作品を「恋唄の理想」として高く評価している。そしてデュラスの本（シナリオ）を通して、デュラスに「詩人の眼」を感受している。

デュラスの仏語版『ヒロシマ、モナムール』は、日語版「ヒロシマ、私の恋人」（清岡卓行訳）の題をもつ作品として『ヒロシマ、私の恋人　かくも長き不在』（一九七〇年）に収められている。

マルグリット・デュラス（一九一四年—一九九六年）は、二十世紀の激動の時代を背景にして「第二次世界大戦後に作品を書きはじめた世代」（『新版フランス文学史』白水社）に属するヴェトナム生まれのフランスの作家である。デュラスは、小説家として、五十余年にわたり、多くの文学作品を刊行し、その間映画、演劇の分野においても、脚本家・監督・演出家として貴重な仕事をしている。

茨木のり子の「恋唄の理想」について考えることは、詩人の詩作品の読みにおいて貴重な示唆を与えてくれるにちがいない。マルグリット・デュラスは、茨木のり子に「恋唄の理想」を感受させる作品を書いた作家として詩人にとっては特別な文学者だといえる。茨木のり子は、最晩年に到るまでデュラスの文学に熱い視線を注いでいた。この本の中でデュラスの作品を引用して詩人の作品と比較するという読みを試みているのはそういう理由に拠っている。

第一章　魂にふれる声

茨木のり子の詩は、優しさと厳しさを基調にして様々な調子《トーン》をもつ声で語られている。穏やかな声、温かい声、寂しい声、そして、激しい声、堅い声、勁い声といった多様な調子《トーン》をもつ声は、詩人の詩の多様な作風と繫がっていると思われる。

詩人の詩から聴こえる声の秘密について書かれた批評がある。

茨木のり子さんの詩には肉声が聴こえます。それは（省略）作者の肉声だけをさしているのではありません。ドラマを内蔵している、と云いたいのです。（省略）その理由は茨木さんが劇作家になったかもしれない人で、また、そうなったほうが茨木さんとしては表現し易いものがあったのではないかと思うからです。（岸田衿子「声が聞こえる詩」）

詩人の詩に響く声は、たしかに「肉声」を感じさせ、「ドラマ」の世界へと誘う。「ドラマ」といえば、詩人の詩作は、劇を観たり、戯曲を読むうちに詩の勉強をはじめたところからはじまっている。詩人の作家としての活動は、敗戦後間もない昭和二十一年夏、帝劇で「真夏の夜の夢」を観たときに、劇場前の立て看に書かれた読売新聞主催の第一回「戯曲」募集の広告を見て、それに応募した作品が選外佳作に選ばれたことにはじまる。詩人の詩から聴こえる「肉声」ともいえる声は、詩人が戯曲を書くために詩を書きはじめたという経緯とも関わりがあると思われる。

沢山の芝居を観、戯曲を読むうち、台詞の言葉がなぜか物足らないものに思えてきた。生意気にもそれは台詞の中の〈詩〉の欠如に思われはじめてきたのである。詩を本格的に勉強してみよう、それからだなどと詩関係の本を漁るうち、金子光晴氏の詩に出逢った。（茨木のり子「はたちが敗戦」）

詩人は、詩的な戯曲の台詞を書くことを思って詩を書きはじめた。はじめての投稿作品は、「いさましい歌」（『詩学』一九五〇年九月）。選者は村野四郎。――「村野四郎氏があの時一篇も採って下さらなかったら、はたして今も詩を書き続けていただろうか」。詩人はそう書いている。

詩人の詩から聴こえる多様な声と作風は、「台詞の中の〈詩〉」の跡を留めているのではないだろうか。第一章〈魂にふれる声〉では、〈詩人の語彙〉として、詩語〈魂〉に着目しながら〈魂にふれる声〉を聴いてみたい。詩人の詩は「心に響いてくるというわかり方」をする（大岡信 対談「美しい言葉を求めて」）と言われるが、詩人の詩には〈魂にふれてくる〉ということを感じさせる作品がある。〈魂〉は、心や精神というものを超えた何かであり、〈魂にふれる〉とは大きな出来事だといえる。
詩人の第一詩集『対話』（一九五五年）には、「魂」という題の詩が冒頭に置かれている。そのことは、詩語〈魂〉が優れて〈詩人の語彙〉であることを物語っている。

あなたはエジプトの王妃のように
たくましく
洞窟の奥に座っている

あなたへの奉仕のために
私の足は休むことをしらない

（省略）

まれに…
私は手鏡を取り
あなたのみじめな奴隷をとらえる

いまなお〈私〉を生きることのない
この国の若者のひとつの顔が
そこに
火をはらんだまま凍っている

詩篇「魂」は、「私」と、「あなた」と呼ぶ「魂」との〈無言の対話〉（大岡信）として書かれている。「私」は、自己の内なる「魂」と対話をしながら自分自身を厳しい目で視つめて内省する。この詩の声の覚えさせる峻厳さは、詩語〈魂〉に由るのではないか。この詩に用いられている〈魂〉は、詩人の詩集に用いられている〈魂〉のなかでもとりわけ詩人の厳しい精神性を思わせる。茨木のり子の〈詩人の語彙〉〈魂〉は、詩人の「精神の本性」（ボードレール）をあらわすという点において、エミリー・ディキンスンの詩に多用されている詩語〈魂〉を想起させる。

魂はもう心を動かすことはない（エミリー・ディキンスン　三〇三）

日本語の〈魂〉は、「身体に宿って、心の働きをつかさどるとされるもの」（『岩波国語辞典』）・「人間の体内に宿り、精神の働きをつかさどると考えられるもの」（『学研国語大辞典』）を意味する。ディキンスンの詩篇（「三〇三」）のこの詩行に拠ると、ディキンスンの詩語「魂」（〝The Soul〟）は、日本語の〈魂〉

と同じく、「心の働きをつかさどるとされるもの」を意味するといえる。ディキンスンの詩語「魂」も日本語の〈魂〉も、人間の存在の根源にかかわる〈心・精神の働きをつかさどるとされるもの〉を意味する語だといえる。

茨木のり子の詩集に詩語〈魂〉は多用されているとは言えないが、幾篇かの詩の中で用いられている。次の詩行を読むと、〈詩人の語彙〉としての〈魂〉が、〈心・精神〉といった語とは異なる意味と機能をもつことがわかる。

私の魂が上等のチーズのように
練られてゆこうとするのも
みんな　どこからともなく飛んできたり
ふしぎな磁力でひきよせられたりした
この小さく鋭い龍巻のせいだ

（「小さな渦巻」）

遠くに嫁いだ女のひとりが
ふるさとをなつかしむあまり
遊びにやってきたのだ
魂だけで　うかうかと

（「はじめての町」）

詩篇「小さな渦巻」の中の〈魂〉は、現代語〈魂《たましい》〉の語法で、そして「はじめての町」の〈魂〉は、古語〈魂《たま》〉の語法で用いられている。古語〈魂《たま》〉は、「遊離霊の一種で、人間の体内からぬけ出て自由に動きまわり、他人のタマと逢うこともできる」（『岩波古語辞典』）という意味をもつ。「魂だけで　うかうかと」の「魂」は、「遊離魂」という古い語法を思わせる。

友あり、近方よりきたる
まことに困ったことになった
（省略）
このひととき「光る話」を充満させるために
飾りを毟《むし》れ　飾りを毟れ
我が魂らしきものよ！

詩篇「友あり、近方よりきたる」では、詩語「魂」は「魂らしきものよ」という詩行に用いられている。この詩行は、詩人が、常に自己の〈魂〉を疑いながら〈魂〉と向き合っては内省していたことを思わせる。

日本の詩人の詩語〈魂〉はどうだろうか。詩人が敬愛した詩人金子光晴の作品に用いられた〈魂〉に照らしてみたい。詩篇「追放」には、詩語〈魂〉が用いられている。

湖めいたくれかたの
蒲の穂のゆれる空を、
祖國からも、友からも
追放された魂が
どこまでもさまよふ。

たよりすくないその魂が
はじめて空の清淨をみた。

（金子光晴「追放」）

詩篇「追放」（『落下傘』一九四八年）の中に用いられた詩語「魂」は、戦時下に社会から孤絶したかたちで山中湖畔の村に家族三人で暮らした金子光晴の「魂の危機」を思わせる。茨木のり子は、発表するめあてもなく書かれた、詩集『落下傘』・『蛾』に収められている作品について、「あまのじゃくの極地であり、絶体絶命の所で金子光晴の詩精神は最も熾烈に燃えさかった」（「金子光晴詩集」弥生書房　解説）と書いている。詩篇「追放」に用いられている詩語「魂」は、「詩精神」の燃焼の極みを表出しているといえる。その「詩精神」は、茨木のり子の〈詩人の語彙〉〈魂〉に繋がれていると言えるのではないか。

詩人の〈魂にふれる声〉は、読む者の〈魂〉にふれる声であり、その声は、〈地上の世界への眼差〉と〈天上の世界への眼差〉によって支えられている。その二つの眼差は、〈地上の世界〉と〈天上の世界〉

を包含する広大な時空間への想いを感じさせ、詩人の〈時間と空間の感覚〉の豊かさを覚えさせる。その想いと感覚は、存在とは何かという〈存在の問い〉へと読む者を誘う。

Ⅰ　地上の世界への眼差

詩人の〈地上の世界への眼差〉には、詩人の人生史にかかわる歴史的・社会的背景が色濃く反映されていると思われる。そして詩人の〈地上の世界への眼差〉は、詩人の想像力によってその輝きを保っていたと考えられる。

詩人は、想像力の欠乏、内省する力の衰弱を恐れていた。詩篇「内部からくさる桃」からは、内省する詩人の声が聴こえてくる。

　内部からくさる桃

単調なくらしに耐えること
雨だれのように単調な……
（省略）

禿鷹の闘争心を見えないものに挑むこと
つねにつねにしりもちをつきながら

（省略）

内部からいつもくさつてくる桃、平和
日々に失格し
日々に脱落する悪たれによって
世界は
壊滅の夢にさらされてやまない。

『詩学』（一九五四年十月）に書き下ろされたこの詩には、詩人二十八歳の時の決意が籠められているようだ。詩の題「内部からくさる桃」は、詩人の詩作の初心を思わせる。くさった桃にはけしてなるまいという詩人のその初心は、生涯失われることはなかったと思われる。この詩は書かれて六〇年以上経った現在《いま》も新しい。

詩人の詩における〈地上の世界への眼差〉は、国境を超えて広く開かれている。そのことは、平仮名のほかに片仮名と漢字表記による地名・人名が多用されていることによく顕われている。とりわけ片仮名の使用は、戦時下の禁止から敗戦後の開放へと変化した流れのなかで、詩人が飢渇をいやすべく、西洋をはじめとする地上の様々な地域にわたる文学や芸術に触れていたことを証している。

想像力の灯

人の内なる〈想像力の灯〉とは、想像力の乏しさを自覚することと、内省する力によってはじめてもつことのできる知力だといえる。詩人の詩に点《とも》る〈想像力の灯〉は、詩人の視るという行為と連繫している。詩人は、〈想像力の灯〉によって、地上に生起するさまざまな出来事を瞬間的に感受し、その出来事に遭遇した人たちに思いを馳せていた。

灯

人の身の上に起ることは
我が身にも起りうること

よその国に吹き荒れる嵐は
この国にも吹き荒れるかもしれないもの

けれど想像力はちっぽけなので
なかなか遠くまで羽ばたいてはゆけない

みんなとは違う考えを持っている
ただそれだけのことで拘束され

誰にも知られず誰にも見えないところで
問答無用に倒されてゆくのはどんな思いだろう

もしも私が　そんな目にあったとき
恐ろしい暗黒と絶望のなかで

どこか遠くにかすかにまたたく灯が見えたら
それが少しづつ近づいてくるように見えたら

どんなにうれしくみつめるだろう
たとえそれが小さな小さな灯であっても

よしんば
目をつむってしまったあとであっても

詩篇「灯」は、詩人の詩における〈地上の世界への眼差〉が、「想像力」によって支えられていることを語っている。〈地上の世界〉は限定された世界であり、広くも狭くもある。詩人の「想像力」は、その〈地上の世界〉の遠くにまでも及ぶものらしい。〈視る〉とは視線を注ぐことであるが、それは観ることであり、ひとつの行為だといえる。

ぼくらの仕事は　視ている
ただ　じっと　視ていることでしょう?

晩年の金子光晴がぽつりと言った
まだ若かったわたしの胸に　それはしっくり落ちなかった

（省略）

でも　なんて難しいのだろう　自分の眼で
ただじっと視ているということでさえ

詩篇「瞳」には、「視ていること」のむつかしさが語られている。〈想像力の灯〉は「視ていること」によって点しつづけることができると言える。視るということを怠ると「想像力」は衰えるものにちがいない。

茨木のり子の詩篇「木の実」は、詩人の内なる〈想像力の灯〉こそ創作の支えだったこと、そして、視る行為が詩人にどのように厳しい試練をもたらすものかということを思わせる。

木の実

高い梢に
青い大きな果実が　ひとつ
現地の若者は　するする登り
手を伸ばそうとして転り落ちた

木の実と見えたのは
苔むした一個の髑髏である

ミンダナオ島
二十六年の歳月
ジャングルのちっぽけな木の枝は
戦死した日本兵のどくろを
はずみで　ちょいと引掛けて
それが眼窩であったか　鼻孔であったかはしらず
若く逞しい一本の木に
ぐんぐん成長していったのだ

生前
この頭を
かけがえなく　いとおしいものとして
掻抱いた女が　きっと居たに違いない

小さな顳顬《こめかみ》のひよめきを
じっと視ていたのはどんな母
この髪に指からませて
やさしく引き寄せたのは　どんな女《ひと》
もし　それが　わたしだったら……

絶句し　そのまま一年の歳月は流れた
ふたたび草稿をとり出して
嵌めるべき終行　見出せず
さらに幾年かが　逝く

もし　それが　わたしだったら
に続く一行を　遂に立たせられないまま

詩人は、詩篇「木の実」（「本の手帖」一九七五年初出）について「戦後二十六年くらい経った時、『朝日新聞』のたしか夕刊のコラムにこの話が載った。小さい記事だったが、大きなショックを受けた。（省略）詩を書くとき、すんなり出来あがることは珍しく、常に烈しい内部葛藤を伴うが、『木の実』の場合、それが一層熾烈だった」と書いている。(「自作について」『現代の詩人7　茨木のり子』)この一篇の詩は、詩人の〈想像力の灯〉によって書かれたと言える。

詩人の詩の言葉は、詩篇「木の実」においては、直截的に瞬時に映像を想い描かせる力をもっている。その言葉の力は、ジャングルの中で成長する木の枝に引っかけられた「苔むした一個の髑髏」の描写が想起させる映像のなまなましさにあるといえる。描写された映像は、グロテスクそのものである。その描写の言葉は、瞬間的に「髑髏」を拡大し映像として見せてくれる。それはクローズアップという映画の手法を思わせる。語り手は、その恐怖の映像を読む者に直視させせようとする。

「グロテスクは、一個の創造である」(ボードレール『美術評論Ⅰ』)

ボードレールは美術作品の批評の中でそう書いている。ボードレールの「グロテスク」は、美術作品に関するものではあるが、瞬時に映像を想い描かせる詩作品においても「創造」としての「グロテスク」ということは可能である。

ボードレールは、グロテスクと笑いについて述べた箇所で、人間の振舞いによる普通の滑稽を有意義的滑稽と呼び、グロテスクの惹き起こす滑稽を絶対的滑稽と呼んでいる。——「絶対的滑稽の方は、(省略)直観によって把握されることを欲する相をとって現れる。グロテスクにたいする検証は一つしかなくて、それは笑い、しかも突然の笑いだ。(省略)分析の速度の問題なのだ」(ボードレール「笑いの本質について、および一般に造型芸術における滑稽について」)。

茨木のり子の詩におけるグロテスクは、「笑い」ではなく即時的に恐怖を惹き起こすが、「直観によって把握されることを欲する相をとって現れる」こと、そして「分析の速度」においてボードレールの「絶対的滑稽《グロテスク》」を思わせる。

詩人の詩集には、「グロテスク」が、「一個の創造」として、瞬時に映像を想い描かせるといった詩行が随所に嵌め込まれている。

海べの松林の　ほどよい松の木の
ほどよい枝に　首吊男は下っていた
そして頼りなげにゆれていた
よれよれの兵隊服で　かすかな風に
てるてる坊主のようにゆらめいて

詩篇「首吊」のなかのこの詩行は、詩人の映像詩のもつ描写力を思わせる。詩においては描写力というものはほとんど問題にされない。描写は散文的かもしれないが、茨木のり子の詩において描写は重要な機能をもっている。その描写は説明ではなく、即時的に感覚に訴え、映像を想い描かせる。詩篇「木の実」は、詩人の映像詩の代表作の一つといえるが、詩篇「首吊」の「首吊男」の描写も凄味を感じさせる。
詩人の詩には、〈想像力の灯〉を直截的に書いた作品がある。

朝鮮のひとびとが大震災の東京で
なぜ罪なく殺されたのか
黒い女学生はなぜカレッヂで学ぶことが
できないのか
わたしたちすら誰かにとってのジュウに
擬せられてはいないか

長編詩「ジャン・ポウル・サルトルに——ユダヤ人を読んで」の中のこの断章は、〈想像力〉とは、他者の身に起きたことを自己の身に起きたこととして感じることだということを語っている。この詩には、ユダヤ人に対する迫害に触れた「ユダヤ人はなぜ迫害されるのか／ユダヤ人はなぜ憎まれるのか」という詩行があるが、ユダヤ人に対する迫害をフランスの地で体験的に知るマルグリット・デュラスは、「想像力の問題」について次のように書いている。

ユダヤ人に対しては、世界中のすべての人々に基本的な知的幼稚性症が存在する。わたしは今日人々がどのようにユダヤ人でありうるかを、（省略）自分に問うている。他の人々は言う。それは起きた、それは終った、と。

それは、（省略）想像力の問題だ。（デュラス「フローベールは…」『外部の世界』）

茨木のり子の詩篇「灯」の詩行「ひとの身の上に起ることは／我が身にも起りうること」、そしてデュラスの散文の言葉「想像力の問題だ」は、人間にとって「想像力」こそ、知力の源だということを教えている。〈想像力の灯〉は、瞬時に身体的な反応としてまず点《とも》される。そしてその灯が思考の時間へと繋がれて知力の源が育まれるのではないか。

紫の花々を飾って
午後のお茶をたのしもうとするとき
銃殺の音がする！　たしかに　何処かで
小首をかしげる　敏感ないきものだけが

〈想像力の灯〉は、「敏感ないきもの」に何ものかによって付与された賜物だろうか。「銃殺の音」は、この〈地上の世界〉に絶え間なくつづく。詩篇「五月のうた」のこの詩行は、その「銃殺の音」が聴こえる人と聴こえない人とがあることを語っている。

詩人の詩には、〈地上の世界への眼差〉が生き生きと輝いていることを感じさせる作品が多い。その眼差は、知覚によって点される〈想像力の灯〉に支えられているといえる。〈想像力の灯〉の明度は、人によって異なる。その明度は、いったい何に由来するものか。「視ていること」は、強靱な意志によって可能になるひとつの行為だと言えるが。

この町〔所沢〕に六年あまり住んでのち、この町を離れると、日本にアメリカ軍基地が沢山あることを、毎日の意識としてはそう感じなくなってきたのだった。おそらく沖縄の人たちが現在、本土に対して持つだろう、じれったさや感覚の落差を、私なりに想像してみることがある。(「『櫂』小史」)

詩人は、〈想像力の灯〉の明るさが次第に衰えてゆくことを意識していた。そして〈想像力の灯〉が衰えると、「内部からくさる桃」のように腐ってしまうと常に内省していたのではないか。

蜜柑の家の詩人は、実際、腐るまい、腐るまいという意識をもっていつも内省する努力の人だった。私がそんな詩人を直接知ったのは、一九八〇年代中頃のある日のことだった。詩人はひょっこりとわが家に姿を現した。その日はなぜか家人が家にいて、三人でトルコ映画『路《ヨル》』のビデオを観ようという成行になった。詩人とともに観た映画はこの一本だけである。映画『路《ヨル》』は、トルコの厳しい軍事政権下の状況を映している。この映画の監督ユズマル・ギュネイは、軍事政権下のトルコを脱出するまで十年余りを監獄で過ごしたが、一九八〇年の五ヶ月間の仮出所の時に『路《ヨル》』のロケハンをして、獄中で映画制作を行い、その翌年やはり仮出所の時にフランスへ亡命し、そこで『路《ヨル》』の編集作業を行ったという。嘘のような本当の話である。イスラムの旧い慣習とクルド人問題といったものを目の当たりに観た三人は黙りこくってしまった。詩人は「この映画を観たかったんです」と言うと、こうしてはいられないといった表情をして、東伏見の私設映画館を後にしたのだった。

蜜柑の家の詩人は、当時自転車に乗って身体を鍛えていたようで、歩いてもほど近いわが住まいにもその日自転車を乗り付けて出現したのだった。その日付は、多分映画を観たその日に詩人から私の子供に贈られた『詩情のどうぶつたち』（絵・中谷千代子　一九八四年十二月二十日刊）という本に詩人のペンで書かれた〈1984・12・24〉が証しているように思われる。その日私は、映画が詩人の〈想像力の灯〉を支える大切なものの一つであることを知らされたのだった。

蜜柑の家の詩人は、ちょうどその頃、蜜柑の家の居間で時の移ろいをしみじみと感じるといった風に、敗戦後みんなが貧しかった頃のことを話したことがあった。詩人の胸の内には、〈想像力の灯〉が次第に消失していくという思いがあったのかもしれない。小津安二郎の映画が話題になったときのことだった。

銀座で食事をするのは大変なことだったのよ。

昔は着ているものでみんなわかったけど今は着ているもので人を見分けることはできなくなった。

詩人のその声を聴きながら、私は、詩篇「食卓に珈琲の匂い流れ」（詩集『食卓に珈琲の匂い流れ』一九九二年）の詩行を想った。その詩行には、戦後と呼ばれていた時代にはあったある気風にたいする郷愁が漂っている。

さながら難民のようだった新婚時代
インスタントのネスカフェを飲んだのはいつだったか
みんな貧しくて
それなのに
シンポジウムだサークルだと沸きたっていた
やっと珈琲らしい珈琲がのめる時代
一滴一滴したたり落ちる液体の香り

この詩行には、蜜柑の家の詩人の過ぎた時代を想う淋しい情感が流れている。詩人は、その日蜜柑の家の居間で、穏やかな日常のつづく日々と過去とを省りみて、得たものと失ったものとに思いを馳せているようだった。「櫂」創刊（一九五三年）の頃のことを思い出していたのかもしれない。詩人の居間で、その日私はエッセイ「『櫂』小史」に書かれた詩人と川崎洋との出会いの場面を想った。

昭和二十八年、三月二十九日、その日は曇りだったが、十一時に約束の場所に行った。東京の八重洲口は、工事中で、掘り返され、コンクリートミキサーが唸り、土けむりもうもう、仮設の改札口だった。大丸デパートもまだ出来てはいない頃である。（省略）「茨木さんですね」と、やわらかく声をかけられた。まさしく、それが川崎洋さんだった。（「『櫂』小史」）

「『櫂』小史」の冒頭の文章は、「昭和二十八年、三月二十九日・昭和二十八年、五月十五日」の日付と「東京」の場所が刻む戦後と呼ばれた時代のある清々しい気風を伝えている。詩人と川崎洋との出会いの場面《シーン》は白黒《モノクロ》の映画を観ているように映像を想い描かせる。二人の詩人は、それぞれアメリカ軍基地のある所沢、横須賀に住み、戦後の硝煙も消えやらず、朝鮮戦争の硝煙も漂うなか、詩の同人誌を創刊することを話し合うために、東京駅で待ち合わせたのだった。映画のショットならこのシーンで二人の姿と顔はクローズアップになるはずである。

詩誌「櫂」は、昭和二十八年に創刊されるが、第一次「櫂」は11号（一九五五年）で終わり、第二次「櫂」は33号（一九九九年）まで続くという経過を辿ることになる。詩人にとって「櫂」の同人だった川崎洋、谷川俊太郎、吉野弘、大岡信、水尾比呂志、岸田衿子といった詩人たちは、生涯にわたる大切な仲間だったと想われる。

蜜柑の家の詩人の居間で、私は東京の八重洲口で川崎洋を待つ詩人の姿を想い浮かべながら、蜜柑の家の詩人の歩んだ戦後という時代の苦難の道のりを漠然と思った。戦火をくぐり抜けて生命からがら生き延びた人とそうした経験をもたない人とでは、死生観は截然と異なるにちがいない。人の死は病であれ、事故や災害であれ、不意に訪れる。しかし、戦火はそういう次元の災いとは異質なものではないだろうか。敗戦後間もなく生まれた私はそんな風にただ想像することしかできない。

魂と聖性

詩人の詩のなかには、義務や重さから解放された〈魂と聖性〉を思わせる作品がある。まず詩篇「ルオー」を読んでみたい。

ルオー

強い線が
少しも厭らしくはない
あなたの描いた基督なら
部屋にあってても邪魔にはならず

むしろ鎮静させてくれるだろう
絵を見てゆきながら
題名にも目が走り

黒いピエロ
親代々の旅芸人
世はさまざまなれど荒地に種蒔くは美しき仕事
小さな村へ
ミゼレーレ
（省略）
自分の顔をつくらぬものがあろうか？
悩みの果てぬ場末で
生きるとは辛い業……
母たちに忌み嫌われる戦争
人は人にとって狼なり
（省略）
カスタフイン（やぶ医者）

われら死すべきもの　われわれもわれらの仲間すべても
明日は晴れるだろう　難破した者はそう言った
心高貴なれば首こわばらず
辻々に売春の灯がともる

題名をばらばらに呟けば　それすらも
詩よりもはるかに詩になっている
参ったなァ
久しぶりに　そう四十年ぶりに再会した
ルオーの自画像の
形のいいおでこよ！

詩人にとって、「ルオー」の描いた「基督」は、「部屋にあっても邪魔にはならず」、「鎮静させてくれる」ものだという。「ルオー」の「基督」は、詩人には自分の〈魂〉を照射し、内省へと導くもののひとつだったと思われる。「ルオー」の絵のひとつひとつの画題は、画家の博い心を想わせる。そして、その題を書き連ねた詩人の心の博さも同時に伝わってくる。

詩篇「わたしが一番きれいだったとき」の最後に、ルオーの名前が書かれた詩行がある。

年をとってから凄く美しい絵を描いた
フランスのルオー爺さんのように
ね

この詩行は、ルオーの晩年の「聖書風景」の題をもつ幾つかの絵を想わせる。その中の一枚の絵には、中央に描かれた白い衣服をまとったキリストが、旅する者たちに声をかけ、ある方向を指しているように描かれている。その姿には穏やかな祈りの心が満ちている。ルオーの絵は、キリスト像のもつ重さはすこしも感じさせない。茨木のり子を「鎮静」をもって内省へと誘うものは、ルオーの絵のもつ重さを感じさせない聖性ともいえるものではなかったか。重さを感じさせない聖性といえば、詩篇「今昔」にはこんな詩行がある。

沈黙が威圧ではなく
春風のようにひとを包む
そんな在りようの
身に添うたひともあったのだ

この詩行は、良寛の人間的な聖性を語っているようだ。真の宗教者とは、何も語らずに人の〈魂〉に触れてくる、そんな気風を漂わせているのではないか。詩人はそんな人との出会いを待っていたのではなかったか。この詩行に描かれた良寛のような人間に出会うことはできないかと。

宗教のもつ義務と重さを感じさせない聖性は、詩篇「マザー・テレサの瞳《ひとみ》」に描かれたマザー・テレサ像からも読むことができる。

たった二枚のサリーを洗いつつ
取っかえ引っかえ着て
顔には深い皺を刻み
背丈は縮んでしまったけれど
八十六歳の老女はまたなく美しかった
二十世紀の逆説を生き抜いた生涯

外科手術の必要な者に
ただ繃帯を巻いて歩いただけと批判する人は
知らないのだ
瀕死の病人をひたすら撫でてさするだけの
慰藉《いしゃ》の意味を

死にゆくひとのかたわらにただ寄り添って
手を握りつづけることの意味を

——言葉が多すぎます
といって一九九七年
その人は去った

詩人の〈地上の世界への眼差〉は、インドのマザー・テレサに対しても注がれていた。「マザー・テレサの瞳」は、「私」こと詩人の「どこかに棲みついて」、詩人の〈魂〉を内省へと導く大切なものだったにちがいない。詩人は、マザー・テレサの、「あなたを愛しているからですよ」という短い言葉のもつ意味を〈魂〉で受け止めていたと想われる。枯渇して倒れている「病人」にとってそれが生命に泉を注いでくれる言葉だということを、詩人はわが事として感受したのではなかったか。「死にゆくひとのかたわらにただ寄り添って　手を握りつづけることの意味」とは、それこそ究極の愛の行為にちがいない。

詩篇「ルオー」、そして「マザー・テレサの瞳」は、〈魂にふれる声〉で語られている。画家ルオーの成した仕事、そして、宗教者マザー・テレサの成した仕事、つまり「人間の真摯な仕事」（「小さな渦巻」）とは、重さを感じさせない〈魂と聖性〉を思わせる。

詩人の詩篇「隣国語の森」には、〈魂にふれる声〉が響いている。

森の深さ
行けば行くほど
枝さし交し奥深く
外国語の森は鬱蒼としている
昼なお暗い小道　ひとりとぼとぼ
栗は밤《パーム》
風は바람《パラム》

（省略）

地図の上朝鮮国にくろぐろと墨をぬりつつ秋風を聴く
啄木の明治四十三年の歌
日本語がかつて蹴ちらそうとした隣国語
한글《ハングル》

（省略）

若い詩人　尹東柱
一九四五年二月　福岡刑務所で獄死
それがあなたたちにとっての光復節
わたくしたちにとっては降伏節の
八月十五日をさかのぼる僅か半年前であったとは
まだ学生服を着たままで
純潔だけを凍結したようなあなたの瞳が眩しい

——空を仰ぎ一点のはじらいもなきことを——

とうたい
当時敢然と한글《ハングル》で詩を書いた
あなたの若さが眩しくそして痛ましい
木の切株に腰かけて
月光のように澄んだ詩篇のいくつかを
たどたどしい発音で読んでみるのだが
あなたはにこりともしない

詩篇「隣国語の森」に書かれた

――空を仰ぎ一点のはじらいもなきことを――

という詩行は、詩人茨木のり子の〈魂〉に瞬時に触れて、詩人を深い内省へと誘なったのではないだろうか。

茨木のり子は、尹東柱《ユンドンジュ》について「たぶん韓国で尹東柱の名前を知らない人はないだろう。……けれど日本ではあまりにも知られていない。」(「尹東柱について」)と嘆いている。実際朝鮮半島と日本列島は、現在も厚い壁によって隔てられている。いずれもユーラシア大陸の辺境に位置するが、大陸内の半島と島国という地理的な位置と言語と文字とを異にする。言語は、同じアルタイ語系に属していても文字を共有しない場合には、詩人のように「隣国語の森」へ分け入るために隣国語を学ぶよりほかに術はない。アルファベットを共有するという道はあるけれども。

詩人の書いたエッセイ「尹東柱について」に触れた新聞記事がある。――「90年には筑摩書房の高校の現代文の教科書に、詩人の故茨木のり子さんが尹東柱について書いたエッセー(『ハングルへの旅』に収録)が載った。当時の筑摩書房の編集長、野上龍彦さん(73)が、『高校生にもぜひ尹東柱の詩と生き方を知らせたい』と企画した。検定で文部省と交渉を重ねて実現させた」(朝日新聞「みちのものがた

り　詩人・尹東柱が歩んだ道」二〇一八年11月24日（土）。この記事に書かれた「検定で文部省と交渉を重ねて実現させた」という文章が重い感じを覚えさせる。

詩篇「隣国語の森」には、二つの〈日付と場所〉――「地図の上朝鮮国にくろぐろと墨をぬりつつ秋風を聴く／　啄木の明治四十三年の歌」「若い詩人　尹東柱／　一九四五年二月　福岡刑務所で獄死」――がしっかりと書き記されている。詩人の〈地上の世界への眼差〉をもつ詩作品には、社会的・歴史的背景を印す〈日付と場所〉が、〈想像力の灯〉に支えられて詩化されているといえる。

この詩に書かれた、二つの〈日付と場所〉と二人の詩人の固有名詞は、墨で塗りつぶそうとしても消し去ることはできないものである。忘却に忘却を重ねてなお蘇る〈日付と場所〉と固有名詞があるということを詩人は語っているようだ。

韓《から》の国への旅

詩人の〈地上の世界への眼差〉は広く開かれていたが、最後にその視線は朝鮮半島へと移る。そうして詩人は、〈韓《から》の国への旅〉に出る。

詩人は、一九七五年、愛するただ一人の男《ひと》を亡くして深い悲しみの淵に陥るが、その翌年、そこから立ち直ろうとして、「なるべく政治色のないところで、まず純粋に言語として学びたい」と韓国語学習をはじめる。詩人の韓国語学習は、それから長く続くことになる。詩人の翻訳詩集『韓国現代詩選』

（一九九〇年）刊行に到るまでの二十余年の道のりは、苦難に満ちていたと思われる。詩人は、「ドイツ語にしようか、ハングルにしようか迷った結果、ハングルを選んだ」（「ハングルへの旅」）と語っている。詩人がもし「ドイツ語」を選んでいたらどんな道が拓かれることになっただろうか。詩人は韓国語を選ぶことによって、「先生というよりは師とよびたい方（金裕鴻《キムユーホン》）」との出会いを経て、『韓国現代詩選』（一九九〇年）刊行への道を拓くことになる。

そして、つくづくこう思っている。（省略）茨木のり子訳編の『韓国現代詩選』（一九九〇年刊）は、『朝鮮民謡選』そして『朝鮮詩集』への、時を経ての、日本の詩人からの誠実なる応答だったのだと。
（姜信子「麦藁帽子にトマトを入れて」『文藝別冊　茨木のり子』）

詩人の『韓国現代詩選』がこんなふうに受容されていることは、詩人の韓国語学習の労苦が豊かな実りをもたらしていることを思わせる。

詩人はなぜ韓国語学習を始めたのか。その理由を『ハングルへの旅』の中で語っている。そこには幾つかの理由――少女時代に金素雲《キムソウン》の『朝鮮民謡選』を読んだこと・古代史を読むことが好きだったこと・金芝河の詩を原詩で読んでみたかったこと・韓国の女流詩人洪允淑《ホンユンスク》との出会いがあったこと・朝鮮の仏像が好きだったこと・母方の祖母が古い陶器の愛好者だったことなど――が挙げられてはいるが、エッセイ「いちど視たもの」の次の断章には、韓国語学習に関わるより本質的なことが語られていると言える。

ヨーロッパ人が日本をどう見るかについては汲々とした関心を示すのに、東洋人―特に日本からかつてひどい目にあわされた中国、朝鮮、東南アジアの人々―が現代の日本をどう視ているかについては、歯牙にもかけていないようなのは、本当に恐ろしいことだ。(「いちど視たもの」『茨本のり子集言の葉2』)

詩人は、韓国語学習をはじめる前年に詩篇「四海波静」(一九七五年)を書き下ろしている。この作品は、韓国語学習をはじめた詩人の思いと無縁ではないと思われる。

戦争責任を問われて
その人は言った
　そういう言葉のアヤについて
　文学方面はあまり研究していないので
　お答えできかねます
思わず笑いが込みあげて
どす黒い笑い吐血のように

噴きあげては　止り　また噴きあげる

詩人はそうして朝鮮半島の南の国〈韓《から》の国への旅〉に出る。詩人の韓《から》の国に寄せる想いは、「怒《ど》」の表出とは異なるゆったりとした情調を醸す、散文詩のようなエッセイにおおらかな口調で語られている。その中から「梨の花」（「韓《から》の国の白い花」）・「ものに会う　ひとに会う」を読んでみたい。

梨の花

南原《ナモン》は、「春香伝」の舞台ともなった古都である。

この街を、ぶらぶらと、長い土塀ぞいに歩いていたとき、前を行く老婦人の後すがたが目にとまった。白いチマ・チョゴリを着て、きっちり結いあげた白髪まじりの髷に、ピニョという簪《かんざし》を横一文字にピッとさし、悠然と歩いてゆく。

（省略）

どこの国でもそうだが、民族衣装というものはいい。

その国のひとたちにしっくりと似合う。着物を捨ててしまった私は、いささか哀しくそのことを憶う。

（省略）

この人は特別だ。

じぶんの後を、異国の人が、そんな強烈な印象を受けつつ、目で追っているとはつゆしらず、暮れなずむ街角を、ふっと曲がって消えた。

もしかしたら、折しも梨の木の精であったかもしれない。

そんな余韻を残して消えた。

（「韓《から》の国の白い花　梨の花」『一本の茎の上に』）


詩人は、白い民族衣装チマ・チョゴリを誇らしく着こなした老婦人を、満開の白い花の咲く「梨の木の精」になぞらえている。「着物を捨ててしまった私」こと詩人は、祖国を失った人のように隣国の白い民族衣装チマ・チョゴリをまとう「老婦人」に魅きつけられる。十代の頃に、モンペを強要され、戦火のなかを逃げ回った世代の女性のそこはかとない悲哀が伝わってくる。

「南原《ナモン》」という土地は、『春香伝』という朝鮮王朝時代の十八世紀頃の語り物の背景となった所であり、朝鮮半島南部の文化と歴史を現在に伝える古都である。詩人は古都のゆったりした気風を残す「南原《ナモン》」の地を歩きながら、パンソリという、一人の語り手と太鼓の奏者とで演奏される『春香伝』という物語——南原《ナモン》の地でめぐり合った妓生《キーセン》の娘である春香と南原府使の息子李夢竜が、紆余曲折を経てついに最後に結ばれるという物語——を想っていたにちがいない。『春香伝』は朝鮮古典文学の中の最高の作品と言われる。作者は不明である。この作品は映画化されているが、詩人はその映画（一九八〇年　演出ユ・ウォンジュン　ユ・リョンギュ。北朝鮮映画）の映像を想い浮かべていたのかもしれない。

ものに会う　人に会う

ソウルの仁寺洞《インサドン》は骨董屋街として知られているが、取り澄ましたところがなく、いたってきさくな店々が軒を並べている。

この通りを歩いているとき、ピカッと光る店を一軒みつけた。金属工芸の店である。（省略）ウィンドウの飾りつけを見ただけで「これは！」という予感がして「阿園工房《アウオンコンバン》」と書かれた扉を押して、吸いよせられるように入っていった。（省略）燭台が多かったが、その一つに目が釘づけになった。直径八センチばかりの花型の燭台。直径四センチほどの蠟燭がすっくと立ち、蠟なんかいくら垂れても平気という安定感がある。（省略）これは絶対買わなければならない。日本円に直して約二千円ぐらい。

（省略）

蠟燭に書かれているハングルは、古い詩か、僧の言葉かわからないけれど、こんなふうに読める。

青山は私を見て無言で　生きろという
蒼空は私を見てさりげなく　生きろという
むさぼる心を捨て　怒りからも解脱して
水のように　風のように　生きてゆけと

朝鮮半島への旅を綴った詩的なエッセイ「ものに会う　人に会う」は、詩人の旅が韓国への旅でもなく、朝鮮南半部《チョソンナンバンブ》への旅でもなく、やはり、〈韓《から》の国への旅〉だったことを思わせる。そのエッセイは散文詩のようで、古代朝鮮にたいする深い想いや韓国に残る古代朝鮮の文化への親愛の情が溢れている。

朝鮮語か韓国語か。わが国ではいまだに不統一の状態である。しかし茨木さんは、そのような政治のレベルを、話し言葉を混ぜた軽妙な文体で、自由にとび越えている。（省略）韓国で「勉強」に当たる言葉は「工夫（コンブ）」、そして俗談（ことわざ）に曰く、《十年たてば山河も変わる》と。爽快（そうかい）、元気の出る、女流詩人のハングル旅行である」（後藤明生「ハングルへの旅」朝日新聞一九八六年六月二三日）

『ハングルへの旅』刊行後間もなく書かれたこの批評は、『ハングルへの旅』刊行（一九八六年）から三十年以上経った現在も古くなってはいない。そして茨木のり子の〈韓《から》の国への旅〉を書いたエッセイは、現在《いま》読んでもとても愉しい。

蜜柑の家の詩人のエッセイ「ハングルへの旅」・「韓《から》の国の白い花」は、一九七〇年代、一九八〇年代に韓国へ旅をしたことのある人の郷愁をそそるのではないだろうか。私もその一人である。韓国の風景は、その頃なぜかなつかしいという情調を覚えさせた。詩人のエッセイは、そういう情調を伝えている。

詩人は、ソウルで自分の眼を瞬時に捉えた「花型の燭台」を買い求める。「ものに会う　人に会う」を掲載した『別冊太陽　韓国の民芸探訪』（一九八七年）を開けてみる。たくさん掲載されている写真のなかに銅の「花型の燭台」を大きく撮ったものがある。詩人はいったいいくつその燭台を買い求めたのだろう？

私はいま雑誌の写真ではなく、目の前に詩人からいただいたその燭台を置いて見ている。銅の打ち出しがすばらしい。「ボコボコしたものが好きでした」とは詩人の甥御さん宮崎治さんから聴いたことばだが、なるほど「ボコボコ」している。そして燭台はずっしりと重く、「安定感」は抜群だ。詩人からのおみやげの「花型の燭台」は、三〇余年経過したいまも以前と変わらない。そこに差してあった太くて長いローソクは傾いてしまったが。『茨木のり子の家』に載っている写真を見ると、詩人の燭台は、実用の道具として使われていたらしい。詩人からいただいた燭台を飾り棚に置いていた私はそのことを知って驚いた。

空襲時には暗幕をひいて電気を消し、小さな蝋燭の灯の下でごそごそ動いていた。そのせいかどうか、およそ停電などなくなった今も、部屋の一隅に燭台がないと落ちつかない。各部屋に燭台がある。
（「ものに会う　人に会う」）

蜜柑の家で使われていた燭台の写真をよく見ると、その写真の燭台は、安定した姿形は変わらないが、銅が黒っぽくなっていて使い込まれているのがわかる。ローソクは短くなっていて全体により安定感を増している。『茨木のり子の家』の中の燭台の写真の下には、詩人好みの李朝風の徳利《とっくり》が三つ並んでいる。その徳利は小細工のないおおらかな雰囲気を湛え、詩人の気風を感じさせる。詩人からいただいた韓《から》の国のおみやげの「花型の燭台」は、いつ、どんなふうに私の許へと運ばれたのか、まったく記憶がない。一九八七年の私の手帳には、〈茨木さん〉とだけ記された箇所がいくつかある。『別冊太陽　韓国の民芸探訪』（平凡社　一九八七年七月二二日）という冊子も詩人からいただいたものだったと思う。私の手帳には一九八七年七月二十七日に〈二時　茨木さん〉と記されている。『ハングルへの旅』は、刊行間もなく、〈一九八六年　初夏〉の日付を付した本を贈っていただいている。

蜜柑の家の詩人は、晩年に到り重い病を患って家の中で過ごす日々を送るようになる。

二年前に大病し（心臓病・癌）その後ヘロヘロ状態で生きております。

電話も気力がなくてかけられず心ならずも御無沙汰しております。

韓国語はすっかり錆びつきました。

詩人のさみしい声が聴こえてくる。これは二〇〇二年十月二十九日付けの手紙の声である。この頃詩人は、二〇〇〇年の大病の後、「ヘロヘロ状態で生きております」とある。けれども詩人はその後、対談集『言葉が通じてこそ、友達になれる』（二〇〇四年）を作っている。「ヘロヘロ状態」のなか最後の力を注いで作られた本が、韓国語学習の師（金裕鴻）との対談だったということ、それは詩人の〈韓《から》の国への旅〉が、詩人の〈魂〉に触れてくるものへの「旅」だったことを思わせる。

蜜柑の家の詩人は、〈韓《から》の国への旅〉を想い描きながらハングル学習をはじめたと思われる。詩人は、「なるべく政治色のないところで、まず純粋に言語として学びたい考えが、私にはあった」（「ハングルへの旅」）と書いているが、韓国の言論弾圧に見るように時局は詩人のそんな思いとは関わりなく動いていたようだった。そんななか東京では様々な場所で朝鮮語学習がある熱気を帯びて行なわれるようになっていた。

詩人は、新宿のカルチャーセンターの韓国語講座、そして私は代々木にあった現代語学塾と東京外国語大学でと場所は異なっていたが、朝鮮語を学んでいた。私は一度新宿の韓国語講座の教室にまで詩人のお供をして詩人と机を並べて勉強したことがあった。詩人は、韓国語学習の場でそこに集う「師」――「先生というよりは師と呼びたい方に出会えたのは、初めての経験である」（「ハングルへの旅」）と語る――の声に耳を傾けていきいきと輝いていた。その日勉強が終わると数人で遅い夕食を取り、詩人と二人西武新宿線に乗って帰ったのを思い出す。またある時は、それぞれ異なる場所で朝鮮語をやっている女性たちの集いに私が詩人を伴って出かけて行くということもあった。しかしその頃の詩人は、詩人茨木のり子であることを捨てていたわけではない。当時、詩集『寸志』（一九八二年）、そして翻訳詩集『韓国現代詩選』（一九九〇年）の刊行に向けて、詩人は、詩作に、そして翻訳の仕事にエネルギーを全開していたと思われる。

蜜柑の家の詩人の詩篇「七夕」に描かれている「朝鮮語」を話す人たちへの想いを知らされたのは、詩人と「崖っぷちに一軒ぽつんと立っている家」のあたりをいっしょに歩いていた時のことだった。詩人はある場所で足を止めると、前に向かって歩こうとしなくなった。詩人の脳裏には、何かある影がよぎったらしかった。この「崖っぷち」近くの道に立つ詩人の姿は、『茨木のり子の家』の中の写真で見ることができる。

「アンタラ!　ワシの跡　ツケテキタノ?」
不意に草むらからぬっと出て赤銅いろの裸身が凄む
焼酎の匂いをぷんぷんさせながら
わたしはキッと身がまえる
キッと身がまえてしまうのはとても悪い癖なのだ

「今夜は七夕でしょう
だから星を眺めにきたんですよ」
夫の声がばかにのんびりと闇に流れ
「タナバタ?
たなばた……アアソウナノ

ワシハマタ　ワシノ跡ツケテキタカ思ッテ……
トモ……失礼シマシタ」

彼は魔法の「キオの家」の住人だった
（省略）
朝鮮語の華々しい喧嘩が展開されるのは
きまって蒸暑い真夏の丑三ツどき
崖っぷちに一軒ぽつんと建っている
その家のあたりまできてしまった

このゆうべふりくる雨は彦星の早榜《こ》ぐ船の櫂の散沫《ちり》かも

詩篇「七夕」のこの詩行は、詩人の朝鮮半島へ寄せる想いの内に存在する原風景を描出していると思われる。詩篇「七夕」（詩集『鎮魂歌』一九六五年）に書かれた「朝鮮語の華々しい喧嘩」の声は、かつては日本のあちこちで耳にすることができたのではないか。戦後間もないころに小学生として過ごした世代の私にも教室や校庭の忘れることのできないあの顔この顔がある。学校からいつのまにか消えてしまった朝鮮語を話す人たちはどこへ行ってしまったのか。私の周囲には、帰国船に乗って北の方へと還って行った人たちもあった。「辛《しん》よ　さようなら／　李《り》よ　さようなら」という「雨の品川駅」（中野重治）が書かれたのはもっと昔の強制送還の頃のことだったが。

詩人と「崖っぷち」の家の辺りを歩いていた時、詩人の足を止めさせたのは、かつてその道をいっしょに歩いた伴侶の面影か、それとも、詩人の耳元に残る「崖っぷち」の家の人たちの朝鮮語の喧嘩の声だっただろうか……。蜜柑の家の詩人の「隣国語」学習の背景には、実際身近な場所で耳にしていた朝鮮の人たちの言葉を知りたいという思いもあったかもしれない。

茨木のり子の詩集における〈地上の世界への眼差〉は、〈想像力の灯〉を点しつづけること、そして〈視る〉ことのふたつの行為によって支えられていた。その詩人の〈眼差〉によって掬い採られた人や、ものは、洋の東西を問わず、〈魂〉に触れてくるという出会いを詩人にもたらしたのではなかったか。

Ⅱ　天上の世界への眼差

詩人の詩には〈天上の世界への眼差〉を感じさせる作品がある。詩人にとって〈天上の世界への眼差〉は、人間の存在する〈地上の世界〉を「相対的にとらえよう」とするための究極の視座だったと思われる。

ものを相対的にとらえようという癖はあるかもしれません。（対談「美しい言葉を求めて」）

「ものを相対的にとらえよう」とすることを詩人はここで「癖」だと言っている。「癖」とは、偏った傾向、習い覚えたものではない習慣を指すが、「癖」をそう捉えると、詩人は、〈地上〉から〈天上〉を仰ぎ視る「癖」をもっていたと思われる。〈天上の世界への眼差〉を思わせる詩作品は、〈地上の世界への眼差〉とは異なり、〈地上の世界〉の歴史的、社会的な跡を刻印する〈日付と場所〉からは解き放たれているかに見える。しかし、そういう詩作品も歴史性、社会性を包含していると思われる。なぜなら〈天上の世界への眼差〉は、〈地上の世界〉を「相対化」するものとしての機能をもっているからである。〈地上の世界〉の人間が〈天上の世界への眼差〉によって〈地上の世界〉を「相対化」することができるとしても、〈地上の世界〉の人間は、どこまでも地上の人間でしかあり得ない。〈地上の世界〉は〈日付と場所〉から解放されることはあり得ない。

詩人の〈天上の世界への眼差〉には、〈白皚皚《はくがいがい》の天空〉への熱い愛の想いが籠められている。〈詩人の語彙〉〈白皚皚《はくがいがい》〉は、純白・無垢な色を意味する愛の言葉のひとつである。詩人にとって〈白皚皚《はくがいがい》の天空〉は、愛する男《ひと》の在す場所なのだ。それゆえ詩人の詩に〈天上の世界への眼差〉を読むことは、愛の眼差を読むことでもある。

詩人の〈天上の世界への眼差〉には生の感覚と死の感覚とが混在している。その感覚は、詩人の存在感覚と言うこともできる。

詩人の眼差には、実は、〈地上の世界への眼差〉、〈天上の世界への眼差〉に加えて、三つめの眼差が存在する。それは〈地下の世界への眼差〉である。その三つめの眼差にも注目してみたい。

天上の星

〈天上の星〉は、地上の人間の一人である「わたくし」の心の奥深くに在る〈魂〉を照らし出す。〈天上の星〉と地上の「わたくし」との対話とも言える詩篇「夏の星に」には、詩人の〈天上の星〉にたいする親愛の想いが語られている。

夏の星に

まばゆいばかり
豪華にばらまかれ
ふるほどに
星々
あれは蠍《さそり》座の赤く怒る首星　アンタレース
永久にそれを追わねばならない射手座の弓

印度人という名の星はどれだろう
天の川を悠々と飛ぶ白鳥
しっぽにデネブを光らせて
頸の長い大きなスワンよ！
アンドロメダはまだいましめを解かれぬままだし
冠座はかぶりてのないままに
そっと置かれて誰かをじっと待っている
屑の星　粒の星　名のない星々
うつくしい者たちよ
わたくしが地上の宝石を欲しがらないのは
すでに
あなた達を視てしまったからなのだ　きっと

詩人の〈天上の星〉に寄せる想いは、「うつくしい者たちよ」という一行に尽くされている。天上の「夏の星」へのこの呼びかけは、地上の何かには想い抱くことのできない「わたくし」の純一な気持ちが籠められている。この呼びかけは、〈魂にふれる声〉として読者の耳に響いてくる。

詩人は、星にまつわる思い出を書いている。その思い出には、郷里の家で東京の蒲田にあった薬学専門学校からの動員令を受け取り、世田谷の海軍療品廠という薬品製造工場へと向かった折りの〈日付と場所〉が刻まれている。

「こういう非常時だ、お互い、どこで死んでも仕方がないと思え」という父の言に送られて、夜行で発つべく郷里の駅頭に立ったとき、天空輝くばかりの星空で、とりわけ蠍座《さそりざ》がぎらぎらと見事だった。当時私の唯一の楽しみは星をみることで、それだけが残されたたった一つの美しいものだった。だからリュックの中にも星座早見表だけは入れることを忘れなかった。(「はたちが敗戦」)

エッセイ「はたちが敗戦」に書かれたこの詩的な断章は、詩作品ではないが、星座の映像を瞬間的に鮮明に想い描かせる。モノクロではないカラーの映像には、きらきらと目を輝かせて天空の星を視上げる、モンペ姿の一人の若い女性の姿が映っている。〈天上の世界への眼差〉には、永遠の時空間が反映されてはいても、歴史性・社会性が包含されていることを忘れることはできない。天上を見上げる女性は、リュックを背負ったモンペ姿である。

詩篇「船あそび」も、地球を広大無辺の天空の一つの星として観る視座に立って語られている。詩作品には、広大なスケールをもつ時間と空間の広がりと、それと対比的に「地球」の存在者の「小さな集い」が描出されている。この詩は、「一枚の写真」に写された「地球」を観ながら語られている。

船あそび

ぽっかり浮ぶ地球を視た
月軌道から写した一枚の写真

ガリレオ・ガリレイが弾圧されたのも
無理はない

海は蒼く　渦まきながら　しぶきながら
一滴の水もこぼしてはいないよう

この眼で視ても　信じられない
潮流のまるく逆巻くすさまじさ　うつくしさ
地球はまだまだ若いのかもしれない
二十億歳だったとしても

さかさまになっているのも意にとめず

昔ながらに漕ぎだして
みじんこのように　ぴちぴちと
舟あそびする群れもある

小さな集いの
可憐さ　憐さ

詩人は、「地球」のうつくしさと、その若さとに驚嘆している。「二十億」という地球の時間と、そこに「舟あそび」する人たちの「可憐さ　憐さ」を対比的に捉える視座は、やはり「地球」を外から観察する一枚の写真に拠っている。「小さな集い」をする人たちに、詩人は、「可憐さ」ばかりではなく「憐さ」をも感じている。自分もまた「地球」という星の「憐」れな人たちの中の一人だと感じながら。詩人の〈天上の世界への眼差〉が照射するものは、「地球」という一つの星に存在する者たちの「孤独」である。

詩篇「孤独」には、「人間」は「孤独」な存在者だという諦観が詩的に語られている。ここに用いられている詩語「孤独」は、〈詩人の語彙〉ということができる。

孤独が　孤独を　生み落す
ごらん
ようやく立てたばかりの幼児の顔の
時として　そそけだつような寂しさ
風に　髪なんぞ　ぽやぽやさせて
（省略）
厖大に残された経文のなかに
たった一箇所だけ
人間の定義と目されるところがあり
〈境をひくもの〉とあるそうな

詩篇「孤独」（『自分の感受性くらい』）は、「孤独」な〈地上の世界〉の人間にまっすぐ視線を注いで書かれた、詩的な存在論ともいえる。〈天上の世界への眼差〉をもつ詩作品には、この詩に語られているような存在論が語られている。そんな作品の中に詩篇「水の星」がある。この詩には、

軌道を逸れることもなく　いまだ死の星にもならず
いのちの豊饒を抱えながら

どこかさびしげな　水の星

という詩行がある。詩篇「水の星」には、「水の星」と呼ばれる「地球」がいずれ「死の星」になるのではないかという恐ろしい疑念が表白されている。詩人が〈地上の世界〉から消えて十年余りの歳月が流れた。「水の星」地球は、以前に増して「ノアの箱舟の伝説」を想わせるほどの「すさまじい洪水」に見舞われるようになり、「火の玉」はあちこちで爆発しつづけている。「孤独」な「水の星」を観つづけた詩人の想いが身に染みるように伝わってくる。いまや〈地上の世界〉の人間は地球から天空へと飛び立つための様々な準備に取りかかり、実際行動を開始している。人間は、地球という「水の星」を見限りはじめたのだろうか。人類の存続の危機を感じながら。人としての日常の生活を過ごしながら。

血は　どれだけ流せばいいのか
流産はどれだけ繰返せばいいのか
ゆっくり　廻る　さびしい　惑星

ばらばらなものを一ツにしたい
何十億年も前からの　執念を軸に
猛烈な　癇癪玉まで　手に入れて

詩篇「惑星」にも、〈天上の世界への眼差〉をもってはじめて観ることのできる地球観が語られている。そのことは、「何十億年も前」といった永い時間感覚を表出した言葉によく顕れている。「ゆっくり廻る　さびしい　惑星」、この一行には、永い時間感覚と広大な空間感覚が詩の言葉として尽くされている。

地球を、そんな一つの「惑星」として観ることはなかなかできない。そんな観方は、やはり〈天上の星〉を〈地上の世界〉から仰ぎ視ることや、地球を写真や映像によって外から視ることによってはじめて可能になる。この詩に書かれた地球人の一人としての詩人の希求――「ばらばらなものを一ツにしたい」という――は、叶うことはあるのだろうか。現在の地球の様相は、そんな疑いをますます深めさせる事態に陥っている。

地上の人間

〈天上の星〉は、〈地上の人間〉を映し出す。〈地上の人間〉を観ることは、水平に注ぐ視線によってはできない。〈天上の世界〉というわけではないが、たとえば〈地上の世界〉に在って高みに立って見下《おろ》すという視線、あるいは一枚の写真によって外部として〈地上の世界〉を観る視線をもつことによってそれは可能になるかもしれない。

大都会のてっぺんから覗くと
人間はみんな囚人であるらしいことが
よくわかる
もっとみずみずしいもののことを
憶いながら
若い兄弟はぼんやり立っている

詩篇「窓　2」には、「大都会のてっぺん」という視座がある。「人間はみんな囚人であるらしい」とは？　「囚人」とは、法令によって囚われている人を意味するが、ここでは法令以外のなにかに縛られて、身動きすることのできない人を意味するようだ。人を縛るものは法令ばかりではない。人の内なるなにかが人を縛る。人は自在に動くことができるはずなのに。しかし人は内なるなにかに縛られていることを意識することはあまりない。そんなことについては考えようともしない。法令による禁止については考えようとするかもしれないが。この詩はそんなことを思わせる。

詩篇「世界は」には、高みから下を視るという視座はないが、地上に存在する「にんげんたち」を他者として観る視座がある。

世界は

ビルにあかあかと灯はともり
道という道はなめされ
山という山は登られ
海底の壁までが　めくられる
しかしなお世界はジャングル
暗い樹々のざわめきの下
音もなく消される予感が
ひしめいて
鬱蒼たる重層の繁みに
うごめき　かくれ　硬い瞳をひらかせる
にんげんたちは
新しい未知のけもののようだ

詩篇「世界は」は、一九五七年に「現代詩」に書き下ろされている。それから六〇年経過した現在もこの詩は新しい。「にんげんたちは　新しい未知のけもの」でありつづけるよりほかに在り様はないのか。この詩には上方から下の世界を視るという視座はないが、平仮名で書かれた「にんげん」は、人間ではなく、「けもの」、しかも「未知のけもの」のようなものを予感させる存在者として捉えられている。平仮名で書かれた「にんげん」は、得体の知れない何者かを意味している。
〈天上の世界への眼差〉には、〈地上の世界への眼差〉をもっては視ることのできないものを待つ想いが籠められているのではないか。

待つ

わたしの心は　かたくなな　鉄の扉
どうしようもなく　閉され　軋む

鍵を持って　まだ　どこか　遠くを
のんびりとふらついているのは誰？

ぱっと開けて吃驚させてくれるひと
とても自然に昔からの約束のように

詩篇「待つ」における「待つ」の目的語は「ぱっと開けて吃驚させてくれるひと」と読むことはできる。しかし目的語を持たない存在のし方ということも思わせる。「待つ」には期待が籠められているはずであるが、この詩の「待つ」には期待という未来の時間が感じられない「待つ」はむしろ断念の影を感じさせる。

詩篇「待つ」の詩語「待つ」の語法は、目的語はあるのか、ないのか、という問いを抱かせる。「待つ」とは、目的語をもつひとつの行為ではあるが、目的語をもたないひとつの存在のし方でもある。たとえばフランス語では、〈待つ〉には目的語をもたない用法——他動詞の絶対的用法——がある。

なにごとであれ疲れたという経験がないんですもの。もちろん待つことに疲れるってことはありますけど。（デュラス『辻公園』）

たとえばデュラスの小説『辻公園』の女主人公の発話における「待つ」の語法のように、「待つ」は、目的語をもたない存在のし方を意味する場合もある。あるいは目的語はあっても言葉であらわすことのできない何かであると考えることもできる。

動詞「待つ」の曖昧な語法は、石垣りんの詩篇「風景」に用いられている「待つ」のそれを想わせる。

風景

待つものはこないだろう
こないものを誰が待とう
と言いながら
こないゆえに待っている、

あなたと呼ぶには遠すぎる
もう後姿も見せてはいない人が
水平線のむこうから
潮のようによせてくる

よせてきても
けっして私をぬらさない
はるか下の方の波打際に
もどかしくたゆたうばかり

私は小高い山の中腹で
砂のように乾き
まぶたにかげる
海の景色に明け暮れる。

この詩においても「待つ」の目的語を把握することはできない。目的語は、「あなたと呼ぶには遠すぎる」人、と読むことはできるが、そんな「人」は、不在の「人」のようである。「待つ」ことには期待という能動性が含まれるはずなのに、期待を断念しながら「待つ」という能動性をもたない語法もあるということを思わせる。
茨木のり子の詩、そして石垣りんの詩における「待つ」には、〈地上の世界〉においては「待つ」ことの叶わない何かにたいする希求が籠められているようだ。それは、愛としか呼ぶことのできない、深くて寛い人の心に触れることへの希求かもしれない。
和泉式部の歌集には「待つ」の語が多用されている。その「待つ」の語法は、やはり目的語を把握することがむつかしい。

夕ぐれになど物思ひのまさるらん待つ人のまたある身ともなし　（一七二）

待つ人のいまもきたらばいかがせむ踏ままく惜しき庭の雪かな　（一七一）

ここに引用した和泉式部の歌の「待つ」の目的語は「人」であろうとは思われるが、その人を「待つ」ことを予め断念しているような放心を感じさせる。二首の歌の「待つ」は、茨木のり子、石垣りんの詩の「待つ」の語法に似通っている。

〈天上の世界への眼差〉が照らし出す〈地上の人間〉は、詩や歌に用いられている〈待つ〉の語法にも見られるように「孤独」な存在者だと言える。茨木のり子の詩篇「世界は」の平仮名で書かれた「にんげん」が、〈人類・人間・人・ひと〉という呼び名では書くことのできない〈地上の世界〉の未知の存在者を意味することは、詩人の詩の読みにおいて重要なことだと思われる。

〈天上の世界への眼差〉には、〈地上の人間〉という存在者に対する懐疑が包含されていると言える。人間に対する懐疑は、しかし人間に対する愛と矛盾するものではない。人間に対する懐疑を詩作品に表白することは、人間にたいするひとつの愛の行為だと言えるのではないか。

茨木のり子の詩作品の包含する〈地上の世界への眼差〉と〈天上の世界への眼差〉の二つの眼差は連繫し合っている。その二つの眼差に加えて、さらに三つめの眼差があることを詩作品を通して読んでみたい。それは〈地下の世界への眼差〉である。詩人のその眼差に導かれて〈地下の世界〉へと入ってみたい。そこはいったいどんな世界だろうか。

Ⅰ

三月　桃の花はひらき
五月　藤の花々はいっせいに乱れ
九月　葡萄の棚に葡萄は重く
十一月　青い蜜柑は熟れはじめる

地の下には少しまぬけな配達夫がいて
帽子をあみだにペダルをふんでいるのだろう
かれらは伝える　根から根へ
逝きやすい季節のこころを

（省略）

Ⅱ

三月　雛のあられを切り

五月　メーデーのうた巷にながれ
九月　稲と台風とをやぶにらみ
十一月　あまたの若者があまたの娘と盃を交わす

地の上にも国籍不明の郵便局があって
見えない配達夫がとても律儀に走っている
かれらは伝える　ひとびとへ
逝きやすい時代のこころを

詩篇「見えない配達夫」には、「地の下」で「逝きやすい季節のこころ」を伝える「少しまぬけな配達夫」が描かれている。そして「地の上」には、「逝きやすい時代のこころ」を伝える「国籍不明の郵便局」の「見えない配達夫」がいる。この詩において、「地の下」と「地の上」の「配達夫」は、連繋し合って「人間」の世界を支えている。「地の下」は暗闇の世界ではない。「地の上」の「人間」たちに季節の息吹を送る「配達夫」がいるのだから。

「地の下」の豊かさを教えてくれる詩篇に「ある工場」がある。そこには「地の下」に存在する手仕事職人たちが登場する。

ある工場

地の下にはとても大きな匂いの工場が
　　　　　　　　　　　在ると　思うな
年老いた技師や背高のっぽの研究生ら
　　　　　　　　　　白衣の裾をひるがえし

アルプスの野の花にシリアの杏の花に
中国のジャスミンに　世界中の花々に
　　　　　　漏れなく　遅配なく
　　　　　　　　馥郁の香気を送る

ゲラン　バランシャガ　も　顔色なし
小壜に詰めず定価も貼らず惜しげなく
　　　　ただ　春の大気に放散する
　　　　　　　　彼らの仕事の
　　　　　　　　すがすがしさ

詩篇「ある工場」は、「仕事」とは何かということを語っている。そして詩篇「小さな渦巻」の中の「ひとりの人間の真摯な仕事」という言葉を思わせる。「地の下」で「技師」や「研究生」の行なっている「仕事」は、「真摯な仕事」にちがいない。「定価」も貼らず、価格の恥辱を受けることなく、世界中の花々に「香気を送る」のだから。詩人は、本当の「仕事」をやっている人たちは、常に生存の危機にさらされつづけなければならないということをも語っているのではないか。

詩篇「十二月のうた」は、次の詩行で括られている。

目をつぶり
扉をひらき
一歩一歩　降りてゆく……
鐘の音を聴きながら
わたしの見えない地下室へ

十二月の除夜の鐘を耳にしながら下りてゆく「わたしの見えない地下室」。その「地下室」は、虚無の幽冥界ではなさそうだ。それではどんな世界か。詩人には自分だけの「見えない地下室」へと下りてゆく習い性があったようだ。「わたしの見えない世界」は、きっと人の心を豊かにしてくれる、そんな場所にちがいない。「わたし」は、一人でその「見えない世界」へと下りて行く。

詩人の詩作品における三つの眼差は、それぞれに連繋をもっているはずである。〈地上の世界への眼差〉には、地上に存在する者の苦しみや悲しみ、そして喜びが反映されている。〈天上の世界への眼差〉には、〈地上の世界〉をよりよく視ようとする思い、そして〈地上の世界〉がより住みやすい場所であってほしいという願いが反映されている。その二つの眼差に加えて〈地下の世界への眼差〉には、〈地上の世界〉が、人の〈魂〉に触れるような「真摯な仕事」をする人たちに支えられた豊かな場所であってほしいという困難な理想が反映されているようだ。

白皚皚《はくがいがい》の天空

詩人の〈天上の世界への眼差〉は、〈詩人の語彙〉といえる〈白皚皚《はくがいがい》〉の天空に逢着する。〈白皚皚《はくがいがい》〉――それはいちめん真っ白く見える様子を意味する。その〈白皚皚《はくがいがい》〉の天空には、不在になった一人の愛する男《ひと》が在すのだ。

　　　橇《そり》

駅に
降りたったとき

あまりにも深い雪で
バスも車も見当らなかった
一台の橇をみつけて頼み
あなたはわたしひとりを乗せて
家までの道のりを走らせた

この雪国が
あなたのふるさと
老いた父母《ちちはは》のいます家
そこに至る道のりは遠かった

（省略）
あれから二十年も経って
今度はあなたが病室という箱橇におさまり
わたしはひたすら走った
あなたに付き添って　息せききって
あの時もし
わたしが倒れていたなら

いっしょに行けたのかもしれない
あとさきも考えず
なにもかもほったらかして
二人で突っ走れたのかもしれない

なぜ　そうならなかったのだろう

この世から　あの世へ
越境の意識もなしに
白皚皚《はくがいがい》の世界を
蒼い月明のなかを

〈詩人の語彙〉としての〈白皚皚《はくがいがい》〉は、詩人の〈天上の世界への眼差〉が希求する究極の純白の色を意味する。その「白皚皚の世界」には、「わたし」が「あなた」と呼ぶ愛する男《ひと》が在すのだ。「わたし」は、その愛する男《ひと》の許に飛翔して行きたい、そんな想いを抱えながら「白皚皚の世界」へと視線を注いでいる。

詩篇「道づれ」の中には、「蒼いイノセントの世界」を遊泳する二人の男性——愛する「あなた」と、敬愛する金子光晴の二人の幻影が描かれている。この詩は「イノセント（無垢）」とは何を意味するかを語っている。

あなたが逝った五月
一月あとの六月に
金子光晴さんが逝きました
健脚の金子さんはきっと追いついたでしょう

（省略）

いつのまにか金子さんは
共に行くひとびとの主役になっていて
はつらつ無類
「へええ　六道の辻ってこんなななの？
だったらもっと書きようもあったってぇもンだ」
未完の詩集『六道』のこととは
誰一人気づかない
詩はたぶらかしの最たるもの
地獄落ちは決まったようなものだが
首謀者　金子光晴はさまざま画策

（省略）

一九七五年の初夏《はつなつ》の頃　道づれになった誰彼を
みさかいもなく引きつれて
カラッとした世界へ出ていったようだ
とてつもなく蒼いイノセントの世界へ

詩人の愛する二人の男《ひと》は、「一九七五年の初夏」の風とともに、「カラッとした世界」へと旅立った。「あなた」と呼ぶ男《ひと》が「五月」に、そして「金子光晴さん」が、「六月」に。愛する男《ひと》と愛する詩人とが「蒼いイノセントの世界へと旅立った〈初夏《はつなつ》〉は、〈詩人の語彙〉として〈白皚皚〉に繋がる重要な意味をもっている。この詩には後から逝った「金子さん」が、誰彼かまわず引きつれて動く影像が描かれている。「蒼いイノセントの世界」は、無垢な世界を意味するが、そこを遊泳する二人の男性は、「わたし」の愛の対象ではあってもこの俗世に身を置いて生きた人たちである。この俗世は、「イノセント」の世界ではない。「蒼いイノセントの世界」を飛翔する詩人金子光晴について詩人は次のように書いている。

私が実際に金子光晴と会ったのは、その晩年の十数年にすぎないが、その頃は一種言いがたい清冽《せいれつ》の気を漂わせていた。

書かれたものからくるイメージは、放蕩無頼《ほうとうぶらい》、流連荒亡《りゅうれんこうぼう》の人生といったものなのに、実際の人間は、荒《すさ》んだものや、薄汚《うすぎたな》い垢《あか》、いやな崩（くず）れなど一切まつわりつかせてはいなかった。（「女へのまなざし」『金子光晴』ちくま日本文学）

詩人は、晩年の頃の金子光晴に「清冽《せいれつ》の気」を感受していた。ここに書かれた「清冽《せいれつ》の気」とは、ただ無垢というのではなく、垢にまみれ泥にまみれてはじめて内側から涌出するすがすがしい気を意味するのではないか。「蒼いイノセントの世界」の「イノセント（無垢）」とは決して純白の単一の色を意味するわけではない。

詩篇「道づれ」の中には、読む者を複雑な境地にさせる詩行がある。

詩はたぶらかしの最たるもの
地獄落ちは決まったようなものだが
首謀者　金子光晴はさまざま画策

この詩行は何を語っているのだろうか。詩人は、「蠱惑」に満ちていたという金子光晴について、

金子光晴自身「僕の詩は有毒である」と言っているように、その生き方にも、詩にも、おそろしい

ものを含んでいる。中途半端な真似かたをすれば大火傷をすることは必定だろう。それだけに蠱惑に満ちていて、人々の心をそそってやまないのである。（『金子光晴詩集』解説）

と書いている。「蠱惑《こわく》」とは「たぶらかし」の意味である。「たぶらかし」とは、心を迷わせてだますこと、いつわりあざむくことを意味する。「詩はたぶらかしの最たるもの」――この詩行には、ある悪意が籠められていると言えるだろうか。

彼女〔茨木のり子〕にまったく悪への意志がないかというとそうではなくて、金子光晴に非常に打ちこんでいる。金子光晴は善悪両方持っているひとだからね。（飯島耕一　対談「〈倚りかからず〉の詩心」）

ここには茨木のり子のもつという「悪への意志」が指摘されている。「清冽の気」が、清濁併せた気であるなら、善意もまた、善意だけで成り立つものではないのではないか。人間とは、善意と悪意のどちらかしかもたない存在者ということはあり得ない。人間は、善意をもって生きていてもその善意が報われないとき悪意をもって生きることによって心のバランスをとるということもある。

茨木のり子の作品『おとらぎつね』（一九六九年刊）の中に、善意が報われず悪意の権化のようになって「わるさ」ばかりして、野ぎつねたちを集めてその「あねご」になって生きた「おとらぎつね」という女ぎつねの話がある。この民話集は、素朴な話を詩人らしく書いた創作童話集ともいえるが、この

「おとらぎつね」の話が一番おもしろい。

「おとらぎつね」は、もとは数行のかんたんな話ですが、書いているうちにおもしろくなって、どんどんふくらんでしまい、おとらにのりうつられたか……と思うほどで、創作《そうさく》的な部分も、かなりあります。（「おとらぎつね」）

詩人は、「書いているうちにおもしろくなって」と書いている。読者もまた、周囲の人たちから善意を理解されず、「わるさ」をし尽くして最後には、猟師の撃った鉄砲玉に当たって死んでしまうという女ぎつねの物語をおもしろいと思うのではないか。

詩篇「ゆめゆめ疑う」――やはり金子光晴の幻影が登場する――の中には、詩を書くことを生業《なりわい》とする人の日常生活の一場面が、リアリズムの手法でありのままに描出されている。

私に子供はないのだし
人間の未来なんて知っちゃいない
ジャングルを逃げまわり生きのびたって
あとわずか
（省略）

仏頂面をして
溜りに溜った税金を役場まで収めにゆく
明日迄に収めなけりゃ電話その他を差押えると
きたもんだ
悪い道　ぬかるみち　バスに乗れば怪我は覚悟のうえの　道
やらずふんだくりとはこのことで
どうして　こうおとなしいんだろう　みんな
子供がいなくたって
人間の昨日今日明日にはかかわりますよ
執拗に

ああ　紫苑！　さびしい花だけれど
群がって咲いているのは　とても好き
まひるの頭とからだとが
正常のものと思い込んでいるけれど
けれど

詩篇「ゆめゆめ疑う」には、詩を売ることを生業とする詩人の苦悩がリアリズムの手法で語られている。しかしその語りの口調は、「ああ紫苑！」と優しい愛を想わせる花の色と影像とによって転調して、「まひる」の世界からもうひとつ別の幻想の世界への想いを涌出させて余韻を残して終わる。

詩篇「道づれ」の中の「詩はたぶらかしの最たるもの」という詩行の底に流れる「悪意」のようなものは、〈白ㆍㆍ〉に照らしても、けして濁ったものには思われない。詩を書く行為、そしてそれを売って生きるという行為は、何かを売ってしか生存することのできない人間のひとつの行為だということを公言しているにすぎない。この詩行からは、虚構の文学作品などただのつくりものなのだという声が聴こえてくるようだ。しかし、問題は、人はなぜ虚構の文学作品と呼ばれるものを書き、人はなぜそれを読みつづけているのかということではないか。文学は滅んだという声もあるが、「たぶらかしの」文学は滅ぶことはないと思われる。文学作品ばかりではなく、絵画も音楽も映画も人間の創る作品は、思えば一瞬の愛のように人を「たぶらかし」ては人に生きる喜びを与えてくれるものではないだろうか。人間とは現実だけで充足することのできない何者かではないか。

詩篇「本の街にて――伊達得夫氏に」の中に「出版業の高血圧にたじたじとなる街」という詩行がある。詩人は、詩人としてその「街」と縁を切ることはなく、詩人茨木のり子として生涯の幕を閉じた。茨木のり子の抱くある「悪意」は、「出版業」界で生きている詩人たちの生き方を観つづけたことと関わりがあると言うこともできる。

詩を売ることを拒みつづけたアメリカの詩人エミリー・ディキンスンの作品には、拒否の意思が滲み出ているような作品がある。「悪意」とは地上の世界の人間に対する拒否が嵩じさせるものではないだろうか。

天国の恵みの
商人となっても
決して人間の魂を
価格の恥辱におとしめてはいけない　（七〇九）

エミリー・ディキンスンの詩語「魂」は、茨木のり子の〈詩人の語彙〉でもある。「価格の恥辱」を拒んでこの世に生存することは不可能だといえる。ディキンスンは詩を売るという「価格の恥辱」を拒みつづけることができる環境があった。茨木のり子は「価格の恥辱」を受けながら詩人としての生を全うした。

最後に詩篇「鶴」を読んでみたい。

鶴

鶴が

ヒマラヤを越える
たった数日間だけの上昇気流を捉え
巻きあがり巻きあがりして
九千メートルに近い峨峨《がが》たるヒマラヤ山系を
越える
カウカウと鳴きかわしながら
どうやってリーダーを決めるのだろう
どうやって見事な隊列を組むのだろう

涼しい北で夏の繁殖を終え
育った雛もろとも
越冬地のインドへ命がけの旅
映像が捉えるまで
誰にも信じることができなかった
白皚皚《はくがいがい》のヒマラヤ山系
突き抜けるような蒼い空
遠目にもけんめいな羽ばたきが見える

なにかへの合図でもあるような
純白のハンカチ打ち振るような
清冽な羽ばたき
羽ばたいて
羽ばたいて

わたしのなかにわずかに残る
澄んだものが
はげしく反応して　さざなみ立つ
今も
目をつむれば
まなかいを飛ぶ
アネハヅルの無垢ないのちの
無数のきらめき

一九九三・一・四　ＮＨＫ「世界の屋根・ネパール」

詩篇「鶴」は、〈白皚皚《はくがいがい》の天空〉への想いが、「澄んだもの」への志向であることをそのまま語っている。「わたし」は、「白皚皚《はくがいがい》」のヒマラヤ山系と「蒼い空」を背景に飛翔する「鶴」と対話する。「鶴」の飛翔する情景は、「わたし」を内省へと誘う。「わたしのなかにわずかに残る　澄んだもの」という言葉は、読む者を深い内省へと誘う。

〈白皚皚《はくがいがい》の天空〉は、人が生を重ねるごとに失われてゆく「澄んだもの」を感受させる幻影の世界だと言えるのではないか。人の心の深奥に潜むという〈魂〉とは、「澄んだもの」に触れて揺動する生きもののようだ。詩篇「鶴」からは〈魂にふれる声〉が、白と蒼の映像を伴って涌出している。

蜜柑の家の詩人の詩の声は、永い時間と広い世界を感じさせる。けれども蜜柑の家の詩人は、私にとっては地上の人、そしてふつうの人だった。詩人は、蜜柑の家の主《あるじ》であり、その家の女性《ひと》だった。おいしいものを食卓に供するため、というよりは愛する一人の男性のために、詩人は買物籠を持って食材を求め歩くことを厭わなかった。私は一度買物籠を持って詩人の家の近所にある八百屋の店頭に立つ詩人の姿を見たことがある。詩人の台所に立ち入ったことのある私は、『茨木のり子の献立帖』に撮られた台所の一枚の写真がとてもなつかしい。詩人は、日々その台所に立つことが愉しかったにちがいない。詩人の献立帖や日記、そして編集者の方々がその献立帖によって作った料理の写真を見ていると愉しくて時間を忘れてしまう。

茨木のり子には、詩人としての顔と、家庭人としての顔がある。生活の中心は家事であり、ご飯の支度である。（『茨木のり子の献立帖』）

この本にはそう書かれている。蜜柑の家の詩人は、たしかに「詩人としての顔と、家庭人としての顔」の二つの顔をもっていた。私の知る詩人は、茨木のり子という筆名をもつ三浦のり子さんだったと思う。私の許には三浦のり子の名前で届いた手紙が三通、そして茨木のり子の名前で書かれた手紙が八通ある。なぜ三浦のり子の名前で書かれたものがあるのだろうか。多分手紙の文面とは関わりなく詩人はその時々の気分のようなものによって二つの名前を書き分けたのではないかと思われる。

詩人の電話の声は、いつも翳りを帯びていたように思う。その声は、詩人の〈魂〉の詩から響く厳しい調子《トーン》とは異なり、優しい調子《トーン》の声だった。

わたしはふつうの人より弱いんです。

詩人の電話の声が蘇る。蜜柑の家の詩人は、私にはむしろ「弱い人」だったと言える。

わたしに合う人がいないんです。

一九八〇年代のはじめの頃の蜜柑の家の詩人の声である。これは電話の声ではない。蜜柑の家の居間で詩人はなぜかこんなことを訴えたことがあった。私はその時詩人が何を言おうとしているのかその声を聴き取ることができなかった。そこで詩人に問い質すこともしなかった。〈合う人〉とはどんな〈人〉のことでしょうか?そんなことを訊くことはできなかった。いまは私は詩人の詩篇「待つ」を想う。詩人の声は、「待つ」人に出会うことができなかったということを告げていたのではないか。

二〇〇三年のある日のこと、私は電話で詩人にすこし大きな声を出したことがあった。詩人は日本社会の問題についてあれこれ話した後に、

これからの日本は何を支えにしていったらいいのでしょうね。

という問いを投げかけたことがあった。詩人のこの問いは、いつもの詩人の声にはちがいない。けれどもいくつもの病いを抱えていた詩人の声は、身心の衰弱を感じさせるようになっていた。私は、詩人の一番大切なものが何であるかをよく知っていた。それは愛の詩集『歳月』の詩作品に書かれた、最愛の一人の男《ひと》への想いと、その想いを詩として作品化することである。私は、意識的に大きな声で言った。「茨木さんにとって大切なものはほかにあるでしょ」と。すると詩人は黙ってしまった。私の念頭には、ちょうどその頃妻に先立たれ、崩れるようにして自死したある文芸評論家のことがあった。人は内側の出来事に因って死を想うようになるのではないか。けして外側の事象に因ってではない。私はそう思っ

ていた。私は二〇〇三年三月二十九日の日付をもつ詩人に宛てた手紙にこんなふうに書いている。〈茨木さん、春の花粉の舞ういやな季節になりました。それでも庭では水仙や馬酔木が咲いています。「政治状況などに茨木さんは絶望しない」と言った自分の言葉を反芻しています。戦争を知らない者の言葉だと思って下さい。一人の評論家の名を出しましたが、あの評論家は茨木さんとは生き方が異なる故にその生も死もなんのかかわりもないと思いますが、ただあの人の場合もその死はそれほど単純なものではないのではないか？　私はそう思います〉。

主人にはいつも言われてました。詩を書くことなどたいしたことではないと。

詩人は、その男《ひと》の言葉を胸に秘めて詩を書いていたと想われる。

『茨木のり子の献立帖』には「茨木のり子の日記抄」が公開されている。この本に紹介されている日記にはたしかに食べものに関する記述が多い。詩人は家庭の女性《ひと》としておいしいものをご主人に食べさせるために心を尽くす人だったことがわかる。日記を読んでいると戦時中に充分食べることのできなかった悔いと、おいしいものを食べて健やかに生きていきたいという願いが伝わってくる。興味深いのは、料理・食べものと詩作に関することが併せて書かれていることである。蜜柑の家の詩人は、料理と詩作の人だった。

1952年　昭和二十七年（大学ノート）

二月十八日　金曜　曇

「小さな渦巻」という詩が一篇できる。（二時間）

ゆうべ玉子焼の玉子をかきまわしていたときふっと浮んだのだ。今日まとめてみると一寸おもしろいものになった。なぜひとつのモチーフがある時ふいに未熟な、あるいは熟して落ちんばかりな様子で立現れるのか。その秘密な操作を詩人自身決して捉えることができないのだ。大岡さんから葉書、出雲風土記、三島の家になかったとのしらせ、恐縮する。

一　ココアパン

二　牛乳

三　印度りんご　半個ずつ

五月二十五日

昨日の埋合わせに朝から御馳走する。グリーンピース御飯、ビフテキ、玉子焼、朝からこんなに御馳走食べたの、はじめてだと言う。英一が可愛くてならない。やさしいお嫁さんをさがしたいとおもう。人はそれぞれ、皆哀しい。その哀しさに昔、私は強かったのに、このごろは負けてしまって、いつも心が痛む。彼、木漏れ日さんさんたる庭を油絵でかく。いい絵ができた。私はくず餅を作る。好評。初夏の味がする。

「五月二十五日」の日記の書かれたページの上方には、大きなビフテキにニンジンとインゲンを添えた白い皿と、グリーンピース御飯を入れたうす茶色の茶碗、そして、二切の玉子焼きの黒い小皿の写真が撮られている。当時の詩人のエネルギーがその写真からそのまま伝わってくるようだ。日記や写真のほかにくわしく書かれた料理のレシピが紹介されている。私はそのレシピ通りに茨木さんの手料理を作ってみたいと思っているがまだ作れないでいる。すぐにでも作ってみたいと思っているのは「ちぢみ」という朝鮮料理である。『茨木のり子の献立帖』に書かれたレシピを見ながら三浦のり子風のおいしい「ちぢみ」を食べてみたいと思う。

Ⅲ　時間と空間の感覚

茨木のり子の詩には永い時間と広い空間の感覚を覚えさせる作品が少なくない。詩人のもつ〈地上の世界への眼差〉と〈天上の世界への眼差〉は、それぞれ永い時間と広い空間に注がれている。その二つの眼差をもって書かれた詩作品には、その眼差の照射する広がりに対応する〈時間と空間の感覚〉が表出されていると言える。そうした〈時間と空間の感覚〉は、生と死の感覚、そして存在感覚に直截繋がっている。詩人の〈時間と空間の感覚〉を表出した作品には、応答することのむつかしい〈存在の問い〉が提示されている。

詩篇「四行詩」の次の詩行には、さりげなく存在感覚が表出されている。

匿名で女子学生が書いていた
ある国の落書詩集に
「この世にはお客様として来たのだから
まずいものもおいしいと言って食べなくちゃ」

この詩行には、作者自身の存在感覚ともいえる時間感覚がそのままに表出されている。「この世にはお客様として来たのだから」という言葉は、「この世」に存在する短い時間の感覚と、「この世」に存在はしていても、「この世」だけを観つめているわけではなく、「この世」とは異なるどこか別の場所をも視ているという存在の感覚とを語っている。「この世」という場所は相対化されている。そうした存在感覚は、現在《いま・ここ》という時間と場所にたいする懐疑を思わせる。

茨木のり子の詩に表出された存在感覚は、エミリー・ディキンスンの詩を想起させる。

一時間ばかりで終わってしまう
この短い人生に
私たちの手にするもの——
なんと多いのだ　なんと少ないのだ　（一二八七）

ディキンスンのこの詩では、「短い人生」という言葉に時間感覚があらわされている。詩語「人生」は、茨木のり子の詩篇「四行詩」の「この世」に対応するが、「人生」・「この世」は相対化されている。二人の詩人は、「人生」・「この世」という時空間に対する懐疑と、その時空間とは次元を異にする時空間にたいする想念を抱いていたと思われる。二人の詩人は、「百年」後のことについて書いた詩の中にも〈時間と空間の感覚〉を表出している。

百年生きたって人間は野茨の実をちょいとつまみ
跡かたもなく消え失せる名なしの鳥とかわらない
（茨木のり子「ゆめゆめ疑う」）

百年の後は
その場所を知る人もない

そこでなされた苦悩も
今は平和のように静か

（エミリー・ディキンスン　一一四七）

茨木のり子は、エッセイ「花一輪といえども」の中にさりげなく詩的に〈時間と空間の感覚〉をあらわしている。

永訣は日々のなかにある。

詩人は、永訣の儀式に対する疑いをもっていた。そして日々の出会を大切にしながら、日々のなかに「永訣」を感じていた。この言葉は、〈永訣は瞬《とき》の間にある〉というふうに読むこともできる。
茨木のり子の詩集の中から、〈時間と空間の感覚〉を通して語られている存在感覚を表出した作品を読んでみたい。

はかない存在感覚

ふたたびは

ふたたびは
帰らずの時
ひとはなんとさりげなく
家を出て行くものだろう
夕
いつものように帰ってくる
なにげなさで
木戸を押して
ひらりと

そして
ふたたびは

詩篇「ふたたびは」には、〈はかない存在感覚〉が説明や描写抜きに語られている。こうした作風の詩は、日本の古歌のような趣を感じさせる。何かをつよく訴えるといった力は感じられない。ただはかない感覚が詩に浮遊している。詩人が抱いていた「強くて張りのある詩が書かれるべきである」という若い頃の思いは、その影を消しているかに見える。

詩人には平仮名で書かれた、「さくら」の題をもつ作品がある。詩篇「さくら」には、詩人が「弱々しい」と否定的に捉えている「淋し、侘し」の情感が漂っている。しかし作品の最後には生と死の認識──「死こそ常態　生はいとしき蜃気楼と」──が書かれていて、詩人の詩らしく締め括られているとも言える。

さくら

ことしも生きて
さくらを見ています
ひとは生涯に
何回ぐらいさくらをみるのかしら
ものごころつくのが十歳ぐらいなら
どんなに多くても七十回ぐらい
三十回　四十回のひともざら
なんという少なさだろう
もっともっと多く見るような気がするのは
祖先の視覚も

まぎれこみ重なりあい霞だつせいでしょう
あでやかとも妖しとも不気味とも
捉えかねる花のいろ
さくらふぶきの下を　ふららと歩けば
一瞬
名僧のごとくにわかるのです
死こそ常態
生はいとしき蜃気楼と

詩篇「さくら」は、日本の古歌のいくつかの作品を想起させる。小野小町、在原業平、和泉式部、式子内親王、西行といった歌人たちの「さくらの歌」が想い浮かぶ。詩人は、詩人の拒んだ日本の伝統への回帰ということを意識しながらも、〈はかない存在感覚〉を「さくら」の題に託して書きたかったのではないか。興味深いのは、「祖先の視覚も　まぎれこみ重なりあい霞だつせいでしょう」という詩行である。「祖先の視覚」のなかには、古今集や新古今集の歌人たちの「視覚」も入り混じっているにちがいない。

時代とはまったく無縁に生きたようにみえる詩人でも、日本語で書いた以上、日本人の魂と密接なかかわりをもっています。（省略）わたしたちの日々の感受性のなかには、柿本人麻呂も、山上憶良も、小野小町も、源実朝も、芭蕉も、蕪村も、みんな流れこんでいるのです。（省略）

詩人とは、民族の感受性を、大きく豊かにするために、営々と、心の世界、感情の世界をたがやす人のことかもしれません。

（「はじめに」『うたの心に生きた人々』）

茨木のり子は、「詩人」についてこう書いている。「さくら」は、「民族の感受性」を伝える詩歌の題材《モチーフ》だと言える。

詩人のエッセイ「歌物語」（『一本の茎の上に』一九九四年）には、古歌が採られている。

つひにゆく道とはかねてききしかど
　きのふけふとはおもはざりしを
（在原業平）

平安時代の歌ながら、切実に実に切実に今日の歌でもある。真実を摑んでいれば、時代なんかやすやすと飛び越えるということだろう。（省略）考えてみると、私の書いてきた散文はたいてい歌物語に類するものだった。（「歌物語」）

エッセイ「歌物語」に採られた在原業平の古歌には、〈はかない存在感覚〉が表出されている。詩人は、戦後すぐのころの思いに触れて「日本の詩歌の伝統も『淋し、侘し』の連続でいかにも弱々しいという思いがわっときた。もっと強くて張りのある詩が書かれるべきであると自分なりに考えたらしいんですね。それで、これから詩を書くのなら、日本詩歌の伝統に欠けたるところを埋めて行きたいとナマイキにも思ったんです」と語り、「私は万葉型」（対談「美しい言葉を求めて」）だと語っている。しかしこのエッセイでは、詩人の好まない「古今和歌集」の歌人でもあり、歌物語「伊勢物語」の主人公とされる在原業平の歌を採り上げて、ここでは「切実に実に切実に今日の歌でもある」と書いている。

詩人は、『詩のこころを読む』の中で「水道管はうたえよ」（大岡信「地名論」）に触れて、紀貫之の『古今和歌集』の序文に言及している。

「生《い》きとし生《い》けるもの、いずれか歌を読まざりける」は、日本の最初の詩論ともいうべきもので、紀貫之が『古今和歌集』（九〇五年）の序文として書いています。詩論の数は世界に山ほどありますが、鳥や蛙も虫も、まったく同列の仲間として組みこんでいる詩論は珍しいんじゃないでしょうか。私たちの祖先のそういう謙虚さは大変このましく、水道管にさえ、「きみもうたえよ」と呼びかけずにはいられないものとして、伝わってきているのかもしれません。（茨木のり子『詩のこころを読む』）

詩人は、「日本の恋唄から」（『わが愛する詩』）の中では、『古今和歌集』・『新古今和歌集』の歌からは一首も採り上げて論じることをしていないが、「古歌」に対する深い想いを抱いていることをここで明かしている。

今ほど古歌のなつかしく
身に沁み透るときはない
読みびとしらずの挽歌さえ
雪どけ水のようにほぐれきて

清冽の流れに根をひたす
わたしは岸辺の一本の芹
わたしの貧しく小さな詩篇も
いつか誰かの哀しみを少しは濯《あら》うこともあるだろうか

詩篇「古歌」(『歳月』)のこの詩行には、「古歌」へのなつかしい想いと、その想いに寄せて「わたし」の書いた詩篇が読み継がれてゆくことへの希求が語られている。「いつか誰かの哀しみを少しは濯うこともあるだろうか」と。詩篇「古歌」には、永い時間の感覚が表出されている。

詩人は、死後に刊行することを決めていた詩人の恋唄詩集について

「挽歌というのかしら、万葉の頃なら相聞歌ね。でも誰にも見せません。わたしが死んだあとで見てください」（田中和雄『わたくしたちの成就』編集後記）

と話していたという。

挽歌はたしかに相聞歌だといえる。そんな挽歌には、どこかに「弱々しさ」、そして「淋し、侘し」の想いが漂っているのではないか。不在となった何かを想うことは、時間の経過そのものを実感することにほかならないのだから。

詩篇「ひとり暮し」の中では、不在となった愛する一人の男《ひと》への想いが存在感覚の表出によって語られている。

結婚してからはあなたと二人
今はじめて　生まれてはじめて一人になって
ひとり暮し十年ともなれば
宇宙船のなか
あられもなく遊泳の感覚
さかさまになって
宇宙食嚙るような索漠の日々

詩人は、「ひとり暮し」の孤独の想いを、「宇宙船のなか　あられもなく遊泳の感覚」と書いている。この詩行は、詩人の詩作品に表出された究極の存在感覚ともいえる。この〈はかない存在感覚〉は、現在という時間と場所からの離脱の感覚ということもできる。

蜜柑の家の詩人に私がはじめて出会ったのは、『詩のこころを読む』（一九七九年）刊行直後、詩人が「ひとり暮し」の淋しい想いに耐えて韓国語の学習に没頭していた頃だった。一九八〇年の頃の詩人の電話の声には、悲哀の色がにじんでいた。

わたしはいまとてもつらいんです。

詩人の電話の声は弱々しかった。それでもその当時、スペイン舞踊を観たり、シャンソンを聴いたりする時には詩人の眼はいきいきと輝いていた。

蜜柑の家の詩人を誘って私はフランスのシャンソン歌手コラ・ヴォケールのリサイタルに出かけたことがあった。それは一九八九年十月十六日のことだった。その年は、詩人の翻訳詩集『韓国現代詩選』（一九九〇年）刊行の前年に当たる。私はその日その翻訳詩集に取り組む詩人の貴重な時間を割いているということはまるで念頭になかった。詩人は、遺稿詩集刊行のことを除いては、本の刊行について話すということは一切なかった。

詩人とその日いっしょに聴いたコラ・ヴォケールは、映画『かくも長き不在』の中で、「小さな三つの音符」というシャンソンを歌った歌手である。いつだったか、詩人と話をしたときのこと、映画が話題になって、私はいい映画作品として、フランス映画『かくも長き不在』（一九六〇年制作　アンリ・コルピ監督　マルグリット・デュラス、ジェラール・ジャルロ脚本）を挙げたことがあった。詩人はそれに相槌を打って

『かくも長き不在』はいい映画ね。

そう応えたことを覚えている。ただその映画の内容やそのシナリオについて深く話し合うということはなかった。詩人とはこの映画とシナリオについてゆっくり話したかったという悔いがある。この映画は、デュラスとジェラール・ジャルロのシナリオを映画化した作品で、デュラスのシナリオを用いた映画『二十四時間の情事』の場合とは異なり、日本でも多くの観客を集めたようだ。この映画にも、本にも〈はかない存在感覚〉——存在と不在とはたちまち入れ替わるという——ともいえる時間感覚が流れている。

映画『かくも長き不在』——戦後間もなく、パリの街の一角にふと出現する記憶喪失者である住所不定の男性と、その男性に、行方不明の夫の面影を見た女性との短い出会いの時間と別れの物語を描いた——の中に流れたコラ・ヴォケールのシャンソン「小さな三つの音符」をいま・ここで蜜柑の家の詩

人に私は贈り届けたいと思う。

小さな三つの音符
思い出の奥底に
店じまい
演奏は終わって
ページはめくられ
眠りにつく……
けれどある日予告もなしに
音符はあなたの記憶に戻ってくる……

忘却と記憶をテーマにしたこの歌について私は詩人となにか話をしただろうか。詩人の隣に座ってこの歌を聴いたときにも何も話さなかったような気がする。詩人の孤独の影は、愛する男《ひと》を失って以来、言葉には尽くすことのできないほどに深かったと想われる。

蜜柑の家の詩人は、この日、開演の時間を待ちながらなぜか詩人石垣りんについて話をした。

わたしは石垣さんにはかないません。石垣さんには甥御さんもないのよ詩人の親しかった「石垣さん」の孤独な境遇に触れた言葉をいま思い返すと、詩人は、当時自分自身の行く末や自分亡き後のことなどを思いめぐらしていたのではなかったか。私は「石垣さん」については、折に詩人からの電話で聴くことがあった。

わたしたちの詩が教科書に載せてもらえる間は載せていただきましょうって石垣さんと話してます。

詩人はそんなふうに話したこともあった。当時、「教科書」に載る詩人といえば、高校の国語の教師だった私は、やはり茨木のり子、石垣りんの名前をまっ先に思い浮かべる。けれども「教科書」に載るということの重大な意味は現在《いま》ほどはわかっていなかった。検閲制度の厳しさは現在《いま》は身に染みるほどに感じられるようになってきたが。そして詩人が、映画『かくも長き不在』公開の一九六〇年代の頃、そしてコラ・ヴォケールのシャンソンをいっしょに聴いた一九八〇年代の終りの頃、詩人が精神的にも物質的にもどのように厳しい状況に身を置いていたかということも現在《いま》にしてはじめてわかるようになった。

安信さんは、一九六一年に蜘蛛膜下出血という大病に患られ、恢復までに大変長い期間を要された。数年たって、久しぶりにお訪ねした時、病の後の、以前とは見違えるほど暗く、そして一段ともの静かになられた安信先輩と遭遇した。のり子さんは看病疲れの気配も見せず、毅然としておられた。
（岩崎勝海「三浦安信のり子夫妻」『花神ブックスⅠ』一九八五年）

この文章は、一九六〇年代のはじめの頃の詩人の置かれた状況を伝えている。私はといえば、一九八〇年の頃の詩人の電話の声を通して詩人の孤独な境涯を知らされていたと言える。

蜜柑の家の詩人は、自分の「永訣の儀式」を拒む旨を詩人らしい文章に書き残して旅立った。

このたび私'06年2月17日クモ膜下出血にて
この世におさらばすることになりました。
これは生前に書き置くものです。
私の意志で、葬儀・お別れ会は何もいたしません。

詩人からいただいたお別れの手紙の断章である。詩人の意思は守られて、ここに書かれてあるように、詩人の拒否する「永訣の儀式」は行われなかった。この手紙を郵送する役割を任された甥に当たる人は、「伯母の遺言に従って密葬を行い、お別れの手紙を二百通余り郵送し、伯父の眠る山形県鶴岡市の菩提寺での納骨を済ませ、毎日妻と二人で伯母の家を片付けていた」（宮崎治「Yの箱」『歳月』）と書き伝えている。

蜜柑の家の詩人は、詩人らしく周到に死を迎える準備をしていたという。

「私は自宅でひっそりと息を引き取る。甥であり医師であるあなたが速やかに発見する。通夜や葬儀は一切無用。死後一ヶ月を過ぎた頃に、生前準備しておいた〝お別れの手紙〟を郵送して、この世を去ったことを、お世話になった方々に伝えて欲しい」

伯母は淡々と、まるで次の旅行の計画でも立てているかのようだった。（宮崎治「茨木のり子『お別れの手紙』を残して」）

蜜柑の家の詩人の死は、詩人の書いた『貝の子プチキュー』に描かれたプチキューの孤独な死を想わせる。『貝の子プチキュー』は、詩人の十代終わり頃の執筆と推定されているが、一九四八年、詩人二十二歳の時にNHKラジオ放送で詩人の敬愛する山本安英によって朗読されている。この作品は、詩人の二十代の声を聴くことができるという意味で貴重な一冊だと言える。詩人の没後『貝の子プチキュー』（絵　山内ふじ江　二〇〇六年）は絵本として出版されて読むことができる。

プチキューの　からだだけが　波《なみ》に　あらわて　ぽっかり　口《くち》を　あけていました

プチキューが　しんだのを　しっているものは　だれも　いません

そのつぎの　晩《ばん》も　まばゆいばかりの　星月夜《ほしづきよ》
そのつぎの　晩《ばん》も　まばゆいばかりの　星月夜《ほしづきよ》
そのつぎの　晩《ばん》も　……
そのつぎの　晩《ばん》も

蜜柑の家の詩人の脳裏には、詩人が若き日に書いた童話『貝の子プチキュー』の最後のこの場面があったかもしれない。海辺で誰にも知られずひとり死んだプチキューの最期を見守るのは、大空の星月夜《ほしづきよ》だけである。

時間と空間の旅

詩人の詩の中には〈時間と空間の旅〉を想わせる作品がたくさんある。そんな作品には、〈時間と空間の感覚〉が詩の言葉そのものから涌出している。

詩篇「幾千年」には、永い忘却の時間を経て地中から地上の砂漠の地に蘇る「楼蘭の少女」が描かれている。

幾千年

流砂に埋もれ
幾千年を眠っていて
ふいに寝姿あらわにされた
楼蘭の少女

花ひらかぬまにまなこ閉じ
金髪　小さなフェルト帽
ラシャと革とのしゃれた服
しなやかな足には靴を穿き

ミイラになってまで

恥じらいの可憐さを残し
身じろぐあなたから立ちのぼる
つぶやき

ああ　まだ　こんななの
たくさんの凪
たくさんの星座のめぐり
たくさんの哀しみが流れていったのに

「幾千年」の歳月を経て現し世に姿を顕わした「楼蘭の少女」の「つぶやき」で一篇の詩は括られている。そのつぶやきには、永い時間が流れても、「まだ　こんななの」と、何も変わらないことへの驚きが時間感覚の表出によって書かれている。「楼蘭の少女」の驚きは、ほんの短い時間、地上に身を置く人《ひと》が、いつの世にも「哀しみ」を抱きながら存在しつづけていることにたいする感懐ともいえる。「楼蘭の少女」のその感懐は、詩人の諦観に重なっているようだ。この詩には、スケールの大きな〈時間と空間の旅〉が語られている。

次いで詩篇「高松塚」。この作品にも、〈時間と空間の旅〉が語られている。

高松塚

竹のさやさや鳴る下の小さな古墳
飛鳥おとめや星宿にかこまれて
石室にねむっていたのは　だれ
だれともしれぬところが　いい

まどろむネックレスはラピス・ラズリのいろ
盗みだし　すぐに胸に　かけたいような斬新さ
ほのぐらい壁画館を　ゆっくり出れば
みはるかす渡来びとの住みふりた檜隅《ひのくま》の村々

千年くらいは　ひとねむり
うつらうつらの　夢また夢
一九八〇年の青春はレンタサイクル乗りまわし
はつなつの風に　髪なびかせて行く

「はつなつの風」――〈詩人の語彙〉〈初夏《はつなつ》〉は、〈白皚皚《はくがいがい》の天空〉に在《い》ます愛する人への想いに繋がっている。「一九八〇年の青春」を生きている女性が、「はつなつの風」に髪なびかせて自転車を走らせる姿には、詩人の失われた「青春」への想いが映されているようだ。詩人は、「高松塚」古墳を訪れて、古代の世界にすっぽり入り込み、「千年」前の〈時間と空間の旅〉をする。

詩篇「奥武蔵にて」の中の「高麗村」にも「高句麗」という朝鮮半島の古代の国への旅という〈時間と空間の旅〉が語られている。

高麗村

栗の花のふさふさ垂れる道
むかしの高句麗の王が亡命して住んだ村
瓦を焼き野をひらき
ついにふるさとに帰れなかったひと
今も屋根のそりにふるさとの名残を
とどめる子孫

この詩は、「高麗村」ののどかな風景のなか、道を歩く詩人の姿を彷彿させる。この「高麗村」は、坂口安吾の「高麗神社の祭りの笛」（『安吾新日本地理』）の一節――「日本諸国の豪族は概ね朝鮮経由の人たちであったと目すべき根拠が多く、（省略）コマ系、クダラ系、シラギ系その他何系というように、日本に於ても政争があってフシギではない」を想い起こさせる。茨木のり子は、「この文字〔ハングル〕を初めて目にしたのは、何時だったか？　と思い出してみると、戦後まもなく、埼玉県入間郡ノ高麗神社に行った時だった。（省略）たまたま高麗神社で見せてもらった来訪者名簿には、太宰治の達筆もあったりしたが、それらの間を縫うように、墨痕あざやかにハングルが踊っていたのである。あれが初見だった」（「文字」『ハングルへの旅』）と書いている。

詩人は、「古代史を読むのが好きですから、朝鮮語ができたら、どんなにいいかと思って」（「ハングルへの旅」）と、朝鮮語学習を始めた〈動機〉について触れ、「なぜか私は扶余《プヨ》にぞっこんなのである」と朝鮮の古代の国に寄せる想いを書いている。この詩に書かれた「高麗村」は、奈良の寺や村と同じように古代史に興味をもつ人なら一度は足を運んでみたいと思う場所のひとつである。詩人が朝鮮語学習を始めた頃には、金達寿の『日本の中の朝鮮文化』シリーズが話題になっていた。

詩篇「高松塚」に書かれた「一九八〇年の青春」の詩句は、「一九八〇年」当時の詩人の心境を想わせる。「一九八〇年」といえば、詩人は、愛する伴侶を失って、心新たに生きるべく朝鮮語学習に没頭していた時期に当たる。詩人にはその頃、孤独な境地にあっても、どこかに失われた遅まきの「青春」を生きたいという想いがあったのではないか。

詩人の〈時間と空間の旅〉を語った詩の中には、〈日付と場所〉を喪失した抽象性を帯びた作品もある。そんな詩は、始源という遠い遠い〈時間と空間の感覚〉を覚えさせる。
詩篇「秋」には〈詩人の語彙〉〈始源〉が用いられている。〈始源〉は、〈物事のはじめ、原始〉を意味するが、詩人の憧れを表出する重要な意味と機能をもつと考えられる。

君の一生が
たったひとつのものだとおもうと
僕は責任を感じるなあ……
妻は黙って頬をよせた
（省略）
祝婚歌！

美しい始源に手を振る……。

この詩に書かれた〈始源〉には、詩人の愛の想いと永い時間の感覚が表出されている。「美しい始源」こそ詩人の抽象的な理想郷だったと思われる。詩人は、「祝婚歌」を書いたギリシアの詩人サッフォーに手を振っているようだ。詩人の〈詩の語彙〉〈始源〉は、愛の想いと〈時間と空間の感覚〉を表出する語彙だといえる。

六月のうた

トルコ石を
溶かしたような
青い流れをなつかしみ　旅にでる

人もまた
水より生まれた生物ゆえに
せつなく水辺に誘われる

みんな気づいてはいないけれど
すっかり忘れてはしまったけれど
何億年もむかしむかしの
記憶のはての　遠い遠いふるさとへの
それは　やさしい　望郷歌

詩篇「六月のうた」は、〈始源〉という抽象的な時空間に手を振っているような感じを覚えさせる。〈始源〉とは幻影の時空間である。その幻影は、「想い出のない記憶」（ミシェル・フーコー「外部を聞く盲目の人デュラス」）という言葉にあらわされた、具体的な細部を喪失した抽象的な記憶だといえる。この詩は、具体的な〈日付と場所〉を喪失したもうひとつの別の次元の大きなスケールの〈時間と空間の感覚〉と、悲哀の翳を帯びながらも安らかな情調とを覚えさせる。そんな幻影の時空間を想わせる詩は、やはり古代ギリシアのサッフォーの詩作品に見る〈天と地の対話〉を想わせる。詩篇「六月のうた」もまた〈時間と空間の旅〉の詩だといえる。

詩人の詩篇「木は旅が好き」の中に「放浪へのあこがれ／漂泊へのおもい」という詩行がある。「放浪・漂泊」は、たとえば芭蕉の「奥の細道」やボードレールの「旅への誘い」を想わせる。そうした旅への憧れは、人間の想念の内に涌出する何かだと言える。それは何かの理由によって国境を超え、海を渡る人たちの旅とは次元をことにする。フランスの作家マルグリット・ユルスナールは、『空間の旅・時間の旅』の中で「人間の中には鳥と同じく、移動への欲求、余所にいる自分を感じたいという生命そのものにかかわる必要性がひそんでいるように思われる」と人間の抱く旅への想いを書いている。茨木のり子の詩作品における〈時間と空間の旅〉は、そんな「空間の旅・時間の旅」を想わせる。

存在の問い

詩人は、〈存在感覚〉の表出を通して〈存在の問い〉を問いつづけた。詩篇「〈存在〉」は、その題が示しているように、存在とは何かという問いが問題《テーマ》になっている。その〈存在感覚〉は、現在《いま・ここ》という時間と場所への疑いと結びついている。

〈存在〉

あなたは　もしかしたら
存在しなかったのかもしれない
あなたという形をとって　何か
素敵な気《き》がすうっと流れただけで

わたしも　ほんとうは
存在していないのかもしれない
何か在りげに
息などしてはいるけれども

ただ透明な気《き》と気《き》が

触れあっただけのような
それはそれでよかったような
いきものはすべてそうして消え失せてゆくような

この詩に三回用いられている詩語「気《き》」は、詩人の〈存在感覚〉を表出する語彙のひとつだといえる。

この詩において、詩語〈気〉は、〈存在感覚〉と同時に現実からの離脱を思わせる。

詩篇「旅――一九六六年を往く」には現実からの離脱感が直截的に語られている。

現在は
生きつつある現在は
靄がかかって定かには見えぬ
いま
どういう過程を歩いているのか
自分が　世の中が　そうして世界が
元旦は
そういう不安が盛装をして
献盃を重ね　どんちゃん騒ぎ

曖昧な一里塚に　ふっと見入り
また新しい草鞋を
きりりと結んだりするのだ

「一九六六年」は、詩人が四十歳を迎える年。詩篇「旅―一九六六年を往く」には、「過去」は「はっきり見える」、そして「未来」は「かなり見える」が、「現在」はといえば、「定かには見えぬ」とある。詩人は、やはり〈現在《いま・ここ》への疑い〉をもち、「現在」に希望をもつことはできないと語っているようだ。この詩行には〈存在感覚〉の表出を通して現在《いま・ここ》とは何かという〈問い〉が語られているようだ。詩篇「旅―一九六六年を往く」のこの詩行は、石垣りんの詩篇「ひとり万才」を想わせる。

新年
と言ってみたところで
それは昨日の今日なのだ。
（省略）
それほどの目出度《めでた》さで
新年という
あるような

ないようなものがやってくる
地球の上の話である。

（石垣りん「ひとり万才」）

石垣りんの詩篇「ひとり万才」（『表札など』一九六八年）には〈存在感覚〉と同時に、やはり現在《いま・ここ》への疑いがあらわに表出されている。最後の詩行「地球の上の話である」には、「地球」という場所に存在しながら、その「地球」という場所を疑い、そこに身を置く人たちに同一化することのできない離脱感がはっきりと語られている。石垣りんにとって「新年」という節目の時は、現在《いま・ここ》への疑いを一番思い知らされる時ではなかったか。

茨木のり子と石垣りんという同時代の詩人をこの二篇の詩を通して結ぶものは、「この世」といわれる時空間からの離脱感であり、それぞれの詩作品に表出された〈存在感覚〉と言うことができるのではないか。茨木のり子の詩篇「旅―一九六六年を往く」、そして石垣りんの詩篇「ひとり万才」には、詩壇といった場所を超えて、現在《いま・ここ》という時空間、ひいてはそこに存在する人間と社会からの離脱感があらわに表出されている。

ともあれ、三十年間、お互いに信頼できる友人として、最後の最後まで、しっかりつきあえたことを感謝します。（「弔辞」）

茨木のり子は、石垣りんの追悼会に贈った「弔辞」のなかにこう書いている。「毎夜の電話友だちだった石垣さんの葬儀に弔辞を書いた茨木のり子さんは、ほんとうに寂しそうでした。」（田中和雄『女がひとり頬杖をついて』あとがき）師走になると吉祥寺のル・ボン・ヴィボンに集い石垣りんさんと、茨木のり子さんを混じえて忘年会をしたという編集者はそう書き伝えている。茨木のり子と石垣りんの詩は、〈現在《いま・ここ》への疑い〉を存在感覚としてあらわしている点において似通っている。

詩人の詩において〈時間と空間の感覚〉を表出した作品は、応答のない問いともいえる〈存在の問い〉を提示している。対話の形式で書かれた次の詩には、そんな問いがユーモアを交えて書かれている。この詩は読む者を深い沈黙へと誘う。詩篇「売れないカレンダー」はそんな作品である。

売れないカレンダー

英一氏から長距離電話である
開口一番
「いったい　ぜんたい　毎日何をしとるだや？」
　なにをしとるも　かにをしとるもない
　ワタシハ生キテオル　と答える
「僕は思うんだけどね

万博まであと何日と　やたらに日数を数えたように
自分の寿命をあと何日と
換算したカレンダーがあってもいい筈だよな」
　ふム　ふム
　死刑執行日は明日かもしれないが
　まあ　すんなり　平均寿命に従って
　年令に応じた日数割ね
「今のカレンダーは未来永劫
自分の命の続きそうな錯覚を売っておる
自分の命数あと何日というカレンダーがあれば
まちっと人も　ましに生きられるんではあるまいか」
　アイデア悪かぁないけれど
　そんなカレンダー
　おそらくたったの一枚も売れないわ
　もやっと不分明なところに味もあろうというもの
　欲しければ自分で作るんですナ
「おお　さ

計算だけはしてみたぜ
僕が七十まで生きるとして
日割りにすると一万日ちょっと
驚くなよ　食べられる夕食もまた
あと　たったの一万食！」
　ふうん　そうなるの
多いような　少ないような　ね
でもいいじゃない
なま身で永遠に生き続けなければならないとしたら
それは人間にとって考えられる限りの
一番苛酷な刑罰だわ
八百比丘尼も人魚の肉のひとひらつまんだばっかりに
八百年も生きちまって
しまいにはほとほといやになったらしいわよ
「おい　姉さん！
そんなわけであるからして
だんなにも不味いものばかり

食わせておるではないぞ」
そこで電話はガチャンと切れた

詩篇「売れないカレンダー」は、詩集『人名詩集』（一九七一年）に書き下された作品である。この詩には、人に沈黙を余儀なくさせるような厳しい諦観が、ほろ苦い悲哀とともにユーモアを湛えて表出されている。感情は抑制され、訴えるという声の響きは感じられない。また何かを考えさせるといった風もない。

「姉さん」と、その弟「英一氏」の対話は、対話にはならない対話だといえる。「寿命」を知る、という問題に答えはないのだから。二人の姉弟は、他者に対して応答を待つことのできない問いについてそれぞれ自分の言葉を愉しく放出し合っている。そんな対話は、対話性は含まれてはいても、何かの問題を解決するための「社会的対話性」（バフチン『小説の言葉』）とは次元を異にする。人間は、「社会的対話性」のみに充足することはできない。人間の対話には、存在論的対話もある。詩篇「売れないカレンダー」で話題になる「寿命」は、共同討議のテーマになるだろうか。「寿命」について応答し合う姉と弟のユーモラスな対話には、しかし真に迫るものがある。

茨木のり子の詩において、〈時間と空間の感覚〉の表出によって提示される〈存在の問い〉は、存在の問いについて書かれた一冊の本『実存から実存者へ』に書かれた存在の問いとは、存在がみずからの異様さを体験することなのだ。つまりこの問いは、存在を引き受けるひとつの仕方なのである。『存在とは何か』という存在をめぐる問いが、決して答えをもたなかったのはそのためだ。（エマニュエル・レヴィナス『実存から実存者へ』）

という一節を想起させる。茨木のり子の作品のなかには、そんな「存在をめぐる問い」を想起させる詩篇がある。

きらきらと瞬く光、そのきらめきがあるのは消えるからこそであり、それは、あると同時にまたないのだ。（エマニュエル・レヴィナス『実存から実存者へ』）

瞬間という時間に生起する出来事について書いた、レヴィナスのこの詩的な言葉は、「実存者」について考察した本を締め括る言説である。ここには、「ある」と「ない」の感覚、つまり生と死の感覚が詩のように表出されている。

詩篇「問い」には、「人類」の存在に関わる問いが重さも固さも感じさせないで、詩作品としておおらかに放出されている。

問い

人類は
もうどうしようもない老いぼれでしょうか
それとも
まだとびきりの若さでしょうか
誰にも
答えられそうにない
問い
ものすべて始まりがあれば終りがある
わたしたちは
いまいったいどのあたり?

颯颯《さつさつ》の
初夏《はつなつ》の風よ

詩篇「問い」には、地球の「人類」と呼ばれている者たちの存続をめぐる「問い」が語られている。この一篇の詩もまた〈時間と空間の感覚〉が詩化されていると言える。詩人の詩において地上の存在者は、〈ひと・人・にんげん・人間・人類〉と書き分けられている。この詩では「人類」が用いられている。「人類」の存続の危機が、訴えるというのではなく、なんの翳りも感じさせることなく、詩の言葉で書かれている。この詩には〈初夏《はつなつ》〉の風が吹いている。

ものすべて始まりがあれば終りがある

この一行は穏やかな諦観として読むことができる。地球はやがて氷河時代を迎えることになるという。地上の「人類」は、そんなスケールの〈時間と空間の感覚〉をもって自らの未来を受け止めるのがよいのかもしれない。そんなスケールの受けとめ方は、〈現在《いま・ここ》への疑い〉をもって現在《いま・ここ》への視線を保持しつづけることと矛盾しない。

最後に詩人の〈時間と空間の感覚〉をもってひとつの日本観を語ったエッセイを読んでみたい。

ふつうに地図をひろげれば、日本は大陸にぶらさがったネックレスのようにみえる。小さいからチョーカーというところか。（省略）大陸のかけら、かろうじて破損をまぬがれた縁側みたいなものである。（省略）ここに棲まいいたす者は、この地が東洋の一隅とは思っていないかのごとき不埒《ふらち》。（わずか百年ぐらい前からのことではあろうけれど）内海をはさんで古代も現在もただ人々の往来があるばかり、鳥取の砂丘で遮るものひとつない日本海を見ていたらそんなおもいがどっと来た。（「内海」『一本の茎の上に』）

エッセイ「内海」に書かれた詩人の日本観は、スケールの大きい〈時間と空間の感覚〉をもって捉えられている。詩人の歴史観、社会観そして人間観の基底には、ここに書かれたような詩人らしい感覚が作用しているにちがいない。そうした感覚は、詩人の気質、ひいては詩人の思想・信条にも繋がっていると思われる。詩人の詩を読むことは、〈時間と空間の感覚〉に触れることだと言えるかもしれない。

詩人の詩から聴こえる〈魂にふれる声〉は、スケールの大きい〈時間と空間の感覚〉と繋がっていると思われる。

第二章　人間の声

茨木のり子の詩においては、〈地上の世界〉に存在する者をあらわす語は、〈人類・人間・にんげん・人・ひと〉と書き分けられている。詩人の詩には、〈人類・人間・にんげん・人・ひと〉と呼ばれる存在者をあらわす語が多用されている。

人類は
もうどうしようもない老いぼれでしょうか
それとも
まだとびきりの若さでしょうか　（「問い」）

ひとりの人間の真摯な仕事は
おもいもかけない遠いところで

小さな小さな渦巻きをつくる　（「小さな渦巻」）

鬱蒼たる重層の繁みに
うごめき　かくれ　硬い瞳をひからせる
にんげんたちは
新しい未知のけもののようだ　（「世界は」）

人が
家に
棲む　（「廃屋」）

ことしも生きて
さくらを見ています
ひとは生涯に
何回ぐらいさくらをみるのかしら　（「さくら」）

〈地上の世界〉に存在する者は、ここに引用した詩行では五つの呼び名で書き分けられている。その呼び名はそれぞれ異なる意味をもっているはずである。〈人類〉は、地球というよりは宇宙と呼ばれる時空間における存在者、〈人間〉は人間主義《ヒューマニズム》という言葉にあらわされているような、人間性《ヒューマニティ》を備えた存在者、〈にんげん〉は、〈人間〉とは書くことのできない存在者、〈人〉は、人間性《ヒューマニティ》とは関わりなく生存する存在者、そして〈ひと〉は、心《こころ》をもち喜怒哀楽の感情をもつ存在者、といったふうにそれぞれ異なる地上の存在者を意味しているようだ。ここに挙げた異なる五つの書き方は、いずれにしても詩人が地上の世界の存在者に常に視線を注いでいたことを示している。

　詩人の詩において五つの存在者をあらわす語の中では、〈人間〉がもっとも多く用いられている。〈人間〉は〈詩人の語彙〉として重要な意味と機能をもち、詩人の詩には〈人間〉とは何かの問いが包含されていると考えられる。その問いは様々な調子《トーン》をもつ声で語られている。その声を二つに分けてみると、詩人を取り巻く外部に向けた〈外部への声〉と、詩人の内部を視つめた〈内部の声〉とに分けることができると思われる。詩人の詩集から聴こえてくる〈内部の声〉と〈外部への声〉は、多様な作風と相まって詩人の豊かな詩の世界を構成している。

〈人間の声〉とここで言う声は、〈内部の声〉と〈外部への声〉の二つの声を併せ持つ声を意味している。茨木のり子の詩には、異なる調子《トーン》をもつこの二つの声が響いている。詩人は、金子光晴論の中で、「〈全体性の志向〉」という言葉を用いているが、「全体性」とは、人間の〈内部の声〉と〈外部への声〉とを併せた性格をもつものと言える。

天下国家（社会）のことを絶えず思念から離さずきた人だが、同時に、あつあつの鴨南蛮のほうもけっして手離さなかった人である。あつあつの鴨南蛮とは、食欲、性欲を含めた人間の煩悩のもろもろである。いわば人間の弱部であり、恥部であり、人の大いに秘したがるものである。日本の詩歌の歴史をふりかえってみると、（日本のみとは限らないかもしれぬ）たえずどちらかを切り捨てることによって成り立つ詩が多かったのではないか。（省略）

「荒地」の詩人たちの作品は、あつあつの鴨南蛮のほうは、あって無きがごとく切り捨てられている。〈全体性の志向〉を志しながら、それは精神の領域に限られていたわけである。黒田三郎、中桐雅夫、北村太郎などはその点、異質だけれども。

（「金子光晴――その言葉たち」）

茨木のり子は、「あつあつの鴨南蛮」、つまり「食欲・性欲・人間の煩悩・人間の弱部・恥部」というものを切り捨てることなく「〈全体性の志向〉」を作品にあらわした詩人として金子光晴を捉えている。金子光晴を敬愛した茨木のり子自身は、「放蕩無頼《ほうとうぶらい》」のイメージとはほど遠いが、やはり「〈全体性の志向〉」を詩作品に求めていたと考えられる。この批評に書かれた「人間の弱部・恥部」を表出する声は、〈内部の声〉に、そして、「天下国家（社会）」に向けた声は、〈外部への声〉に対応する。

詩人の「〈全体性の志向〉」という言葉は、吉野弘の詩を論じた批評の中の「人間の全体性」（清岡卓行）という言葉を想起させる。

社会的な自己疎外の批判的な形象、それこそ吉野弘の最も大きな主題の一つなのである。（省略）社会的な自己疎外を摘発してやまない詩人の、思いがけない反面である内部の矛盾を忘れてはならないだろう。そこにまた、彼の最も大きな主題の一つが秘められているのだ。（省略）吉野弘は二つの問題の一方を他方のために等閑に付すことができないのだ。（省略）吉野弘こそは、人間の全体性へ肉迫しようとする今日の数少い詩人の一人であるようにぼくには思われる。（清岡卓行「吉野弘の詩」『吉野弘詩集』）

吉野弘の詩について書かれた「人間の全体性」には、「社会的な自己疎外」の問題と、人間の「内部の矛盾」という問題とが包含されている。その「人間の全体性」は、茨木のり子の言う「〈全体性の志向〉」に対応すると思われる。

茨木さんと吉野さんは、私というものと、私に対して向かい合っている世界との関係が明確に表現されている。それはある意味で世代的な問題かなという気もするのね。（大岡信　対談「美しい言葉を求めて」）

この批評に書かれた「私というもの」と「私に対して向かい合っている世界」との「関係」とは、茨木のり子の言う「弱部・恥部」と「天下国家（社会）」との関係、そして清岡卓行の言う「内部の矛盾」

と「社会的な自己疎外」との関係に対応すると思われる。この批評は、「〈全体性の志向〉を志しながら」（茨木のり子）・「人間の全体性へ肉迫しようとする」（清岡卓行）という言い方に見る詩の内容の問題に言及していると言える。

茨木のり子の詩は、外部の世界に向けて語られる〈外部への声〉に注目されることが少なくない。しかし詩集をあけてゆっくり静かに一篇ずつ読んでいると、詩人の内側を想わせる〈内部の声〉の魅惑にはっとさせられることがある。茨木のり子の詩において〈内部の声〉が〈外部への声〉を包みこんでいることを明白に感じさせるのは、遺稿詩集『歳月』所収の詩篇ではないか。詩集『歳月』には、〈内部の声〉で語られた愛の詩の精華を見ることができる。

詩では私人ではなく公人であることを志した茨木さんが、死後発表を許した『歳月』を含む本書は、一途に愛する〈私〉を貫いたひとりの女性の生が、詩というかたちによって〈公〉となった、現代では稀な混じり気なしの愛の詩集です。（谷川俊太郎『わたくしたちの成就』あとがき）

という批評に書かれた「私人・公人」の「私人」の声は〈内部の声〉に、そして、「公人」の声は〈外部への声〉に対応すると思われる。茨木のり子の〈詩人の語彙〉としての〈人間〉には、詩人が詩において希求した「〈全体性の志向〉」が直截反映されていると思われる。詩人の〈人間の声〉を聴くこと、それは詩人の詩の〈内部の声〉と〈外部への声〉の二つを併せた声を聴くことだと言える。

Ⅰ　内部の声

茨木のり子の詩から聴こえる〈内部の声〉は魅惑的である。その声は、人間の〈孤独〉を語る声であり、独白的な調子《トーン》を帯びている。その調子《トーン》は、外部に向けて開かれた〈外部への声〉のもつそれとは異なり、読者を沈黙へと誘う。

遺稿詩集『歳月』は、「私」という一人の女性の〈内部の声〉に覆われている。その声は、詩人自身が封じていた〈内部の声〉を解き放ったほんとうの詩人の声といえるかもしれない。「〈私〉」を貫くことによって「〈公〉」となるという道筋は、〈内部の声〉のもつ文学的な力を思わせる。

マルグリット・デュラスは、文学作品のもつ「内なる影の根源的な力」について次のように書いている。

苦しいこと、それはまさにわたしたちの内なる影に穴を開けなければならないことのなかにある。本質的に「内なるもの」を「外なるもの」に変換することによって、内なる影の根源的な力がページ全体に広がるように、穴を開けなければならない。だからこそ、わたしは狂人たちだけが完全に書く、と言うのです。彼らの記憶は「穴の開いた」記憶であり、すべてが外に向かっています。（デュラス『私はなぜ書くのか』）

デュラスの言う「内なるもの」は〈内部の声〉に、そして「外なるもの」は〈外部への声〉に対応すると言える。文学作品を覆う「内なる影の根源的な力」とは、文学作品が「内なる影」、つまり〈内部の声〉を支盤にして創られることを意味している。デュラスは『外部の世界』（一九九三年）という本を作っている。その本には、デュラスの書いた「新聞雑誌に掲載された記事、手紙、序文、その他の文書」が収録されているが、その仏語版の本の編者は、次のように書いている。

マルグリット・デュラスは、〈外部〉のために、〈外部に出るために〉これらの文を書いた。彼女の作品から洩れたこれらの断章は、作品の補完的な部分を形成している。（省略）『外部の世界』においては、このように〈内部〉が〈外部〉を包みこんでいる。音楽がことばを包みこむのと似ている。その一方で、本全体にわたって、境界には無関係に、エクリチュールがその生き生きとした活力を感じさせる。（クリスティアーヌ・ブロ＝ラバレール「編者のことば」『外部の世界　アウトサイドⅡ』）

「〈内部〉が〈外部〉を包みこんでいる」という言い方は、茨木のり子の詩における〈内部の声〉と〈外部への声〉との連繋を考えるのに示唆を与えてくれる。

茨木のり子の詩については、

言葉として表現されてない部分（省略）その裏側の世界というのが、むしろぼくには興味があるわけね。（大岡信　対談「美しい言葉を求めて」）

という声があるが、ここで茨木のり子の詩に求められている「裏側の世界」とは、〈内部の声〉で語られた作品に投影されている「内なる影」に対応するといえるのではないか。詩人の詩には、「内なる影」を映す作品は少なくない。そうした作品は、読む者を詩人の心の深淵へと誘う恐ろしい魅惑をもっている。その深淵は、「裏側の世界」と言うこともできるのではないか。詩人の詩作品のもつ「内なる影の根源的な力」が涌出するのはその深淵からである。

心の湖

詩篇「聴く力」のなかに「ひとのこころの湖水」という言葉がある。「ひとのこころの湖水」には、「内なる影」が映されているはずである。「ひとのこころの湖水」、そこは「言葉として表現されていない部分」が沈潜している言葉の坩堝である。その言葉を聴くためには耳を澄まさなければならない。

ひとのこころの湖水
その深浅に
立ちどまり耳澄ます

ということがない

風の音に驚いたり
鳥の声に惚《ほう》けたり
ひとり耳そばだてる
そんなしぐさからも遠ざかるばかり

（省略）

だが
どうして言葉たり得よう
他のものを　じっと
受けとめる力がなければ

詩篇「聴く力」は、「聴く」とは何かを考えさせる。「聴く」ことは、他者の存在を抜きにしては為しえない。しかし、「聴く」とは、ここでは「こころの湖水」に耳を澄ますことを意味する。「こころの湖水」は、〈孤独〉な人の内なる深い想いを映すものであり、〈内部の声〉に耳を傾ける力がないと聴くことはできない。その声は沈黙の声なのだから。
詩篇「みずうみ」にも「内なる影」が映されている。詩人の詩語には、水にまつわる〈水・川・海〉などがあるが、「みずうみ・湖」は、そうした詩語とは少しく異なる意味と機能をもっている。

みずうみ

〈だいたいお母さんてものはさ
しいんと
としたとこがなくちゃいけないんだ〉

名台詞を聴くものかな!

ふりかえると
お下げとお河童と
二つのランドセルがゆれてゆく
落葉の道

お母さんだけとはかぎらない
人間は誰でも心の底に
しいんと静かな湖を持つべきなのだ

田沢湖のように深く青い湖を
かくし持っているひとは
話すとわかる　二言　三言で

それこそ　しいんと落ち着いて
容易に増えも減りもしない自分の湖
さらさらと他人の降りてはゆけない魔の湖

教養や学歴とはなんの関係もないらしい
人間の魅力とは
たぶんその湖のあたりから
発する霧だ

早くもそのことに
気づいたらしい
小さな
二人の
娘たち

詩人の詩における〈内部の声〉の読みは、詩篇「みずうみ」に書かれた「魔の湖」の読解にはじまる。「人間の魅力」とは、「湖のあたりから　発する霧だ」とある。「霧」のように模糊として把握不可能な「魅力」とはどんな「魅力」だろうか。

語り手は、「ランドセル」を背負う「小さな二人の娘たち」の会話を耳にして、その会話の言葉と対話をするようなかたちで詩を構成している。この詩には、「湖・みずうみ」が、五回用いられている。水にまつわる〈水・川・海〉といった詩語の触発する清澄な感じとは異なり、「湖・みずうみ」は、淀みの深淵を感じさせる。〈内部の声〉に触れさせる詩語「湖」は、〈詩人の語彙〉だと言える。

さらさらと他人の降りてはゆけない魔の湖

「魔の湖」とはいったいどんな「湖」だろうか。「ランドセル」を背負った「小さな二人の娘たち」もその湖に「気づいたらしい」というのだが。それは〈心の湖〉の深みともいえるものにちがいない。「魔の湖」は、読む者をその深みへと誘なう。深い深い水の淵へと。〈詩人の語彙〉〈湖〉は、詩人の詩の読みの鍵を握っていると言えるかもしれない。

詩篇「百合」の「百合の花」には、存在者の抱える「内なる影」が直截投映されているようだ。

百合

明日咲く
百合の花は
月みちた妊婦のはら
夜目にもしろく　妖しい気配を漂わせ

夜更けか　あかつきか
花ひらく　はしたない呻吟の叫びを
きっと誰か聴きとる者がいるのだろう
聴問僧のように瞑目して

やさしい合唱隊の唄を
きいたような気もするが
朝
わたくしの見るものはただ一輪の清冽な花

詩篇「百合」には、〈心の湖〉の深淵に潜む翳が「百合の花」の抱える〈分裂〉を通して語られているようだ。「夜更けか　あかつきか」に「呻吟の叫び」をあげる「妖しい気配」を溢《たた》えた「百合」は、「朝」には「清冽な花」と化す。「百合」を女性になぞらえて読むと、女性は「妖しい気配」を漂わせる像と、「清冽な」印象を与える像との二つの像をもっていると言える。「百合の花」の抱える翳を女性の抱えるそれに重ねてみると、この地上の世界の〈人間〉と呼ばれる存在者のあり様が浮き彫りになってくる。

詩篇「百合」は、感覚的・官能的な作風を感じさせる。また、色と音とを直截的に感じさせる点においては絵画的、音楽的でもある。そしてまた知的な詩でもある。語り手は「百合」を通して〈人間〉とは何かを凝視しているのだから。

詩人の詩に語られている〈心の湖〉に耳を澄ますとは、「百合の花」の二つの様相を凝視することでもある。〈人間〉は、〈人間〉とは呼ばれていても、〈人間〉としてだけ存在しているわけではない。〈人間〉は「魔の湖」を抱えている地上の存在者なのだから。

蜜柑の家の詩人は、人の〈心の湖〉に耳を傾ける人だった。詩人には「聞いてもらいたいことが綿々と」あったのに、いつも「聴聞僧」のような役割を担わされていたらしかった。

なぜか聞き役ばかりさせられる
それは聞き星という運命の星
なぜか訴えてばかりいる
それも囀《さえず》り星といういい気な星

詩人は、詩篇「聞き星」の中で聞き役をさせられる者の思いを訴えている。「囀《さえず》り星」には「聞き星」のつらさがわかるだろうか。「囀《さえず》り星」がいても「聞き星」が存在しなければ真の対話は成立しない。「聴聞僧」は、宗教の制度とは関わりなく人の世に必要な存在なのだ。しかし、「聞き星」も「聴聞僧」も、人の抱える〈心の湖〉まで降りて行くことのできる寛くて優しい心の持ち主にしか務まらない。聴くことは、カウンセリングとは異なり、無料で行う宗教性を帯びた行為なのだから。

蜜柑の家の詩人の電話の声は優しかった。私は詩人に何かを訴えるということはほとんどなかったが、詩人最晩年の頃に「聞き星」だった詩人に長い間胸に抱えていたことを訴えたことがあった。蜜柑の家の詩人の敬愛していた、マルグリット・デュラスの文学に長い間一人で取り組んでいた私は、誰にも聞いてもらうことのできない思いを抱えて日々を送っていた。詩人は、自分を相対化して下さい。

そう私に言い聞かせるように話した。そして私がもう一度詩人にお会いしたいと訴えると

お会いしない方がいいでしょう。私も晩年の山本安英さんにはお会いしませんでした。

詩人からそんなふうに応答された私は、詩人は山本安英さんには会えなかったのだと自分に言い聞かせて、詩人に宛てて手紙を書くようになった。私は、詩人の「汲む　―Y・Yに―」という詩の一節を想った。

大人になるというのは
すれっからしになることだと
思い込んでいた少女の頃
立居振舞の美しい
発音の正確な
素敵な女のひとと会いました

そのひとは私の背のびを見すかしたように
なにげない話に言いました

初々しさが大切なの
人に対しても世の中に対しても
人を人とも思わなくなったとき
堕落が始まるのね　堕ちてゆくのを
隠そうとしても　隠せなくなった人を何人も見ました

私はどきんとし
そして深く悟りました

蜜柑の家の詩人の敬愛する山本安英に贈られたこの詩は、読んでわからない言葉はないが、人であること、そして人が生きてゆくことの恐ろしさを感じさせる。詩人の精神には、「Y・Y」の「なにげない話」がいつも生きていたと思われる。

戦後の昭和二十二年頃、当時戯曲を書こうとしていた私は、不思議な御縁で山本さんにめぐりあうことができた。この出会いは私の人生において決定的なものだったと今にして思う。（省略）殆んど直観的に、そこにすばらしい女性を発見したのだった。敗戦直後のこととて、頭は千々に乱れ、何が価値あるものなのかわからなくなり、そして大人全体を軽蔑しきっていた（「山本安英の花」）

詩人の敬愛した山本安英は、「湖」を覆う「霧」のような魅力を感じさせる女性だっただろうか。山本安英は、肉親、師、同志の死、そして夫の死、戦火を浴びた沢山の仲間たちの無残な死を超えて生きつづけた。山本安英の生涯は、たしかに詩人が師と仰ぐにふさわしい女性にちがいない。

〈つう〉がよたよたとなりながら、しかし最後のところでは自己を見失うことなく毅然と飛び立ってゆくように、山本さんは打撃によく耐えて結局は常にきりっと飛び立ってきたのだ。舞台写真集を繰ると、どの頁からも可憐で、いじらしくて、けなげで、たよりなげで、勁くもあった、飛翔の姿が透けてみえるのである。それはまっすぐに〈つう〉の演技にも通じている。（「山本安英の花」）

詩人のエッセイ「山本安英の花」を読みながら、詩人の詩篇「鶴」の中の「白皚皚《はくがいがい》のヒマラヤ山系／突き抜けるような蒼い空／遠目にもけんめいな羽ばたきが見える」という詩行を私は想った。詩人は清冽な印象を与える「鶴」の「無垢ないのち」を、山本安英の演じたつうの姿に重ねて見ていたのではないだろうか。

完全燃焼の生涯は美しい。

蜜柑の家の詩人は山本安英の生涯をエッセイ「去りゆくつうに」の中でこう書いている。この言葉は、詩の言葉として私の脳裏に焼き付いている。女優として生き抜いた一人の女性山本安英にも「魔の湖」は潜んでいたのだろうか。「魔の湖」は、誰の心にも潜むものにちがいない。人は〈心の湖〉を内に抱えながら社会の中で生きてゆく存在者なのだから。

蜜柑の家の詩人は、自分の人生において決定的なものを与えたという人に晩年の頃には会わなかったという。詩人は山本安英の会主催の「ことばの勉強会」——一九六七年に発足して二十五年続いた——に聴講に行ったり、山本安英主演の「夕鶴」を観たりと、山本安英の死に至るまで、「Y・Y」への思いを抱きつづけていたと思われる。「初々しさ」を失うことなく人は最後まで生きつづけることはできるだろうか。蜜柑の家の詩人は、私に会う代わりにこの詩を読んでと私に応答していたのだといまは思われる。

分裂

〈人間〉という存在者の抱える〈分裂〉をあらわに表出した詩を読んでみたい。まず詩篇「焦燥」。この詩には、「分裂」という語が用いられている。この「分裂」は、「内なる影」を映し出すものであり、人の〈心の湖水〉の読みと関わっていると思われる。

焦燥

けざやかな分裂を　支へ
わたしは
燭台のようにたつている

腰をひねり
いくたの蠟燭を捧げて

疑惑のまなこは
焦点を結ばず

君も例外ではないようだ
民族よ
乳房のあたりは凍っている、

幾時代かの不感症に馴らされて
稚《ワカ》い母よ
ともに走らう
虚像をにくみ
はげしく憎み

母系時代のどんらんさで
まことの美果を　もぎに行かう

獣のみもつ純潔を
遠い日すでに　失つたことを
心に深くかなしみながら

代るあたらしいもののないことを
心に深く憂ひながら。

詩篇「焦燥」（『詩学』一九五一年八月初出）は、「分裂」を抱える存在者の「内なる影」をあらわに映し出しているようだ。「不感症」に馴らされた「虚像」をにくみながら「獣のみもつ純潔」を想う「わたし」は自己の「分裂」を凝視して、きれいごとではなく、「稚い母《ワカ》」に呼びかける。「虚像」を憎め、「獣のみもつ純潔」を取り戻そうと。そして「乳房」は凍っていてはいけない、「不感症」ではいけないと。「わたし」は、〈人間〉などからは遠い、野性性を隠さない「獣」になりたいと公言しているようだ。「わたし」は、「母系時代」になつかしい思いを抱いているのだ。しかし、この詩には、「まことの美果」をもぎ取るための道筋は示されてはいない。

詩篇「焦燥」に用いられている詩語〈分裂〉は、〈内部の声〉でしか語ることのできない、人間の抱える苦悩の最深部を映し出す重要な意味と機能をもつ〈詩人の語彙〉だと言える。

詩篇「ある存在」には〈分裂〉を隠すことなく存在する「半神半獣」の「生きもの」が描出されている。「わたし」の内にはその「生きもの」が棲みついているのだ。

ある存在

大樹の根かたに
裸身をかくし
りょうりょうと笛を吹いているひと

ちらと見える頭には角が生え
半神半獣の痩せた生きもの
幼い頃一度だけ雑誌で見た絵
誰の絵ともわからずに
（ただの挿絵だったのかもしれない）
けれど
わたしは納得した
誰に教えられたのでもなく
（こういう種族もいるのだ　たしかに）

以来彼はわたしのどこかに棲みついている
みにくくて
さびしくて
なつかしい存在
音色だけで　ひとびととつながるもの

詩篇「ある存在」の「わたし」の内に棲む「彼」と呼ばれる「半神半獣」の「生きもの」は、「けざやかな分裂」を支えて立つ「わたし」の存在のし方に重なるといえる。「わたし」が「彼」の存在が「なつかしい」のは、「わたし」の存在のし方が「彼」のそれに似ているからにちがいない。ただ「彼」が、「半神半獣」という〈分裂〉を外部に晒している点においては「わたし」とは異なるのだが。

詩篇「ある存在」に描かれる「半神半獣」の「生きもの」は、ギリシア神話に登場するサテュロスを想起させる。詩のなかで、「わたし」が「雑誌で見た挿絵」に描かれた「生きもの」は、サテュロスだったにちがいない。古代ギリシアのサテュロスとは、「森の精の一種で、突然現われては、羊飼いや旅人を怖がらせたものであった。（省略）後に、彼らは、邪悪な本質は残していたけれど、やや上品になり、美しい音楽と踊りの専門家になった。」（F・ギラン『ギリシア神話』）とある。古代ギリシアの「半神半獣」のサテュロスは、たとえばギュスターブ・モローの水彩画「詩人とサチュロス」や「ニンフとサチュロス」、そして一九九八年にイタリア南部のシチリア島沖で発見されたブロンズ像「踊るサチュロス」などを想起させる。

フランスの詩人で、ギリシア学者でもあったピエール・ルイスの『ピリティスの歌』のなかに「水の精たち《ナイアデス》の墓」という詩篇がある。そこに「半獣神」の「足跡」をたどる情景が描かれている。サテュロスたちは、水の精とともに「氷片」の花の咲く冬に凍死してしまったという。

あの人は言った。「半獣神《サテュロス》は死んでしまったよ。

半獣神《サテュロス》たちも、それにニンフたちもね。三十年来
こんなに寒さがひどい冬はなかったからね。(省略)
ここが彼らの墓場なのさ。」
(ピエール・ルイス「水の精《ナイアデス》たちの墓」沓掛良彦『人間《ひと》とは何ぞ』)

詩篇「水の精《ナイアデス》たちの墓」のこの詩行は、茨木のり子の詩篇「ある存在」に描かれた「半神半獣」の末路を伝えている。茨木のり子の詩のなかには、古代ギリシアの詩の世界を彷彿させる作品がある。〈詩人の語彙〉〈分裂〉は、古代ギリシアの詩への誘いを秘めている。

詩集『歳月』のなかに「獣めく」の題をもつ詩篇がある。この詩では存在者の呼び名が、「にんげん」と「人間」とに書き分けられている。

獣めく

獣めく夜もあった
にんげんもまた獣なのねと
しみじみわかる夜もあった

シーツ新しくピンと張ったって
寝室は　落ち葉かきよせ籠り居る
狸の巣穴とことならず

なじみの穴ぐら
寝乱れの抜け毛
二匹の獣の匂いぞ立ちぬ

なぜかなぜか或る日忽然と相棒が消え
わたしはキョトンと人間になった
人間だけになってしまった

この詩には、〈内部の声〉が、〈外部〉に向けた詩の言葉によっておおらかに放出されている。「にんげんもまた獣なのね」――「にんげん」は、「獣」性を抱えて「人間」をやっている。そのことをしみじみと知らされたのは、「わたし」が「相棒」を失って、ひとりきりになった時のことだった。〈分裂〉を抱えている〈人間〉にとって「人間だけ」であることはとてつもなくさみしいことなのだ。

詩篇「夢で遊ぶ病」（詩集『歳月』）には、「説明できる言葉」の見つからない「夢遊病」らしき症状を顕わした「わたし」の〈分裂〉が語られている。

川っぷちの小さな劇場《こや》で
田舎芝居を見物中
不意にわたしは居なくなった
大騒ぎで探されたあげく
川べりまで探されたあげく
どこに通じるのかもわからない暗い階段に
一人ぽつねんと腰かけているのを発見された

（省略）

蛍を見て
　わが身よりあくがれいずる魂かとぞみる
とうたった和泉式部も同病なのかしら

その気《け》は今も続いていて

午前三時頃
幽冥　境もものかは
あなたとのこの上なく甘美なあいびきに
ひっそり出かけていたりする

この作品における「夢で遊ぶ病」は、夜中の「甘美なあいびき」で括られている。その「甘美なあいびき」は、「魂が、生きた肉体からある対象なり方向を目指して『あくがれ出る』」という「遊離魂」の愛の詩――「魂あるいは心が肉体を離脱して憧れの対象へと向かうことをうたった詩」（沓掛良彦『和泉式部幻想』）がヨーロッパにも日本にもあることを想起させる。和泉式部の歌には「人はいさわが魂ははかもなき宵の夢路にあくがれにけり」（一三〇八）という一首がある。

詩篇「夢で遊ぶ病」には「和泉式部」の「わが身よりあくがれいづる魂」の歌が引用されている。「和泉式部」のこの「遊離魂」の歌を詞書とともに読んでみたい。

をとこにわすれられて侍りける比、きぶねにまゐりて、御たらし河にほたるのとび侍りしを見て
物おもへばさはのほたるもわが身よりあくがれいづる魂《たま》かとぞ見る
（清水文雄校訂『和泉式部歌集』一六七四）

詩篇「夢で遊ぶ病」に書かれたこの歌の下の句――「わが身よりあくがれいづる魂《たま》」は、「遊離魂」という情態をそのままあらわしている。「わたし」が「あなた」との「甘美なあいびき」へ出かけて行くという情態は、「本来あるべきところから離れて行く」という「魂《たま》」の古義を思わせる。また「暗い階段に一人ぽつねんと腰かけている」少女の情態も「奈落」と呼ばれる「地の下」への一種のあくがれをあらわしていると言えるかもしれない。詩人の詩には〈地下の世界〉にたいする志向を思わせる作品がある。

和泉式部の歌に見る「遊離魂」という〈分裂〉については、「『心』『身』二元の分裂の認識をことばのかたちに引き出した歌人たちの延長上に（省略）みるような分裂相克のあり方」（野村精一「『身』と『心』の相克」）、そして「平安京になって魂と身体との二元論が目覚め、魂が身体からふらふらあくがれ出るという病理」（西郷信綱『古代人と夢』）という言説がある。和泉式部については、「遊離魂」という「魂の危機を身をもって感受した第一人者は和泉式部であった」（西郷信綱）とされるが、その背景には、「古代都市平安京」の「解体の危機」（西郷信綱）という歴史的、社会的な状況があると言われる。

詩人茨木のり子の詩における〈心と身の分裂〉という存在のし方、とりわけ〈甘美なあいびきに〉という「幽冥」の境を超えてゆく情態に見る一種の〈分裂〉というあり方は、平安時代の歌人和泉式部の「あくがれ出づる魂《たま》」に繋げることができるのではないか。

茨木のり子の詩に表出された〈分裂〉には、どのような歴史的、社会背景があると言えるだろうか。茨木のり子は、「明治の新しい浪漫主義の時代」の歌人与謝野晶子と比較されている。

明治の新しい時代、(省略)そこへちょうどぶつかったから、古くから蓄えられていたものと、一番新しいものとがぶつかって、その瞬間に爆発した。(省略)そういう意味では茨木さんの体験というのは、明治の青春を生み出した何人かの女流詩人たちなどと近いんだなあ。(省略)与謝野晶子はその時に堺の町で、ひとりで目がさめて、ひとりぼっちで書いた。それが新しい時代を切り開くという形になったんですね。(大岡信　対談「美しい言葉を求めて」)

「明治の青春」を〈昭和の青春〉ということばに置き換えてみると、なるほどと思われる。戦後間もなく一人で戯曲を書きはじめて、「『櫂の会』に入って初めて仲間ができた」という詩人の文学的環境は、「ひとりで目がさめて、ひとりぼっちで書いた」という明治の女流詩人たちに近い。そういう女流詩人たちが「新しい時代を切り開くという形になった」ということは、茨木のり子とほぼ同時代の詩人石垣りんを想わせる。茨木のり子と石垣りんは、失われた〈昭和の青春〉を奪い返すべく、「ひとりぼっちで書いた」。そして戦後といわれる時期に「新しい時代を切り開く」という役割を結果的に担うことになったと言えるのではないか。

蜜柑の家の詩人は、想い起こすに〈分裂〉を隠さない人だった。忘れようとしても忘れることのできない詩人の二つの声がある。

早く主人のところへ行きたいんです。

蜜柑の家の詩人のこの電話の声を聴いたのは、一九八〇年代の初めの頃のことだった。詩人のこの小さな声を耳にしたとき、私は自分の耳を疑った。本当に詩人の声だろうかと。けれどもそれはほんとに詩人の声だった。しかし蜜柑の家の詩人はしばらくの沈黙の後にはっきりと大きな声で言葉を継いだ。

詩は生命への賛歌です。

蜜柑の家の詩人は二つの声をもっていた。その二つの声は、〈分裂〉している。小さな声は、〈内部の声〉であり、宮崎のり子と三浦のり子の声だと言える。そして大きな詩人の声は、〈外部への声〉であり、茨木のり子の声だと私は思っている。詩人のこの二つの声は、前者は〈私〉の声、そして後者は〈公〉の声だとも言える。その二つの種類の声は、茨木のり子の詩の世界における〈全体性〉が〈内部の声〉と〈外部への声〉の二つの声によって構成されていることに対応するようだ。

蜜柑の家の詩人の小さな声を聴いたことのある人は、二つの声の振幅の大きさに驚かされるにちがいない。

不治の病に苦しむ人や自殺願望の人ならいざ知らず、功なり名をとげ何一つ不自由のない茨木さんの「死にたい」という声には、リアリティが感じられません。内心ほんとうだろうかと思いつつ「美味しいものを食べに行きましょう」と誘うていどにしか、受けとめられませんでした。（省略）詩集『歳月』が出版されたのは、一周忌を迎えたときです。一読思わず息をのみました。（省略）そして「急がなくては」を読んだとき、茨木さんの「死にたい」の声は、ほんとうだったのだ、と初めて得心がいったのでした。（田中和雄「編集後記」詩集『わたくしたちの成就』）

蜜柑の家の詩人の親しかった人たちのなかには、詩人の小さな声を聴いた人もあったのではないか。「おいの宮崎治さん（51）から見た茨木は、むしろ弱気な人だった」（朝日新聞二〇一五年九月二十一日）と伝えられている。宮崎治さんによると、詩人については、強いと見る人と、弱いと見る人の二つに分かれていたという。私はといえば、詩人の小さな〈内部の声〉と、大きな〈外部への声〉との二つの声を聴いていたと思う。蜜柑の家の詩人にとっては、いずれにしても「あの世」は「この世」にまして慕わしい場所だったことはたしかである。

蜜柑の家の詩人の小さな声と大きな声の二つの声は、一人の人としての声と一人の詩人としての声として聴くこともできる。私は詩人の二つの声を同時に聴いたとき、小さな声は、愛する人、同志であった人、「主人」と呼ぶ一人《ひと》の男を失ってしまったつらい女性の胸中を自然に吐露した声として受け止めた。しかし〈詩は生命への賛歌です〉という大きな声は、いったい何を意味するのか、すぐには腑に落ちなかった。その声は、自分を鞭打つようにして発しているという痛々しい感じを覚えさせた。

詩人の〈詩は生命への賛歌です〉という言葉が腑に落ちたのは、その電話の声を聴いた時から三十年以上もたったある瞬間《とき》——詩人の書いた「与謝野晶子」（『うたの心に生きた人々』）の中に「生命への賛歌」という言葉を見つけた瞬間《とき》のことだった。

文語という古風さをこえて、時代をこえて、晶子の戦争はんたいのさけびは、ひとりひとりの生命への賛歌となって、いまにいたるまでわたしたちの胸にせまってきます。

この詩（「君死にたまふことなかれ」）が発表されると大さわぎになりました。歌人の大町桂月は、さっそく『太陽』という雑誌に、はげしい非難文をのせて「国家観念をないがしろにしたる危険なる思想の発現なり」として晶子をやっつけ、（省略）くってかかりました。（省略）「危険思想」ということばは、日本でこのときはじめて使われたという、いわくつきのものです。（「与謝野晶子」『うたの心に生きた人々』）

詩人は、与謝野晶子の「君死にたまふことなかれ」の詩の読みとして、「生命への賛歌」という言葉を用いていたのだった。詩人は、「与謝野晶子」（一九六七年）の中に書いた「生命への賛歌」ということばを胸に刻んでいたのだと私は思った。詩人の四十一歳の時に書かれた『うたの心に生きた人々』の中には、与謝野晶子のほかに、高村光太郎、山之口貘、金子光晴の四人の詩人が採り上げられている。この本には四人の詩人の人生史とともにそれぞれの詩人の詩の読みが書かれているが、人生史が先行することなく書かれた詩の読みは、茨木のり子の詩論として読むことができる。

あゝをとうとよ、君を泣く、
君死にたまふことなかれ、
末に生れし君なれば
親のなさけはまさりしも、
親は刃をにぎらせて
人を殺せとをしへしや、
人を殺して死ねよとて
二十四までをそだてしや。

与謝野晶子の詩篇「君死にたまふことなかれ　旅順口包囲軍の中に在る弟を歎きて」は、この第一連にはじまり、第五連の「この世ひとりの君ならで／あゝまた誰をたのむべき、／君死にたまふことなかれ。」で括られている。この詩における「君死にたまふことなかれ」の五回の反復《リフレイン》の声からは、作意などというものを超えた一人の女性の真情溢れる「生命への賛歌」をたしかに聴くことができる。

蜜柑の家の詩人の大きな声は、一人の〈人間の声〉でもあるが、やはり一人の詩人としての声だったといまは腑におちた。電話の「詩は生命への賛歌です」という声は、詩人の究極の詩論だったのだと。

蜜柑の家の詩人は、最後まで初心を失うことなく詩人として詩を書きつづけたと思われる。けれども、詩人晩年の頃の電話の声は、「詩は生命への賛歌です」と私に呼びかけた頃の声とは少しく変わっていた。

回転扉

詩人の詩において〈内部の声〉の秘密を思わせる語彙のひとつに「廻転ドア」・「回転ドア」・「回転扉」がある。この「廻転ドア」は、第一詩集『対話』から遺稿詩集『歳月』までわずか数回しか用いられてはいないが、詩人の詩の読みにおいて重要な意味と機能をもつ〈詩人の語彙〉だと思われる。〈詩人の語彙〉「廻転ドア」・「回転ドア」・「回転扉」の用いられている三篇の詩を読んでみたい。

詩篇「薪を割る」（詩集『対話』）に初出の「廻転ドア」は、どんなふうに登場するのだろうか。

薪を割る
薪を割る
薪を割る

ふいにとなりのポピイがかけてくる

毛むくじゃらのしっぽを振って
私の横に長々とのびた
編物をする女の側に
ごろりと横になる男のように

（省略）

すてられた水蜜桃の皮の上で
二匹の虻が愛しあっている
ちいさい虻は蜜に夢中
大きい虻は舌うちをし
どこかでさっと
やりなおしのタクトがあがる

ひとときに庭に溢れるものは
ひととき庭に満ちきたったものは

斧をたてかけると
廻転ドアを押すように
わたしもあわてて　すきとおる
たそがれの中に吸いこまれていった。

詩篇「薪を割る」に用いられている「廻転ドア」は、「ひととき庭に溢れるもの」により、「薪を割る」ための「斧」を捨てさせて、「わたし」を「すきとおる　たそがれ」へと誘引する仕掛けのようだ。季節は「矢車草」の花が咲き、「水蜜桃」の出回る「初夏《はつなつ》」の頃か。そして時刻は「たそがれ」時である。この詩篇では、「廻転ドア」は「わたし」にしか見えない幻影の仕切りである。その仕切りの向こう側は、沈黙によってしか語り得ない秘密の場所ともいえる空間らしい。

詩篇「薪を割る」の中で、「わたし」は、幻影として見る「廻転ドア」を押すようにして、「たそがれ」の中に吸い込まれてゆく。「廻転ドア」は、「たそがれ」時に出現する愛への魅惑の入口ではないか。「たそがれ」時、それは一日仕事をした者に心の安らぎを覚えさせる特別なひと時にちがいない。「廻転ドア」は、この詩では「たそがれ」と縁語のように繋がっている。

茨木のり子の詩集は、色の詩集とも言えるほどに、いろいろな色に彩られているが、なかでも「たそがれ」時の空の色は、愛の暮色ともいえる優しい色相を帯びている。

食べられる実を付けた街路樹が
どこまでも続き　すみれいろした夕暮は
若者のやさしいさざめきで満ち満ちる　（「六月」）

燃えて燃えて
夕陽は哲学者のように沈みました
杏いろから
あざみの花の紫へ　（「山小屋のスタンプ」）

蘇枋いろの空に
悲鳴に似た声が残り
ゆきくれた音波を
みちしおのような暮色が
ゆっくりひたしはじめる。　（「夕」）

「すみれいろした夕暮」・「あざみの花の紫」の「夕陽」・「蘇枋いろ」の「暮色」といった、夕暮時の空の色はそのどれもが愛の暮色だといえる。この世の時空間から「わたし」が、誘い込まれてゆく所は、愛の暮色に覆われているようだ。「廻転ドア」は、そんな愛の暮色を背景に出現するのではないだろうか。

遺稿詩集『歳月』（二〇〇七年）所収の詩篇「秋の庭」にも「回転扉」が描出されている。

匂い　流れて
はじめて気づく
花々の咲きそめを
庭に一本の金木犀

粒々の花は
クリームいろから欝金《うこん》へと
たちまちに色を変え
惜しげもなく妖しい芳香を放ち出す
ぼんやりのところがあったあなたは
ヘアトニックとシェービングローションを

ひんぴんとまちがえて
ふりかける人でもあったから

夜気に漂う馥郁の花の匂いに誘われて
あの世とこの世の境の
透明な秋の回転扉を押して
ふらり　こちら側にあらわれないでもない

（省略）

ねぇ　いつのまにか
こんな大木になっていっぱいの花
植えた頃は　五つ六つと花を数えてばかりいたのに
ほら　こんなにいっぱいに散りしいて

隙をみて
やおらあなたの兵児帯をしっかり摑み

いっしょにくるりトンボを切って
今度こそいっしょに行くのです

こちらから　あちらへと
ささやかなこの庭のどこかに
そんな回転扉が隠されているようで
去りやらぬ　夜の庭

詩篇「夜の庭」には「金木犀」の「妖しい芳香」が「夜気に」漂う。季節は初秋の頃。詩篇に描出される「回転扉」は、あたかも世捨て人を幽房へと誘うかのように「透明な」幻影として出現する。その「回転扉」は、この世の人もあの世の人も行き来することができるらしい。

この詩は、映画の映像のように、一連を成す四行ごとに場面《シーン》が変わる。九連で構成された詩の映像は、一連ごとにクローズアップの手法で大きく写されては繋がれてゆく。

今度こそいっしょに行くのです

固い決意の秘められたこの詩句は、詩人の究極の〈内部の声〉として聴くことができる。詩篇「夜の庭」に用いられている〈詩人の語彙〉「回転扉」は、「今度こそいっしょに行くのです」という決意の言葉と繋げて読むと、地上の世界とは異なるもうひとつ別の次元の世界への道を開くものであることがわかる。そこは愛する男《ひと》の在《いま》す空無の世界である。この詩行は、詩人の〈内部の声〉として内的な魂の危機を表出しながらも、「夜気」の中に愛の暮色を感じさせる。

詩篇「行方不明の時間」（二〇〇二年）には、「透明な回転ドア」が描写されている。

人間には
行方不明の時間が必要です
なぜかはわからないけれど
そんなふうに囁《ささや》くものがあるのです

（省略）

私は家に居てさえ
ときどき行方不明になる
ベルが鳴っても出ない
電話が鳴っても出ない

今は居ないのです

目には見えないけれど
この世のいたる所に
透明な回転ドアが設置されている
無意味でもあり　素敵でもある　回転ドア
うっかり押したり
あるいは
不意に吸いこまれたり
一回転すれば　あっという間に
あの世へとさまよい出る仕掛け
さすれば
もはや完全なる行方不明
残された一つの愉しみでもあって
その折は
あらゆる約束ごとも
すべては

チャラよ

詩篇「行方不明の時間」においては、季節の花も果実も匂ってはこない。「回転ドア」は「透明」で、「この世のいたるところに」設置されているという。そして、「不意に吸いこまれたり」すると、この世とは縁を切って「あの世へとさまよい出る」という仕掛けになっている。「あの世」には愛するただ一人の男《ひと》が在すのだ。

詩篇「行方不明の時間」は、全編を通して拒否の意思を感じさせる。この詩の書かれた二〇〇二年当時の詩人の置かれていた苦境が伝わってくるようだ。詩人の語彙〈回転ドア〉は、詩人の〈内部の声〉を聴くために欠くことのできない意味と機能をもっている。それは、詩人の詩の世界において内部の翳を映す幻影を意味するものであり、詩人の詩の世界において、〈人間〉という存在者の苦悩を映すという機能をもつといえる。

茨木のり子の詩作品における〈内部の声〉に耳を傾けていると、〈人間〉と呼ばれる存在者の〈心の湖〉を映す孤独な声が聴こえてくる。〈人間の声〉を聴くということは、まずその〈内部の声〉を聴くことから始まるのではないか。

蜜柑の家の詩人が、「行方不明の時間」（二〇〇二年）の中に、この世との決別の思いを込めた「回転ドア」を描き出した頃、詩人は幾つもの病いを抱えて独り自宅で過ごすことが多かったようだ。ちょうどそんな頃蜜柑の家の詩人から時折電話がかかってくることがあった。忘れられない声がある。

弟が亡くなってしまったんです。

蜜柑の家の詩人は、十一歳の時に実の母を亡くし、十三歳の時に第二の母親が迎えられ、三十七歳の時に父親を亡くす。そして四十九歳の時には伴侶である一人《ひと》きりの男を亡くし、二〇〇二年、七十六歳の時、弟を亡くすことになる。詩篇「売れないカレンダー」に登場する詩人の弟「英一氏」は、詩人にとっては、詩人の故郷三河の地に繋がる大切な人だった。その大切な人の死を告げる詩人の電話の声はほんとに辛そうだった。この弟の死を告げる淋しい声は、三浦のり子の声と言うよりも宮崎のり子の声だったと思う。

この電話の声を聴くよりも前のことだったか後のことだったか、詩人は、「おかあさん」(「日記」)と呼んでいた継母の死についてぽそりと口にしたことがあった。

何も言わずに黙って葬ってあげました。

詩人の声は詰まっていた。言いたいことは山ほどあるのに。その声はそう語っているように聴こえた。この声はやはり宮崎のり子の声だと言える。亡くなった継母だった人の死については、『茨木のり子全詩集』の〈年譜〉には記載されていない。私は偶々その継母にあたる女性にあるレストランで私の家族と共にお目にかかったことがあった。それは一九八四年十二月二十三日のことだった。私の手帳に〈タヂオ　茨木のり子さん〉と記されている。そのレストランでその女性が、茨木のり子という詩人を横にして、「のり子がお世話になってます」と言われた時の二人の影像はしっかり私の脳裏に焼き付いている。その影像は、宮崎のり子の本名に繋がるものとして忘れることはできない。それは保谷のタヂオというレストランでの出来事だった。今にして思えば、私にとってはそれは大きな大きな出来事だった。なぜなら、三つの名前——宮崎のり子・三浦のり子・茨木のり子——をもつ詩人の大切な名前である〈宮崎のり子〉の像に少しく触れることができたのだから。

詩人の本名〈宮崎のり子〉を彷彿させる詩篇「首吊り」の中にこんな詩行がある。

町で一人の医師だった父は
警察からの知らせで
検死に行かねばならなかった
娘の私は後についていった
（省略）
こわごわ見て　帰ってくると
母は怒って塩をぶっかけた

娘だてらに！　と叫んで

この詩は、『詩学』（一九六六年五月）に書き下ろされた、詩人四十三歳の時の作品。ここに引用した詩行の「塩をぶっかけた」を読むと、なまなましい映像が浮かんで身のすくむ思いがする。そしてその映像は、レストランでたまたま出会った「母」と呼ばれる女性の像を想わせる。その女性の隣りに蜜柑の家の詩人は控え目に立っていた。その時の詩人の映像は、私の脳裏にいまも鮮明に刻まれていて、詩人の〈心の湖〉に沈潜する沈黙の声を想わせる。

蜜柑の家の詩人は、色にも形にも感触にも詩人らしい好みをもっていた。太陽の沈む「たそがれ」時に安らぎを覚え、生気を養っていた詩人の好みの色は、愛の暮色を想わせる「蘇芳いろ」（「夕」）だった。その「蘇芳いろ」について書かれた詩人からの手紙がある。「蘇芳いろ」には、紫みの蘇芳と赤蘇芳の二種類の色がある。詩人の紫みの「蘇芳いろ」の好みをまだ知らなかった頃に、私は赤蘇芳のタイシルクのスカーフを詩人に贈ったことがあった。その折の詩人からの返信——二〇〇三年六月十四日の日付をもつ——がある。

タイシルクのショール御恵送頂きありがとうございました。いい色と味〔ママ〕ざわり、愛用させていただきます。お手紙に蘇芳色のショールとありましたが蘇芳色は、赤紫いろ（濃いえんじでこの色ではありません。昔から蘇芳という字と音感とそして蘇芳という花もずっと好きでした。）

二〇〇三年六月十二日に蜜柑の家の詩人は、七十七歳の誕生日を迎えていた。私は詩人が「濃いえんじ」の色を好むことはよく知っていたが、「蘇芳いろ」についてはよく知らなかった。「蘇芳いろ」といえばくすんだ赤の色だと思い込んでいた私は、紫味の赤の色も指すことを知らなかった。「蘇芳さん」――電話で私のことを筆名で呼んでくださった蜜柑の家の詩人の声が蘇る。詩人の色の好みをよく知らなかった私は、色よりはむしろ「蘇芳《すおう》」の音によって自分の筆名を考えたのだが。私が作った一冊の本を詩人にお贈りした直後の電話だったと思う。その本を評して、「散文詩のようだったと申し上げたのは、つまりカッティングがよくいっているということです」（二〇〇三年六月十四日付の手紙）と書かれた言葉は、詩人の詩論として私の脳裏に焼き付いている。蘇芳色に二色あり、詩人の好みが「濃いえんじ」だということを知らずに贈ったスカーフが、それでも蜜柑の家の詩人の肩にかかっているのを想うと、私はほっとしてうれしかった。蘇芳色はいずれにしても愛の暮色なのだから。

Ⅱ　外部への声

茨木のり子の詩のなかには、外部の世界へ向けて放たれる〈外部への声〉がより大きく響く作品がある。〈外部への声〉は〈内部の声〉と連繋しているが、その声の調子《トーン》は、〈内部の影〉を色濃く映す〈内部の声〉とは異なる。〈内部の声〉が読者を〈沈黙〉へと導くのに対して、〈外部への声〉は読者を言葉そのものへ導く。

〈外部への声〉は、外部の世界へと開放される声であり、歴史的・社会的な調子《トーン》がより濃いといえる。その声には、〈日付と場所〉がより鮮明に刻まれている。

大岡信「茨木さんはずいぶん我慢強い人で、ほんとうは我慢に我慢をしてきたところがある。」

茨木のり子「そうねえ、人はたいてい許せてしまうんですね、個人は。」(対談「美しい言葉を求めて」)

詩人は、「個人」は許せても、許せないものがあると語っている。許せないものとは何か。それは、「個人」以外の何かである。この問いは、〈内部の声〉を抱えながらも〈外部への声〉を捨てることのできない詩人の作品の読みに直截繫がっている。

退役将校が教官となって分列行進の訓練があり、どうしたわけか全校の中から私が中隊長に選ばれて、号令と指揮をとらされたのだが、霜柱の立った大根畑に向って、号令の特訓を何度受けたことか。(省略)いっぱしの軍国少女になりおおせていたと思う。(茨木のり子「はたちが敗戦」)

第二次世界大戦の時代を日本で生きた茨木のり子のこの声には、〈日付と場所〉が刻まれている。この声は、同時代の詩人石垣りんの声を想起させる。

弟に召集令状が届けられたとき、私は両手をついて「おめでとうございます」と挨拶しました。そういう精神状態だったのです。（省略）今から考えられない素直さで、国の指導者のいう通りになっていたことを忘れるわけにはまいりません。（石垣りん「詩を書くことと、生きること」）

茨木のり子と石垣りんのある決意を秘めた言葉は、戦禍を潜り抜けて生き延びた作家たちの内なる決意を告げている。その決意は、詩人の「個人」は許せても許せないものがあるという思いと繋がっているのではないか。同時代を生きた二人の女性詩人の詩に〈日付と場所〉が明確に刻まれた作品が多いのは、その許せないものを不問に付すことはできないという意思のあらわれだと思われる。しかし詩人は、許せないものを特定することのむつかしさについて語っている。

戦後間もなくのことだったら、日本帝国主義を弾劾して事足れりだったかもしれない。しかし私の年齢は、と言うべきか、私の今まで感じ考えてきたことの総和は、と言うべきか、いずれにしてもありきたりの日帝批判に陥ることを許さなかった。（「自作について」『現代の詩人7　茨木のり子』）

詩人の〈外部への声〉を響かせる詩の読みのむつかしさは、「ミンダナオ島」の「ジャングルのちっぽけな木の枝」に引掛かっていた「日本兵のどくろ」を描出する詩篇「木の実」の詩作について書かれたこの文章によってもうかがうことができる。詩篇「木の実」(「本の手帖12」一九七五年初出)は、敗戦から三十年後、詩人四十九歳の時に書かれた作品である。

詩人の〈外部への声〉の響く詩には、詩人の「内部葛藤」が秘められており、厳しい内省が籠められていると言える。その声からは、その詩に刻まれている〈日付と場所〉と同時に詩人の「内部葛藤」をも読むことが大切ではないか。

日付と場所

詩人の詩の中にはその詩に刻まれている〈日付と場所〉へと想いを導く作品がある。詩人の人生(一九二六年─二〇〇六年)には〈日付と場所〉の刻まれた出来事が多くあったはずである。詩篇「手」は、〈日付と場所〉を想わせる詩の言葉で構成されている。

手

ちくちくちくと針仕事もし
こねこねと木鉢で粉もこねあげて

さやえんどうのすじを取り
草をむしり
稲を刈り
防空壕を掘り
鉛筆をにぎり
握手もし
ひたいの蚊をはたき
足のとげを抜き
深夜氷嚢の氷も割った
汚ないものを洗いそそぎ洗いそそぎしてきた手
まめまめしかつた手
この手はまだ覚えている
あなたの質感のすべてを

戦乱の世をくぐりぬけながら
まだ一本もそこなわれてはいない指
片腕ぐらい吹っ飛んだって少しもおかしくはない

時代を生きてきたのに

この手が完全に動きを止めたとき
ふと握ってくれるのは他人かもしれない
たった一人で虚空を摑むのかもしれない
やさしかったひとたちに
さようならをしたがるのかもしれない

この詩の「防空壕を掘り」・「戦乱の世」という言葉には、直截的に〈日付と場所〉が印されている。詩人の記憶の影像は、「戦乱の世」を経て、愛する男《ひと》の看護のために「深夜氷嚢の氷も割った」時期へと移ろう。そして語り手は、最終連で自身が死を迎えようとする最期の瞬間を想い描く。詩人の人生史は、この一篇の詩に尽くされているとも言える。

儀式

詩篇「儀式」には、「十六歳のわたし」の姿が描き出されている。詩人が「十六歳」の時――一九四二年（昭和十六年）は、太平洋戦争が起きた年である。

儀式といおうか
セレモニイといおうか
日本人だけがやけにこいつを好いている
と思っていたのであるけれど
どういたしまして
それぞれのかみしもつけて
それぞれの冠かむって　棒やら刀ひらめかせ
どの民族もセレモニイ好き
手づかみで喰っていた自由を忘れ
威儀を正して乾盃だ
ぷかぷかどんどん
楽隊鳴って
空砲鳴らかして
どの国も出自だの血統だの英雄などに
目がないんだ
ああ　はずかしい
分列行進の号令が大の上手　かしらァ　みぎぃ

大根畑に向って号令の練習
退役将校に仕込まれていた
十六歳のわたくしが

詩篇「儀式」は、「NHK中学生の勉強室」（一九七二年）に宛てて書き下ろされた詩の中の一篇である。詩人は、「十六歳」にして「民衆」の一人として「惑乱のテープ」――「テープが投げられる／いろとりどりの惑乱のテープ／その華やかな捕縛のなかで／あたしは何の花のように／匂へばいいのだろう…」（「民衆」）――にひっかかってしまった自分をそのままに中学生たちに伝えようとしたにちがいない。制服を着ての集団行進は、今も戦時下の頃と変わらずによく見かける場景であるが、集団主義から脱皮して制服を脱ぎ捨てることは実際むつかしいことらしい。詩人は集団主義を強いる国家なるものは、真っ平だと伝えたかったにちがいない。〈外部への声〉として開かれた声で語られる詩篇「儀式」は、忘れ得ぬ記憶の中から掬い採られた貴重な詩人の影像を伝えている。

茨木のり子の詩における〈日付と場所〉は、石垣りんの詩篇「挨拶――原爆の写真によせて」を想わせる。この詩には〈日付と場所〉が最初と最後に二回繰り返し刻まれている。

あ、
この焼けただれた顔は

一九四五年八月六日
その時広島にいた人
二五万の焼けただれのひとつ
（省略）
一九四五年八月六日の朝
一瞬にして死んだ二五万人の人すべて
いま在る
あなたの如く　私の如く
やすらかに　美しく　油断していた。
（一九五二・八）

石垣りんの詩篇「挨拶 ――原爆の写真によせて」について書かれた次の批評は、茨木のり子における〈日付と場所〉の刻まれた作品の読みに示唆を与えてくれる。

広島の惨劇が、外在的にではなく内在的に、そして、他人への哀惜とともに自らへの危惧をこめて歌われている。（清岡卓行「石垣りんの詩」）

石垣りんの詩篇「挨拶――原爆の写真によせて」には、〈日付と場所〉が刻まれていて、茨木のり子の詩篇「儀式」とよく似た〈外部への声〉の調子《トーン》をもっている。二人の詩人の〈外部への声〉で語られた二篇の詩は、戦争の惹き起こす惨劇が内省を通して「外在的にではなく内在的に」語られていると言える。詩篇「準備する」にも〈日付と場所〉が刻まれている。詩に印された〈日付と場所〉にまつわる記憶は、詩人を深くて厳しい内省へと誘うようだ。

〈むかしひとびとの間には
　あたたかい共感が流れていたものだ〉
少し年老いてこころないひとたちが語る

そう
たしかに地下壕のなかで
みしらぬひとたちとにがいパンを
分けあったし
べたべたと
誰とでも手をとって
猛火の下を逃げまわった

弱者の共感
蛆虫の共感
殺戮につながった共感
断じてなつかしみはしないだろう
わたしたちは

（省略）

わたしたちのみんなが去ってしまった後に
醒めて美しい人間と人間との共感が
匂いたかく花ひらいたとしても
わたしたちの皮膚はもうそれを
感じることはできないのだとしても

あるいはついにそんなものは
誕生することがないのだとしても
わたしたちは準備することを

やめないだろう
ほんとうの　死と
　　　　　　生と
　　　　　　共感のために。

いる。

詩篇「準備する」の中には、散文的な客観性を示す〈日付と場所〉は書き込まれてはいない。〈日付と場所〉は詩の言葉「地下壕」に印されている。詩語「地下壕」は、直観的なイメージの喚起力をもっている。

この詩の声は、「わたしたちは準備することを　やめないだろう」という詩行によって〈外部への声〉であることを告げている。そして〈わたし〉ではなく、「わたしたち」という一人称複数形は、かすかな希望を感じさせる。しかし、その〈外部への声〉は、外部の世界に対する懐疑を隠すことはない。――「べたべたと／誰とでも手をとって／猛火の下を逃げまわった」・「弱者の共感／蛆虫の共感」という詩行は、詩人の〈内部の声〉のもつ内的な深い苦悩の翳を感じさせる。

詩作品に刻まれた〈日付と場所〉は、歴史的・社会的な出来事をいつ・どこで生起したかを客観的に印すことにおいて、散文に印されたそれのもつ意味と変わることはない。茨木のり子の詩作品における〈日付と場所〉は、内省を通して詩化されていると言える。詩篇「準備する」では〈外部への声〉というよりは〈内部の声〉がその詩化に重要な機能をもっているのではないか。その二つの声のあり方は、

「〈内部〉が〈外部〉を包みこんでいる」という言い方を想起させる。〈外部への声〉の基底には〈内部の声〉が存在すると言える。

詩と散文

茨木のり子の詩作品には、「詩劇」と呼ばれる「埴輪」、「朗読のための詩」と呼ばれる「りゅうりぇんれんの物語」といった長編の作品がある。この二作品は、詩人の詩における〈詩と散文〉の問題を思わせる。

茨木のり子は、「台詞の中の〈詩の欠如〉を思って詩の勉強をはじめ、詩作の道に入った詩人である。「埴輪」と「りゅうりぇんれんの物語」の二作品は戯曲的な作風を感じさせ、「彼女の詩の芯は劇のほうからきているように思います」（水尾比呂志「茨木さんと『櫂』」）という批評を想わせる

茨木のり子の「埴輪」（『櫂詩劇作品集』一九五七年）を読んでみたい。この作品は、一九五八年にＴＢＳラジオ芸術祭参加ドラマ（演出・酒井誠、音楽・林光、出演・滝沢修、山本安英、左幸子、中村梅之助）として放送されている。

「詩劇」として書かれた「埴輪」の幕開けの場面。一人の青年が博物館へと入り、古代の埴輪に見入っている。その青年の長い独白の声が聴こえてくる。

青年　すべての物という物は
　愛してくれる人にだけ本当の姿を現わすという
　僕は知りたいんだ埴輪のひみつ

青年の声に応えるようにして、倭の語り部の媼が登場する。青年はその媼に導かれて、古代の土師部《はじべ》と呼ばれる奴隷たち——倭によって出雲から連行された奴隷たちで、埴土《はにつち》で墓の崩れを防ぐ土管を作る作業をする——の部落の世界へと入り込む。その部落の中で古代の土師部《はじべ》たちの中に八雲という男を見つけた青年は、「あれはおれだ！」と思う。青年は、語り部の媼に導かれてその部落の中に入りこんでいく。その八雲の作った女の土偶の見事さに打たれた倭の大君は、土師部たちに女の土偶を作るよう命令を下す。やがて埴輪を作る奴隷の部落に韓の国の使者が訪れる。韓の国の献上品の大皿に魅せられた八雲は、その皿を盗み割ってしまう。美しい壺を作ることを思う八雲は追われる身となる。八雲には愛する女性薊《あざみ》がいた。薊《あざみ》は八雲を助けるために、自分のからだを武器にして八雲を逃がそうとする。そして八雲に呼びかける。

薊　（省略）八雲！　行けるところまで行って！
　行きだおれかもしれない。野垂死にかもしれない！
　でも生きる方に賭けるのよ。八雲！　行けるところまで行って！

薊　生かしたいの、あなたを生かしたいの。

ほら、星明かりの中を見張りの鉾がきらきら光っている、あの光が一瞬闇の中に消えたとき、突き抜けるのよ！　八雲！　どこまでも走って！

八雲　薊！

薊　ふりむかないで！　八雲！　闇の中を走って！

走って！　走って！

もっと楽に息をつけるところ、きらきらかがやくような毎日を送れるところ、あなたが好きなときに好きな窯で好きな皿を焼けるところに辿りついて！　八雲！

薊《あざみ》の恋人八雲は、「薊《あざみ》」という声を最後に闇の中を走って行く。

場面はここで青年の幻想の世界から現実へと還されるが、青年は幻想の世界から抜け出ることができない。

青年　ああここは博物館――。……なるほど、ずいぶん遠くまで行ったものだ。ぼくは八雲なんて名前で呼ばれていた。八雲……。そうだ、いまならば言える、君がほしがったもの、君が身をよじってほしがったもの、それは「自由」だ。

（省略）

僕たちの愛！
僕たちの力！
僕たちの自由！
それはいつか花ひらくことが
あるだろうか。
僕たちみんなの手の中で
それはいつか、
重たく実ることが
あるだろうか

劇はここで幕を閉じる。青年は、幻想の中で見た、美しい壺に魅せられたために逃亡を余儀なくされた八雲を「あれはおれだ」と思う。そして八雲の身に自分を重ねて「愛」と「力」と「自由」を希求する独白の声を響かせる。

「詩劇」として書かれた「埴輪」の台詞は「〈詩の欠如〉」を感じさせることはない。台詞の「詩」を感じさせるのは、女性主人公薊の声である。薊の八雲にたいする純一な愛の想いを語る声は、この作品の「愛」というテーマに直截結びついている。青年の声は、薊の「愛」の想いを表白する強い声を受けて、失踪した八雲に代わって「愛」と「力」と「自由」への想いを語る。前者の「愛」のテーマは、永遠という時空間に繋がれるが、その「愛」の内側には後者の歴史・社会に関わる〈日付と場所〉が刻まれている。つまり「〈内部〉が〈外部〉を包み込んでいる」と言える。青年の声における「愛・力・自由」は、抽象性と具体性とを包含し、〈詩と散文〉とが交差するテーマだと考えられる。

デュラスの文学について書かれた次の批評は、茨木のり子の作品における〈詩と散文〉の性格の連繋について考えるのに示唆を与えてくれる。

デュラスの場合、彼女の文学活動を見ていると、その中心に具体的な「物」の描写とそれとは対位的な・目に見えない「抽象」の共生という意味で、もっとも映画に——シナリオに——傾くありかたが感じられる。(飯島正『映画の中の文学　文学の中の映画』)

ここに書かれた「具体的な『物』の描写と、それとは対位的な・目に見えない『抽象』の共生」という捉え方は、散文性と詩性の共生ということを思わせる。茨木のり子の詩劇「埴輪」における「散文性」は「具体的な『物』の描写」に、そして、「詩性」は「目に見えない『抽象』」にそれぞれ対応すると考えられる。

長編詩「りゅうりぇんれんの物語」も戯曲的な作風を感じさせる。詩人は、この詩は「朗読のための詩」として書き、「後に川崎洋氏との合作で、『交されざりし対話』として、ニッポン放送の『ラジオ劇場』から放送した。出演は宇野重吉氏、山本安英さん」（詩集『鎮魂歌』あとがき）と書いている。
劉連仁《りゅうりぇんれん》　中国のひと
くやみごとがあって
知りあいの家に赴くところを
日本軍に攫《さら》われた
山東省の草泊《つあおぼ》という村で
昭和十九年　九月　或る朝のこと
第一連の書き出しには、〈日付と場所〉と固有名詞が書かれていて、いつ・どこで・だれが何をされたかが書かれている。第二連以降、主人公「劉連仁《りゅうりぇんれん》」の苛酷な境涯が、時間順に、詩的な描写と説明、登場人物の発話、語り手自身の感情や思いを表出する声などによって語られてゆく。

門司からは二百人の男たち　更に選ばれ
二日も汽車に乗せられた
それから更に四時間の船旅
着いたところはハコダテという町

（省略）

りゅうりぇんれんらは更にひどい亡者だった
鉄道に働く人々は異様な群像を度々見た
そして彼らに名をつけた「死の部隊」と
死の部隊は更に一日を北へ――
この世の終りのように陰気くさい
雨竜郡の炭坑へと追いたてられていった

「りゅうりぇんれん」は、そうして炭坑から脱出をはかり、北海道の原野を仲間の男たちとさまよい歩き、やがてたった一人になって逃避行をつづける。そんな時、「りゅうりぇんれん」は、或る夏、山野で、「一人の子供」に出会う。

木洩れ陽を仰ぎながら
水浴の飛沫をはねとばしているとき
不意に一人の子供が樹々のあいだから
ちょろりと零れた　栗鼠《りす》のように
「男のくせに　なんしてお下げの髪？」

「ホ　お前　いくつだ」
日本語と中国語は交叉せず　いたずらに飛び交うばかり
えらくケロッした餓鬼だな
開拓村の子供だろうか
俺の子供も生れていればこれ位のかわいい小孩《しょうはい》
開拓村の小屋からいろんなものを盗んだが
俺は子供のものだけは取らなかった
（省略）
言葉は通じないまま
幾つかの問いと答えは受けとられぬまま
古く親しい伯父　甥のように
二人は水をはねちらした

「りゅうりぇんれん」は、日本の一人の子供との出会いをもち、自分の子供に重ねてその子供を見る。やがて彼は札幌に近い当別の山で日本人の猟師によって発見され、東京へ送られる。そして中国の故郷へと帰還することになる。

心ある日本人と中国人の手によって
りゅうりぇんれんの記録調査はすみやかに行なわれた
（省略）
東京で受けた一番すばらしい贈物
それは妻の趙玉蘭と息子とが
生きているという知らせ
しかも妻は東洋風に二夫にまみえず
りゅうりぇんれんだけを抱きしめて生きていてくれた
息子は十四
何時の日か父にあい会うことのあるようにと
尋児《しゅんある》と名づけられていた

尋児《しゅんある》　尋児《しゅんある》
りゅうりぇんれんは誰よりも息子に会いたかった
（省略）
なつかしい故郷の山河がみえてくる
蓬来《ふおんらい》　若かりし日　油しぼりをして働いたところ

塘沽《たんくー》
長い長い旅路の終わり
十四年の終着の港
（省略）
その夜
劉連仁と趙玉蘭は
夜を徹して語りあった
一家の消長
苦難の歳月
再会のよろこびを
少しも損なわれてはいなかった山東訛で。

「りゅうりぇんれんの物語」はひとまずこうして終わる。しかし、詩は、「りゅうりぇんれんの物語」を超えて語り継がれる。物語の外部で語られる、五連で構成されたその詩行には、詩の包含する〈日付と場所〉から解放された口調《トーン》で詩的観想が語られている。その五連の詩行は詩そのものとして読むことができる。

一ツの運命と一ツの運命とが
ぱったり出会う
その意味も知らず
その深さをも知らずに
逃亡中の大男と　開拓村のちび
（省略）
一ツの運命と一ツの運命とが交錯する
本人さえもそれと気づかずに

ひとつの村と　もうひとつの遠くの村とが
ぱったり出会う
（省略）
一ツの村の魂と　もう一ツの村の魂とが
ぱったり出会う
名もない川べりで
（省略）
時がたち

月日が流れ
一人のちびは大きくなった
楡の木よりも逞しい若者に
若者はふと思う
幼い日の　あの交されざりし対話
あの隙間
いましっかりと　自分の言葉で埋めてみたいと。

「一ツの運命と一ツの運命」・「ひとつの村と　もうひとつの遠くの村」・「一ツの村の魂と　もう一ツの村の魂」の出会いを語る「ぱったり出会う」の三回の反復は、茨木のり子がデュラスの「ヒロシマ、私の恋人」について書いた「日本の恋唄から」(『わが愛する詩』)の次の断章を想起させる。

ここに姿を現わす恋は、男女の姿を借りているにもかかわらず、本当はヒロシマとヌベールの恋なのだ。いわば町と町との恋なのであり、植物の交配をすら思わせる。

デュラスの「ヒロシマ、私の恋人」では、「一ツの運命と一ツの運命」の偶然の出会いと「交錯」は、「男女」の「恋」として描かれている。「りゅうりぇんれんの物語」では、中国人の「りゅうりぇんれん」

と日本人の「子供」の出会いと「交錯」は、「二十四時間」よりも短く、ほんの束の間の水浴びの時間にすぎない。二人は「言葉」を交わすこともできないまま別れてしまう。しかしこの短い時間は、「りゅうりぇんれん」にとっては苛酷な境遇を忘れさせる至福の時《とき》だったのではないか。運命的な出会いとは、「恋」におけるばかりではなく、広く人と人との出会いにおいて様々なかたちであり得ると詩人は語っているようだ。そうした「運命」の出会いと「交錯」はどこにでもあり、未来という時間に受け継がれて何かを結実させるものだと。

詩篇「りゅうりぇんれんの物語」は、『交されざりし対話』の題でラジオで放送されている。その題『交されざりし対話』は、詩篇「りゅうりぇんれんの物語」の主題をあらわしているのではないか。その題には、未来という時間への希求が籠められている。

詩篇「りゅうりぇんれんの物語」に書かれた〈日付と場所〉と固有名詞――「山東省　昭和十九年九月　劉連仁《りゅうりぇんれん》」――は、歴史と社会に関わる散文的性格をあらわすと言える。その一方で語り手の感情溢れる声と観想を静かに語る声は、詩的性格をもつと言える。『交されざりし対話』の題は、内なる感情と想念の籠められた詩的な題と言える。

茨木のり子の詩作品は、〈日付と場所〉を刻むという散文の跡を留めているが、石垣りんの詩にもまた散文の跡を見ることができる。詩人石垣りんの二十代の頃の戦時下における文学的な出発は、詩と同時に小説によるものであり、むしろ小説の方に重点があったという。石垣りんが、〈詩と散文〉とが交差するような地点から詩の道を辿ったという経緯は、詩人茨木のり子が、戯曲の台詞を詩的に書くために詩を書き始めたというそれに似ている。小説・戯曲から詩へという文学的経緯は、この二人の詩人の詩が、「散文が詩化された」という作風をもつことの秘密を語っているようだ。

石垣りんの小説と詩とについて書かれた次の批評は、〈詩と散文〉について考えるのに示唆を与えてくれる。

彼女〔石垣りん〕の文学的出発においてイニシアティブを保っていた小説の表現が、そのまま現実を凝視しつづけ、現実の方の変化によって詩の表現に移行したと見るべきであるかもしれないのだ。つまり、散文が詩化されたと言ってもよく、この特異な過程を彼女自身、思いがけない時代の激動にからめて強く意識したのではないかと思われる。（清岡卓行「石垣りんの詩」）

筆者は、ここで〈詩と散文〉の交錯ということを念頭に置いて、石垣りんの詩を「散文化された詩」という言い方ではなく、「散文が詩化された」というふうに捉えるべきだと強調している。茨木のり子の作品における〈詩と散文〉の問題は、ここに書かれた「散文が詩化された」という捉え方をもって考えるとよくわかる。その捉え方は、二人の作品が詩をめぐる「散文化された詩」という一般的な現象とは関わりのないことを語っている。「散文が詩化された」という言い方は、小説と詩について書いたデュラスの文学論を想起させる。

ほんとうの小説は詩なのです。

饒舌で、文化でこちこちに固まり、イデオロギーや、哲学や（省略）まさに男性文学と言えるものが存在しています。（省略）それらには詩が欠如しているのです。

（デュラス『外部の世界　アウトサイドⅡ』）

デュラスのこの小説論は詩論として読むこともできる。「小説」という「詩」は「饒舌・文化・イデオロギー・哲学」などからは解放されたものであるという詩論は、小説・詩というジャンルを超えて文学作品の読みに、そして茨木のり子の詩の読みに示唆を与えてくれる。

萩原朔太郎は、「詩精神」とは異なる「散文の形態」とは、「描写本位のもの・客観主義のもの」（「最近詩壇の動向」）だと書いている。現在では散文（小説）の形式をもつ作品の中には、「描写本位のもの・客観主義のもの」という作風をもたないものも少なくない。ヨーロッパの小説家は、十九世紀後半に変容した小説の潮流について「小説の技法が真の主題となります」（モラヴィア『王様は裸だ』）・「小説＝反叙情的な詩」（ミラン・クンデラ『小説の精神』）と書いている。〈詩と散文〉は、小説と呼ばれる散文の変容によってその境界は明白なものではなくなってきていると考えられる。

茨木のり子の〈外部への声〉は、〈日付と場所〉による客観性をもつが、その声は、〈愛〉という抽象性をもつ〈内部の声〉に包まれているということができる。

怒《ど》の声

詩人の詩作品に響く〈外部への声〉は、〈怒《ど》の声〉を感じさせることがある。その〈怒《ど》の声〉は、さまざまな反響を呼び起こしてきたらしい。なかでも詩篇「自分の感受性くらい」は、大きな反響を惹き起こしたらしかった。

自分の感受性くらい

ぱさぱさに乾いてゆく心を
ひとのせいにはするな
みずから水やりを怠っておいて

気難かしくなってきたのを
友人のせいにはするな
しなやかさを失ったのはどちらなのか

苛立つのを

近親のせいにはするな
なにもかも下手だったのはわたくし

初心消えかかるのを
暮しのせいにはするな
そもそもが　ひよわな志にすぎなかった

駄目なことの一切を
時代のせいにはするな
わずかに光る尊厳の放棄

自分の感受性くらい
自分で守れ
ばかものよ

この詩からは、靭い響きをもつ〈外部への声〉が聴こえてくる。しかしこの声は〈内部の声〉と言えるかもしれない。その靭い響きは、まず禁止の命令形「…するな」が五回繰り返されていることによっている。そして、最終行の「ばかものよ」の響きが、この詩篇全体の調子《トーン》としてある余韻を残す。詩人は「自分の感受性」を自分で守ることができなかった悔いを何十年も抱えて過ごし、その悔いを籠めて詩作したと考えられる。「ばかものよ」という声はやはり〈外部への声〉でもあるが、「わたし」を叱っている内省的な声でもある。

詩人は、「この詩の種子は戦争中にまでさかのぼるんです。美しいものを楽しむってことが禁じられていた時代でした。（省略）一億玉砕で、みんな死ね死ねという時でしたね。（省略）自分の感受性からまちがえたんだったらまちがったって言えるけれども、人からそう思わされてまちがえたんだったら、取り返しのつかないいやな思いをするっていう、戦争時代からの思いがあって。だから、『自分の感受性ぐらい自分で守れ』なんですけどね。」（「茨木のり子にきく」『二十歳のころ』）と若い世代の人たちに向けて語っている。

詩篇「自分の感受性くらい」について書かれた批評を読んでみたい。日本文学の「精華集」として編まれた『春秋の花』（大西巨人）のなかの〈冬の部〉にこの作品が採られている。

詩集『自分の感受性くらい』（一九七七年）所収「自分の感受性くらい」の最終二節。私は、たとえば土岐善麿《ときぜんまろ》の「とかくして不平なくなる弱さをばひそかに怖《おそ》る秋のちまたに」（『雑音の中』）を、〝精神の立派な在り方〟として銘記するが、それと毫も矛盾のない〝精神の立派な在り方〟として銘記する。これは秀作「六月」（『対話』所収）、「わたしが一番きれいだったとき」（同上）の詩人の中期における一代表作であろう。(大西巨人『春秋の花』)

筆者は、土岐善麿の短歌を引いて、「不平」がなくなることは、現状に甘んじることになり、それを「弱さ」として捉えている。そして「不平」がなくなることを「怖る」ことに「〃精神の立派な在り方〃」を認め、茨木のり子の詩篇「自分の感受性くらい」を「〃精神の立派な在り方〃として銘記する。」と書いている。

詩篇「自分の感受性くらい」に次いで、詩篇「倚りかからず」もまた大きな反響を呼んだらしい。この詩からも、〈外部への声〉と、〈内部の声〉を併せた声が聴こえてくるようだ。

倚《よ》りかからず

もはや
できあいの思想には倚りかかりたくない
もはや
できあいの宗教には倚りかかりたくない
もはや
できあいの学問には倚りかかりたくない

もはや
いかなる権威にも倚りかかりたくない
ながく生きて
心底学んだのはそれぐらい
じぶんの耳目
じぶんの二本足のみで立っていて
なに不都合のことやある

倚りかかるとすれば
それは
椅子の背もたれだけ

詩篇「倚りかからず」は、詩篇「自分の感受性くらい」に似て、直截的な声で語られている。「倚りかかりたくない」の四回の繰り返しは、厳しい精神性と拒否の意思を感じさせる。

この詩に対しては、「いまは『背もたれだけ』というがほんとうなのか。きれいごとではないのか。著者は自分という一個の人間の現場で起きているであろうことにふれないまま（あるいは気づこうとしないまま）いささか現実離れした人間像を、言葉のなかにゆらめかせる。人間がうたわれているのに、人間の一人である自分がいない」（荒川洋治「いつまでも「いい詩集」—茨木のり子『倚りかからず』」『文学が好き』）という批判がある。この批判にたいする反論としては、「『倚りかからず』という言葉は作者を含めて現代の一人一人の『人間の現場で起きていること』を昇華してくれる啖呵《タンカ》なのだ。実際は誰でもいろいろなものに倚りかかって生きているからこそ、こうした啖呵《タンカ》が必要になる。そして言葉は言葉の上だけでは決して終わらないものだ」（森山晴美「『倚りかからず』再論」『よしのずいから』）という批評がある。この批評にあるように、人は「誰でもいろいろなものに倚りかかって生きている」のではないだろうか。実際詩人茨木のり子は、この詩に書かれた「椅子の背もたれ」によりかかっては、生の力を養っていたと思われる。問題は、何に「倚りかかる」かということではないだろうか。

詩人は、詩篇「倚りかからず」に「倚りかかる」ものを明白なかたちで表明したと言える。詩人の精神の拠り所は、居間に置かれた「椅子の背もたれ」だったのである。詩篇「椅子」には、その「椅子」の秘密が語られている。

椅子

——あれが　ほしい——

子供のようにせがまれて

ずいぶん無理して買ったスェーデンの椅子
ようやくめぐりあえた坐りごこちのいい椅子
よろこんだのも束の間
たった三月坐ったきりで
あなたは旅立ってしまった
あわただしく
別の世界へ
――あの椅子にもあんまり坐らないでしまったな――
病室にそんな切ない言葉を残して

わたしの嘆きを坐らせるためにならこんな上等の椅子はいらなかったのに
ひとり
ひぐらしを聴いたり
しんしんとふりつむ雪の音に
耳かたむけたりしながら
月日は流れ

今のわずかな慰めは
あなたが欲しいというものは
一度も否と言わずにきたこと
そして　どこかで
これより更にしっくりしたいい椅子を
見つけられたらしい
ということ

甘い愛の歌のように聴こえてくるひとりの女の声――「倚りかかるとすれば／　それは／　椅子の背もたれだけ」という詩句の「椅子」はただの「椅子」ではないのだ。詩人にとってその「椅子」は、特別な愛の「椅子」であり、「できあい」のものの横行する世間の風潮に対する拒否の意志を貫くためのささやかな城ではなかったか。詩人にとっては、愛と「椅子」と詩は、魂にかかわる大切なものとして繋がっているはずである。「倚りかかるというのではないけれど、いろんなものを取り入れ、それに倚りかかって一緒に生きていく以外にないんじゃないか。あくまでひとり毅然としてやっていくという茨木さんに、このときぼくはこれでいいんだろうかと思ったんです」（飯島耕一　対談「〈倚りかからず〉の詩心」）という批評があるが、詩篇「倚りかからず」は、「ひとり毅然としてやっていく」ということを宣言しているというわけではないと思われる。詩人は、愛する男《ひと》の座っていた「椅子」に倚りかかっては、その男《ひと》のぬくもりに触れることを糧にして生きて書くということを、詩篇「椅子」は明かしているのではないだろうか。

「倚りかかるとすれば／ それは／ 椅子の背もたれだけ」という詩行に書かれた「椅子」は、『茨木のり子の献立帖』に大写しに撮られている。その「椅子」の右ページ下に、「椅子」を購入した日の〈日記〉が紹介されている。

1974年 昭和四十九年
十月二十六日 土曜 曇
一時、東急店でYと待ち合せ、
Yが見つけたノルウェーのイージーチェア、買う。
十二万八千円也、月プにしてもらう。

詩人が愛する人のために買った「椅子」は、「たった三月」でそこに座りつづける男《ひと》を失ってしまうことになる。その「椅子」は、まぎれもなく〈愛〉の「椅子」にちがいない。

詩篇「倚りかからず」に書かれた詩人の私的な立脚点は、「単独者として自立する生き方への決意」に籠められた公的な立脚点に繋がっていると思われる。

いっさいの権威や主義主張に倚らず、単独者として自立する生きかたへの決意を闡明にしています。「倚りかかるとすれば／それは／椅子の背もたれだけ」という、しごく日常的な軽妙なユーモアで結ばれるので（あの「洗濯もの」と同じように）、決意はいっそうあざやかな余韻を残すようです。（菅野昭正「日々、新しい決意を」）

詩人茨木のり子のここに書かれたような公的な在り方は、直截私的な在り方に繋がっていると言える。茨木のり子の詩の読みといえば、「茨木のり子さんの手紙」（高良留美子『現代詩手帖 追悼特集茨木のり子』所収）の中に書かれた「評論の世界は男性なんですよ、まだね。戦後詩史なんか出る時に、突然女性は無視される。女が女を評価することはだんだんできるようになったけれど、男性が女性を評価するのは、男性の尺度なんですね」という言辞が想起される。筆者はこの文章に次いで「吉本隆明氏のこの本でとり上げられている女性詩人は茨木のり子だけで、しかも『最近小言ばあさんになってきた』という失礼な言辞が書かれていた。茨木さんの手紙は、〈言って下さってありがとう〉というものだった。それを読んでわたしは茨木さんが怒っていたこと、そして傷ついてもいらしたことを感じたのだった。その後吉本氏が茨木さんの詩についてまともに論じたものを新聞で見た記憶がある。しかし『戦後詩史論』と銘打った本で女性の詩がこの程度に評価（？）され、通用していたことこそ、戦後詩史の限界として記録しておく必要があると思う」と書いている。『戦後詩史論』（吉本隆明）には、たしかに茨木の

り子について「いまは何かこ
とばあさんみたいになって、ただの進歩屋的なところもあるが」という言辞が書かれている。そして、ここで筆者が「新聞で見た」という評論を本にした『現代日本の詩歌』（吉本隆明二〇〇三年　毎日新聞社）には「茨木さんの詩は太陽の光をまともに受けたような立派な人柄の冴えをますます見せるようになった。立派で健康だということは、詩人としては時に弱点にもなる。ありきたりな進歩主義者になりえると感じる。その後は、あまり詩が人を引きつけなくなることもあるかもしれない。（省略）しいていえば、これは小説家になってしまうが、宮本百合子に似ているだろうか」（吉本隆明「茨木のり子」）と書かれている。この評論は、まず茨木のり子の詩について、具体的な読みが提示されないまま解釈と判断が書かれていることが問題になる。茨木のり子の詩が「立派で健康だ」というのは、一種の読みではあるが、具体的な詩の読みを通しては書かれていない。そして「進歩主義者になりえると感じる」とただ主観的に書かれている。

茨木のり子の詩には、〈内部の声〉で〈心の湖〉に潜む翳りを表出した作品が少なからずあるし、「進歩主義者」とは裏腹に、「進歩」そのものにたいする懐疑を直截書いた作品が多くある。茨木のり子は、自ら「古代に惹かれがちの気質がありますね、昔から」（対談「美しい言葉を求めて」）と語ってもいる。

茨木のり子の詩には、「始源」への回帰を思わせる作品がある。

私は憶う
私の夢みる未来のくらしが

人間の始源時代の生活と
ほとんど似通っていることを
（「山の女に」）

詩人の詩の読みにおいて〈詩人の語彙〉は、重要な意味と機能をもっている。詩人は「夢見る未来のくらし」を「始源時代の生活」に重ねて考えていた。それは、複雑な様相を帯びている現代の都会で生きる人たちの失ってしまった「くらし」だと言える。

茨木のり子は、「進歩主義者」というよりは、「理想主義」者だということは言えるかもしれない。

私は茨木さんの詩のこういう理想主義に強さとさわやかさとしなやかさを与えているものが、戦争中に、彼女自身にも気づかれぬうちに費され、奪いとられてしまっていた「青春」への、じつに深い愛惜の念ではないかと思っている。（大岡信「茨木のり子の詩」『人名詩集』解説）

詩人の「理想主義」は、しかし甘いものではない。たとえば詩篇「古譚」を読むと、詩人は「あこがれ」としての「理想主義」に対して懐疑を抱いていることがわかる。「老子から陶淵明まで約一千年は経過していよう／ その間に重く苦しい生活は更にすすんだのだ」という詩行がある。そして、陶淵明から「更に千五百年あまりの月日が流れた」今日、詩人は「桃花源の古譚」に「理想」とはかけ離れた「まるで違った物語」を読んでいる。詩篇「古譚」は、

男は慟哭した
故山あって　村なし
立ち枯れの桃の木あって　桃果のごとき女なし
一度取り落した世界には
ふたたび入ること能わぬを悟って

という詩行で括られている。

詩人の詩篇「自分の感受性くらい」・「倚りかからず」の二篇には、〈怒《ど》の声〉が響いているようだ。その〈怒《ど》の声〉には、金子光晴の詩作品から聴こえる〈怒《ど》の声〉の跡が基底に刻まれていると思われる。なぜ「自分の感受性くらい」なのか。なぜ「倚りかからず」なのか。その問いは、茨木のり子が金子光晴の詩から読みとったものを考えることによってはじめてひとつの答を得ることができるのではないか。

茨木のり子は、金子光晴の詩の「怒りの感情」について次のように書いている。


つづまるところ詩歌は、一人の人間の喜怒哀楽《きどあいらく》の表出にすぎないと思うのですが、（省略）「怒《ど》」の部門が非常に弱く、外国の詩にくらべると、そこがどうも日本の詩歌のアキレス腱《けん》ではあるまいか、というのが私の考えです。

「寂しさの歌」（金子光晴）はその題名にもかかわらず、全体を支えているのは憤怒《ふんど》に近い怒りの感情で、それがきわだった特徴です。（省略）さまざまな怒りはこの世に充満していますが、それを白熱化し、鍛え、詩として結晶化できているものは、多くの人の努力にもかかわらず現在でもいたって数は乏しいのです。遺伝的体質なのかもしれません。（茨木のり子『詩のこころを読む』）

日本の詩歌においては「怒《ど》」の部門が非常に弱いという指摘は、「近代的自我」の発露と関わりがあると言える。しかし、金子光晴ばかりではなく、日本にも〈怒《ど》の声〉を失うことなく戦時下を生きた文学界や演劇界の人たちがあった。茨木のり子は、「この戦争がおかしいってことが見えた人。私の身近では、それが金子光晴さん、それから女優の山本安英さんです」（「二十歳のころ」）と語っている。そして、「官憲にも屈服せず、自分の考えを絶対に譲り渡さなかった当時の文筆家」として、「金子光晴・永井荷風・宮本百合子・久保栄」の名前を挙げて、その中でも金子光晴は、「素手で、寄りかかるべき椅子や、支援してくれる思想的背景を持たず、みずからの自我だけを頼りに日本を撃ちつづけた」（茨木のり子「『日本人の悲劇』解説」欧文社）詩人だったと書いている。

詩人の書いた金子光晴論（『金子光晴詩集』の〈解説〉）は、「自分の感受性くらい」、そして「倚りかからず」という詩の題が金子光晴の詩と人生とに繋がっているのではないかということを思わせる。

日本への回帰を拒み続ける強烈な自我は、まるで突然変異のあだ花のように日本の詩の流れにはうまく結びつかないようである。他からのいろんな影響をさまざまに受けながら、自ら立つ足場を一度も崩すことがなかった人である。（省略）自己の感受性を何ものよりも信じた人であり、自分自身の頭と軀だけで考えに考えた思考の人である。このごく当たり前のことが日本人の最も苦手とするところであり、常に何かの支柱や、イデオロギイや、衆頼みや、権威のつっかえ棒なしには立っていられないのである。（『金子光晴詩集』解説）

詩集『自分の感受性くらい』という題は、この金子光晴論に書かれた「自己の感受性」という言葉に繋がっている。詩人は、金子光晴の「強烈な自我」について「支柱・イデオロギイ・衆頼みや権威のつっかえ棒」といったものではなく、「自己の感受性」こそ真の支えだったと書いている。

この世には自分の坐るべき、しっくりした椅子がない――という思いが、しばしば人をして詩人たらしめる動機となる場合が多いのだが、金子さんもまた例外ではない。壮年、老年となると詩人といえども、しっくりした椅子がみつかって、だらけてくるのが普通だが、金子さんの場合は異和感はかえって年々鋭く研ぎすまされて、それを梃子にイマジネーションの花を炸裂させるのである」（『金子光晴詩集』解説）

詩集『倚りかからず』の題もまた、ここに書かれた「この世には自分の坐るべき、しっくりした椅子がない」という金子光晴の詩人の精神性をあらわす言葉に繋がっている。詩人は、詩人としてもつべき精神性を「倚りかからず」という題に託したのではなかったか。そうした精神性こそ、「詩人たらしめる動機となる場合が多い」と詩人は書いている。

金子光晴の抵抗は何かの特殊で偉大な思想に依ったのではなく、拠点はマイホーム主義であり、生きのびる思想であったのだ。（「金子光晴――その言葉たち」）

詩人は、「反対する」という金子光晴における「抵抗」の「拠点」は、「マイホーム主義」、そして「生きのびる思想」だったと書いている。詩人はといえば、「含羞」や「好みの問題」、そして「詩の世界での通念」によって、「我が背の三十篇」は生前には発表せずに、愛の詩集『歳月』を死後に刊行することになる。詩篇「倚りかからず」の「倚りかかるとすれば／それは／椅子の背もたれだけ」という詩行は、茨木のり子の「マイホーム」という「拠点」を明かしていると読むことができる。

金子光晴の長編詩「寂しさの歌」（『落下傘』）には次のような詩行がある。

遂にこの寂しい精神のうぶすなたちが、戦争をもつてきたんだ。
君達のせゐぢやない。僕のせゐでは勿論ない。みんな寂しさがなせるわざなんだ。

寂しさが銃をかつがせ、寂しさの釣出しにあつて、旗のなびく方へ、
母や妻をふりすててまで出發したのだ。
かざり職人も、洗濯屋も、手代たちも、学生も、
風にそよぐ民くさになつて。

誰も彼も、區別はない。死ねばいゝと教へられたのだ。

ちんぴらで、小心で、好人物な人人は、「天皇」の名で、目先まつくらになつて、腕白のやうによろこびさわいで出ていつた。

（省略）

僕、僕がいま、ほんたうに寂しがつてゐる寂しさは、
この零落の方向とは反対に、
ひとりふみとゞまつて、寂しさの根元をがつきとつきとめようとして、世界といつしよに歩いてゐるたった一人の意欲も僕のまはりに感じられない、そのことだ。そのことだけなのだ。

昭和二〇・五・五　端午の日

詩篇「寂しさの歌」には、「昭和二〇・五・五　端午の日」の日付が書き記されている。この日付の当時、金子光晴は山梨県の山中湖に家族とともに疎開して、詩を書き続けていた。この日付の三ヶ月後に日本は敗戦を迎えることになる。金子光晴は、様々な手だてを講じて自分の子供の身体を弱らせ徴兵を忌避させようとしたという。

金子光晴という詩人は、正真正銘異邦人でしかありえなかった唯一の存在であるといってよい。彼ほど疎外された人間の意識をもちつづけた日本人は稀有であろうし、それ故にまた徹底した人間不信と、その究極のところで壮大な人間信頼の夢をはぐくんだ詩人もいない。（安東次男「現代詩の展開　金子光晴覚書」）

この批評の中で金子光晴は、渡欧経験者として高村光太郎、西脇順三郎と比較されて、「東洋諸民族の実体を見ることなしには西欧を見ることができなかった」詩人として、そして、「正真正銘異邦人でしかありえなかった唯一の存在」として捉えられている。『落下傘』、『鬼の児の唄』、『蛾』といった詩集は、山中湖畔に疎開した時期に発表のあてもなく書かれたものだが、それらの作品のいくつかを読んだ筆者（安東次男）は、「ほとんど畏敬に近い念をもってむさぼり読んだことを覚えている」と書いている。

金子光晴の詩を「近代的自我」に視点を置いて論じた次の批評は説得力がある。

戦争への抵抗も、光晴にとってはひとつのイデオロギーに発するものではなく、あくまでも自分の体験の痛みから始まらなければ表現の意味はないのです。そこに近代あるいは現代のわが国の詩人に稀だった頑固な〈個人〉の主張があるので、その主張こそ近代的自我と呼ばれるものの要請であり、これは、égoisme《エゴイスム》というより égotisme《エゴテイスム》（主我主義）あるいは égomisme《エゴミスム》（絶対自我主義）と呼ぶほうがふさわしい、単なる功利的要請とはちがったエゴの主張であります。（嶋岡晨『金子光晴論』）

この批評は、「近代的自我と呼ばれるもののきびしい対立ドラマ」や「個我の主張」が解消されてゆく状況を否定的に捉え、金子光晴の詩における「自我のありかた」を肯定的に捉えている。茨木のり子が金子光晴の詩に認める「怒《ど》」は、その「自我のありかた」に直截結びついている。「近代的自我」の問題に次いで筆者は、「〈永遠〉あるいは〈神〉の不在」の章で「わたしたちは、やはり〈海〉と〈太陽〉を追いつづけながら〈永遠〉をもたなかった金子光晴の自我のありかたに、引き継ぐべき厄介な遺産を見出さねばなりますまい」と書いている。

詩人茨木のり子は、「自我」を支えとして行動することこそ、抵抗という困難な在り方を可能にするという信念をもっていた。それは、「自我」を「自我」として発露させることの叶わなかった詩人自身に対する内省から生まれた信念だといえる。したがって詩人の詩における〈怒《ど》の声〉は、〈外部への声〉の響きは強いが、内省的な声でもある。

蜜柑の家の詩人から思いがけない電話が入ったのは、二〇〇三年の六月、詩人が七十七歳を迎えた年のことだった。

高良留美子さんから知らせをもらいました。その本を送ってほしいのです。

詩人の声は切迫していた。その本とは『現代日本の詩歌』(吉本隆明 二〇〇三年四月三〇日刊)だった。私はその本を二冊、一冊は詩人のために、もう一冊は自分のために、買い求めた。そしてすぐに詩人に一冊送った。私はその本の刊行前に毎日新聞の二月十六日の文化欄で「茨木のり子」論を読んでいたが、もう一度それを読み返した。すると間もなく詩人からの手紙が届いた。二〇〇三年六月二十日付のその手紙には次のように書かれている。詩人からの手紙は、かつて詩人の実家の宮崎医院に務めていた女性による代筆になっている。

『日本の詩歌』お送り頂き恐縮しました。一度目を通しておきたいものでしたのでありがたく、でも頂戴してしまっていいでしょうか?　全体にとても鈍く感じました。何を書いてもいい、自由がありそして批判する人もまた自由なのです。そういう観点から、とんちんかんと思う批評であっても、どんな批評であっても、私は今までずっと無視してきました。今回も同じです。　六月二一日　茨木のり子代そしてこの手紙の後にすぐ詩人から電話が入った。

思ったより緩かった。わたしの後期のものを読んでいないんです。わたしはいつもこうでした。

……がまんしてきたんです。

なぜ詩人はがまんにがまんを重ねてきたのか。日本の詩人の世界をまったく知らない私には詩人の訴えている事情がよくわからなかった。けれども金子光晴の詩論に書かれたやり場のない詩人の思い——「男たちから放たれる。有形無形の『生意気!』の矢に満身創痍である」(「金子光晴—その言葉たち」)——を読むとわかるような気もした。いずれにしても最晩年に到ってなお詩人は追いつめられていたのだった。

蜜柑の家の詩人から電話を受ける前、毎日新聞で「茨木のり子」論を読んでいた私は、詩人に宛てて手紙を書いている。〈最後の括り方はとても甘いと思います。茨木さんの詩の深いものを感受するための何か重要なものがこの評論家には欠落していると考えざるをえません。「健康で向日的な」性格の最深部に潜むものをこの文学者は掬い上げることができません。茨木さんの詩を読んで、人として在ることとの深い哀しみのニュアンスを触知し得ないとするならば、茨木さんの詩を語ることはできないのではないでしょうか〉。私は二〇〇三年二月二十日付の手紙でこう書き送っている。この手紙を書いてから十五年余の時間が経ったが、私の思いはいまもすこしも変わっていない。

二〇〇三年の詩人の声は、外部から受ける詩人に対する批判の声に、詩人が窮地に立たされていることを思わせた。この電話を受けてから三年後『現代詩手帖 追悼特集茨木のり子』（二〇〇六年）に書かれた「茨木さんの手紙」（高良留美子）によって、『戦後詩史論』（一九七八年）刊行当時の詩人の置かれていた苦しい状況を私ははじめて知ることができた。蜜柑の家の詩人と私が出会った一九八〇年の頃から晩年に到るまで、詩人はこの本から受けていたような思いに耐えていたと想像される。

また蜜柑の家の詩人のこんな声も耳元に残っている。やはり二〇〇三年の頃の声だった。

私はいま批判されているんです。

詩人は、ある人から批判を受けているらしかった。批判をしている人は男性で、詩を書いている人らしかったが、何についてどのように批判されているかは聴くことはできなかった。電話の声は、詩人の疲労の翳《かげ》を色濃く感じさせた。それは病いと詩人にたいする批判とのふたつのものに追いつめられた声だったと思う。多くの読者をもっている詩人がなぜそんなに追いつめられるのか、私には想いもよらなかった。「どうしてそんなに他人の言うことを気にするんですか」。私は自分の胸の内にわだかまっていたことをすこし強い口調で正直に電話で話した。詩人の置かれている状況をよく知らないままに。詩人は生涯現役でなくてはいけないのだろうか？　詩人は筆名を捨てることはできないのか？　私はそんな疑問を抱くようになった。

蜜柑の家の詩人のつらい胸の内を明かすこんな声を聴いたのもこの頃のことだったと思う。

産め産めっていう。どうして産まなければいけないの？

この声はまさしく詩人の〈怒の声〉だった。私はそんな内なる詩人の声に同調しながら嫌な世の中になってきたとしみじみ思った。詩人のこの声を、私は深奥の声として聴いた。しかしこの声は一方では〈外部への声〉として聴くこともできる。

蜜柑の家の詩人は、生前最後の詩集である『倚りかからず』刊行の翌年（二〇〇〇年）に大病を患って入院生活を送っている。退院して自宅で療養しながら、最後まで詩人は、詩人として生き抜こうとしていることを、二〇〇二年、二〇〇三年の頃、私は電話の声を通して感じていた。

詩人の詩における〈外部への声〉は、〈日付と場所〉を刻み、〈怒《ど》〉の感情を内省的に表出している。その〈外部への声〉は、外部の世界に、たしかに「小さな渦巻」（「小さな渦巻」）を作りつづけたのではなかったか。そのことは、詩人が詩人として「真摯な仕事」をしつづけたことを物語っている。「一篇の詩を成す」ことは、「はかない作業」だと詩人は語っている。そんな「はかない作業」を最期の時を迎えるまでやめることのなかった詩人は、やはり詩人と呼ばれるのにふさわしい詩人と思われる。

Ⅲ　対話と独白

詩人の第一詩集『対話』（一九五五年）の中に「対話」の題をもつ作品がある。詩人はなぜ〈対話〉を希求して詩集『対話』を編み、詩篇「対話」を書いたのか。詩人の詩を読みすすめてゆくとそんな問いが浮上してくる。

「対話」という詩があったから、それを採って詩集名にしたのだが、気どって言えば「ダイアローグをこそ欲しい」という、敗戦後の時代色とも無縁ではなかったかもしれない。

そして、今に至るまで「モノローグよりダイアローグを」という希求は一貫して持ち続けてきたような気がする。（「第一詩集を出した頃」『花神ブックスⅠ　茨木のり子』一九九六年）

詩人は、「ダイアローグ」を希求した理由について、「敗戦後の時代色」と無縁ではないと書いている。そして「ダイアローグ」への希求を一貫して持ち続けたという。敗戦後といえば、詩人は戦後間もなく沢山の芝居を観て戯曲を書きはじめる。その頃書かれた「埴輪」は、一九五八年のＴＢＳラジオドラマ芸術祭参加ドラマとして放送されている。「ダイアローグ」は、戯曲の跡を留めるというふうにも考えられる。

詩人は、「なぜそんなに戯曲に関心を持ったか」（大岡信）という問いに次のように応えている。

一つには時代的な風潮がありますす。もう一つには、若い時って自分の中にさまざまの矛盾葛藤があるじゃありませんか。どれが自分なのかわからない。その葛藤に形を与えるのに戯曲は一番ふさわしい形式に思えたわけね。そういう自分の内的欲求と二つの契機があったんでしょう。（「美しい言葉を求めて」対談・大岡信＋茨木のり子）

詩人は、なぜ戯曲かという問いに、「時代的な風潮」と「自分の内的欲求」との二つの理由を挙げている。「時代的な風潮」とは、敗戦後人々が演劇、映画、ラジオドラマといったものを求めたという風潮、そして「自分の内的欲求」とは、「矛盾葛藤」を抱えていた詩人の個人的な〈ダイアローグ〉への希求だと言える。

文学における対話は、まず文学作品の形式の問題である。茨木のり子の詩作品においては、対話の形式をもつ作品もあるが、多くは、独白の形式で書かれている。しかし対話の形式であれ独白の形式であれ、茨木のり子の詩作品は、対話性をもつと言える。茨木のり子の詩における「対話的本質」について書いた興味深い批評がある。

茨木さんの人名詩は、（省略）〈対話詩〉というべきものだということである。

（省略）茨木さんは、ほとんど本能的に、相手を無言の対話相手にしたててゆく。そのプロセス自体に茨木のり子の詩作の特徴がよく出ていると思うのだ。（省略）

「対話」は、茨木のり子にあっては、（省略）むしろ、何か大きなものを目撃し、言葉にならない、あるいは言葉の介入を拒む「たばしる戦慄」にしたたかうたれたとき、その言葉を超えた瞬間に何としてでも接近するための、心の中での自分自身との対話という性格を強くもっているのである。それは、だから、沈黙の中での言葉の泡立ちという様相を呈する。（省略）

つまり、茨木のり子の詩は外向的でありつつ同時に内省的だという性格をもっているのである。茨木さんの詩における対話的本質とは、そういう両面性の統一されたすがたなのである。（大岡信「茨木のり子の詩」『人名詩集』解説）

この批評に用いられている「無言の対話」・「心の中での自分自身との対話」・「沈黙の中での言葉の泡立ち」という言葉は、文学の形式としての〈対話〉を超えた、詩人の詩のもつ対話性に言及していると思われる。また、「外向的でありつつ同時に内省的だという性格」は、詩人の詩のもつ〈外部への声〉と〈内部の声〉の二つの声の性格を思わせる。

茨木のり子の詩作品は、文学の形式としての〈対話と独白〉を超えて対話性をもつと言える。その対話性は、〈対話の声〉というよりはむしろ〈独白の声〉によく顕われている。茨木のり子の詩を「〈対話詩〉」と捉えた批評の「無言の対話」・「心の中での自分自身との対話」・「沈黙の中での言葉の泡立ち」の中の「無言・心の中・沈黙」という言葉は、〈独白の声〉に繋がっている。茨木のり子は、言葉の詩人という印象を与えがちであるが、詩人は「言葉」を求める人だったと思われる。――「言葉と言えるほどのものがない」（「賑々しきなかの」）という詩行はそのことを物語っている。詩人は実際寡黙な人だった。

むかしむかしの自分の少女時代を振りかえってみると、実に硬くて風情のない痩せた一本の木のような姿が浮んでくる。
はにかみや、人と話すのは大のにがて、それにどうしても人に甘えるということができなかった。寄らば切るぞ！という気配も何とはなしに漂うらしくて、それかあらぬかラブレターを貰ったことが一度もない。（省略）
時が流れて、結婚してからも私の人間的な硬さはあいかわらず残ってしまったが、人の受け入れかたが少しづつ優しくなってくるようだった。他人と話すことが前ほど苦痛ではなくなってきた。そして、ほそぼそながらもともかく自分の言いたいことも、ほぼ言えるようになり、冗談もわりに滑らかに口をついて出てくるようになった。ああ、私にも冗談が言える！（「自作について」『日本の詩人7茨木のり子』）

詩人の抱きつづけた〈対話〉への希求は、詩人の個人的な「内的欲求」により深く関わるものだったのではないか。「人と話すのは大のにがて」だったという少女時代の性格は、すこしずつ変っていったようだが、人の性格というものは大人になってもどこかに残るものにちがいない。

対話の声

詩篇「花の名」は、〈対話と独白〉の二つの形式を織り混ぜた形で構成されている。この詩は、詩の中に形式としての〈対話と独白〉を用いた作品として貴重な作品だと言える。この詩では、詩人の「ダイアローグ」への希求が形式に顕れている。

この作品には二人の人物――女性人物の「わたし」と、男性人物の「登山帽の男」が登場する。「わたし」は、郷里での父の「告別式の帰り」、東京行きの車中で、「登山帽の男」と言葉を交す。この長編詩は、父を亡くした娘の内なるドラマが、男性人物との〈対話の声〉と、「わたし」の〈独白の声〉を交じえて語られている。

花の名

「浜松はとても進歩的ですよ」
「と申しますと?」

「全裸になっちまうんです　浜松のストリップ　そりゃあ進歩的です」
なるほどそういう使い方もあるわけか　進歩的！
登山帽の男はひどく陽気だった
千住に住む甥ッ子が女と同棲しちまって
しかたないから結婚式をあげてやりにゆくという
「あなた先生ですか？」
「いいえ」
「じゃ絵描きさん？」
「いいえ
以前　女探偵かって言われたこともあります
やはり汽車のなかで」
「はっはっはっは」
わたしは告別式の帰り
父の骨を柳の箸でつまんできて
はかなさが十一月の風のようです
黙って行きたいのです
「今日は戦時中のように混みますね

お花見どきだから　あなた何年生れ？
へええ　じゃ僕とおない年だ　こりゃ愉快！
ラバウルの生き残りですよ　僕　まったくひどいもんだった
さらばラバウルよって唄　知ってる？
いい唄だったなあ」
　かつてのますらお・ますらめも
だいぶくたびれたものだと
お互いふっと目を据える
吉凶あいむかい賑やかに東海道をのぼるより
　仕方がなさそうな
「娯楽のためにも殺気だつんだからな
でもごらんなさい　桜の花がまっさかりだ
海の色といいなあ
僕　いろいろ花の名前を覚えたいと思ってンですよ
あなた知りませんか？　ううんとね
大きな白い花がいちめんに咲いてて……」
「いい匂いがして　今ごろ咲く花？」

「そう　とても豪華な感じのする」
「印度の花のようでしょう」
「そう　そう」
「泰山木じゃないかしら？」
「ははァ　泰山木　……僕長い間
知りたがってたんだ　どんな字を書くんです？
なるほど　メモしとこう」
　女のひとが花の名前を沢山知っているのなんか
とてもいいものだよ
父の古い言葉がゆっくりよぎる
物心ついてからどれほど怖れてきただろう
死別の日を
歳月はあなたとの別れの準備のために
おおかた費やされてきたように思われる
いい男だったわ　お父さん
娘が捧げる一輪の花
生きている時言いたくて

言えなかった言葉です
棺のまわりに誰も居なくなったとき
私はそっと近づいて父の顔に頬をよせた
氷ともちがう陶器ともちがう
ふしぎなつめたさ
菜の花畑のまんなかの火葬場から
ビスケットを焼くような黒い煙がひとすじ昇る
ふるさとの海べの町はへんに明るく
すべてを童話に見せてしまう
鱶に足を喰いちぎられたとか
農機具に手をまき込まれたとか
耳に虻が入って泣きわめくちび　交通事故
自殺未遂　腸捻転　破傷風　麻薬泥棒
田舎の外科医だったあなたは
他人に襲いかかる死神を力まかせにぐいぐい
のけぞらせ　つきとばす
昼もなく夜もない精悍な獅子でした

まったく突然の
少しの苦しみもない安らかな死は
だから何者からかの御褒美ではなかったかしら
「今日はお日柄もよろしく……仲人なんて
照れるなあ　あれ！　僕のモーニングの上に
どんどん荷物が　ま　いいや　しかし
東京に住もうとは思わないなあ
ありゃ人間の住むとこじゃない
田舎じゃ誠意をもってつきあえば友達は
ジャカスカ出来るしねえ　僕は材木屋です
子供は三人　あなたは？」
父の葬儀に鳥や獣はこなかったけれど
花びら散りかかる小型の涅槃図
白痴のすーやんがやってきて廻らぬ舌で
かきくどく
誰も相手にしないすーやんを
父はやさしく診てあげた

私の頬をしたたか濡らす熱い塩化ナトリウムのしたたり
農夫　下駄屋　おもちゃ屋　八百屋
漁師　うどんや　瓦屋　小使い
好きだった名もないひとびとに囲まれて
ひとすじの煙となった野辺のおくり
棺を覆うて始めてわかる
味噌くさくはなかったから上味噌であった仏教徒
吉良《きら》町のチエホフよ
さようなら
「旅は道づれというけれど　いやあお蔭さんで
楽しかったな　じゃ　お達者でね」
東京駅のプラットフォームに登山帽がまったく
紛れてしまったとき　あ　と叫ぶ
あのひとが指したのは辛夷《こぶし》の花ではなかったかしら
そうだ泰山木は六月の花
もう咲いていたというのなら辛夷の花
ああ　なんというううわのそら

娘の頃に父はしきりに言ったものだ
「お前は馬鹿だ」
「お前は抜けている」
「お前は途方もない馬鹿だ」
リバガアゼでも詰め込むようにせっせと
世の中に出てみたら左程の馬鹿でもないことが
かなりはっきりしたけれど
あれは何を怖れていたのですか　父上よ
それにしても今日はほんとに一寸　馬鹿
かの登山帽の戦中派
花の名前の誤りを
何時　何処で　どんな顔して
気付いてくれることだろう

詩篇「花の名」の二人の登場人物は、それぞれ異なる声の調子《トーン》をもっている。「わたし」と「登山帽の男」との〈対話の声〉は、開かれた調子《トーン》をもつ。それに対して、「わたし」の〈独白の声〉は、閉ざされた調子《トーン》を帯びている。長編詩のはじめに〈対話〉へと「わたし」を誘い込むのは「登山帽の男」の声である。「わたし」は「黙って行きたい」のに、「登山帽の男」は、いきなり「浜松はとても進歩的ですよ」という言葉で「わたし」を〈対話〉へと誘う。「わたし」には、「登山帽の男」のように、開放的でおおどかな調子《トーン》の声で話す〈対話〉が必要だったにちがいない。

「わたし」の〈独白〉として語られる「父」への想いは、記憶のなかの亡き「父」との「無言の対話」を通して語られている。したがって「わたし」の〈独白〉は、対話性をもつと言える「無言の対話」は「私」の「父」にたいする愛と、「父」の存在の大きさとを伝えている。詩人は、「わたしの父はおよそ女性蔑視ということのなかった人でした」(『日本の詩人7茨木のり子』)と語っている。

長編詩「花の名」は、二人の人物の〈対話〉と「わたし」の〈独白〉によって構成された戯曲的な作風をもっている。しかし、春先に咲く白い「辛夷の花」の影像と、花の匂やかな香りを感じさせて幕を閉じるこの作品は、やはり詩なのだ。詩篇「花の名」には、〈対話と独白〉の形式が用いられているが、詩作品を覆っているのは、「わたし」の〈独白の声〉の調子《トーン》である。もしこの作品が戯曲なら、「登山帽の男」との別れの場面に次いで「わたし」という女主人公の物語が展開されてゆくはずであるが、それは詩に求めることはできない。

独白の声

茨木のり子の詩における対話性は、詩篇「花の名」におけるように〈対話〉の形式よりもむしろ〈独白〉の形式において表出されていると言える。その対話性は、「心の中での自分自身との対話」（大岡信）によって見ることができる。

デュラスの小説の中に「心の中での長い対話」という言葉が用いられている。

彼女の言葉は心の中での長い対話の存在を感じさせる。（デュラス『アンデスマ氏の午後』）

デュラスの小説に書かれた「心の中での長い対話」は、「無言の対話」であり、茨木のり子の詩における「心の中での自分自身との対話」（大岡信）は、デュラスの小説に用いられている「心の中での長い対話」に対応すると思われる。デュラスの小説の女性人物たちは、言葉を持たない沈黙の人物たちが多い。その一人の女性人物のこの描写は、「心の中での長い対話」とは、優れて知的な行為であることを意味している。実際この女性は平凡な女性であるが、知的な人物として描かれている。デュラスの小説の中の「心の中での長い対話」は、人間の一つの知のあり方を意味しており、その知は、文学作品の読みばかりではなく、文学作品の創作にも繋がると思われる。

詩篇「或る日の詩」からは、一人の女性「私」が、行き過ぎる人たちを眺めながら行う「心の中での自分自身との対話」を読むことができる。この作品にも「素朴な山男」が登場する。しかし詩篇「花の名」とは異なり、主人公である「私」は、「登山帽の戦中派」と対話したように誰かと〈対話〉をすることはできない。

或る日の詩

駅のベンチに腰かける
小さな都会の　夕暮れの

人参と缶詰とセロリで重い
買物籠をよせ
ゆききする人を眺める

悲哀を蛍のように包み家路をいそぐ老人
カタカタと饐《す》えた弁当箱を鳴らし
電車にとびのる若い人夫
切りたてのダリア　郵便局の娘

工学の本にひたすら傾斜する近眼の学生
彼には騒音も蟬しぐれ
戸隠の坊にでも居るような　静寂さ

浴衣をまとい
たなばたの笹の町へはしゃぎ出る黒人

アア山賊も現れた！
なんでも毟《むし》る俊敏な目
ちびた古下駄の主婦が

人生の切断面がぱっくり口を開け
真珠のように鈍くひかるものを
おもいがけず　かいまみたりもする
それら心に残ったひとびとの肩を
私はポンとたたくことが出来ない
素朴な山男のようには……

愛を岩清水のように
淡々と溢れさせえない悔恨が
私を夜の机にむかわせる
見知らぬ人へ
やさしい
いい手紙を書くつもりで
ペンは
いつのまにか
酷薄な文句を生んでいる。

詩篇「或る日の詩」は〈独白の声〉で語られている。「人を眺める」という「私」の行為に対話性は感じられるが、実際に「私」は人と対話をするわけではない。この作品における対話性は、「私」が目の前を行き交う人たちに視線を注ぐという行為そのものと、「私」の「無言の対話」に見ることができる。最終連に到って詩の口調《トーン》は、〈独白の声〉のもつ独白性があらわになる。「私」は〈孤独〉な境地に陥りペンを取り、独りで書くという行為に奔ることになる。この「私」の手紙を書くという行為にはやはり対話性があるとみなすこともできなくはない。「私」は手紙を読む相手を希求しているのだから。

詩篇「或る日の詩」は〈独白の声〉で閉じられる。「私」は言葉を交わす対話の相手を求めているが、そういう人を求めることはむつかしい状況にある。そうしてペンを取り紙に向かう。ここには文学作品が生み出される秘密が語られているとも言える。詩作品は作家の「心の中での自分自身との長い対話」から涌出する言葉によって創られると言える。

茨木のり子は、「自作について」というエッセイの中で詩篇「木の実」について、

書きはじめて頓挫し、草稿はそのままにしておいた。時を置いてまた読み返し、三、四行書いて頓挫し、またそのままにしておくというくりかえし。（省略）激越なことばを連ねれば連ねるほど浅薄になった。ではどう言えるだろうか？　思いは複雑に錯綜して、そして言葉は出てこなかった。（省略）言いつくせなかったせいだろうか、青い頭蓋骨は私の胸に棲みついてしまい、折にふれ、いまだに対話を挑んでくる存在と化した。（「自作について」『現代の詩人7　茨木のり子』）

と書いている。ここに用いられている「私」の「対話」の相手は「頭蓋骨」である。そんな「対話」こそ独りで行う知的な「対話」と言える。ここに書かれた「対話」は、文学作品の創作の秘密に関わるものと言える。詩人にとって、創作は孤独な行為であり、「沈黙の中での言葉の泡立ち」を通してなされるものだということを思わせる。ここに引用した詩篇「木の実」創作にまつわる話は、詩人が詩作に当たり、「言葉」を失って、「ひしめきあっている」言葉と格闘した経緯を伝えている。

詩は、精神のストリップのようなもので、大事なところは、ひたがくしにされていることが多い。ひたがくしというよりも、作者自身言葉を失い、不立文字の場所に至るということで、何もないため無言ではなく、ひしめきあっているための沈黙という性格が強い。

詩はそこに至る布石を正確に置いてあるにすぎないかもしれない。(「詩は教えられるか」)

詩人は、詩は「無言ではなく、ひしめきあっているための沈黙という性格が強い」と書いている。ここに書かれた「沈黙という性格」は、「沈黙の中での言葉の泡立ちという様相」(大岡信)という言い方に対応する。詩人の詩論に用いられている「不立文字」とは、「以心伝心」の標語と同じく、〈悟りの道は、文字・言語によっては伝えられるものではない〉という意味をもっている。茨木のり子は、「沈黙」によってしか表出することのできないものを読みとらなければならないと書いている。詩人の詩においては、「無言の対話」の読みが重要な意味をもつと考えられる。そして「無言の対話」の表出は、〈独白の声〉によってしか為しえないと言うことができる。

詩人のここに引用した詩論は、詩人には「文字・言語」に対する抵抗、ひいては「文字・言語」を用いて書かれた認識に対する抵抗があったことを思わせる。詩人の詩における〈独白の声〉は、「文字・言語」を用いたぎりぎりの声だと考えられる。

詩篇「今昔」の中に

沈黙が威圧ではなく　春風のようにひとを包む

という詩行がある。この詩行は、「無言の僧」こと「良寛」の描写であるが、「不立文字の場所」という詩人の言葉をそのまま人物像に託して書かれているようだ。そして「無言の僧」と「旅びと」との出会いを語った、

あばらやの誰ともしれぬ僧の書に
感じいった旅びとの
眼力もまたおそろしい
旅びとは老いてのち
それが良寛であったと知り
若き日の土佐の一夜をなつかしみ書き残す

という詩行は、「以心伝心」という「無言の対話」を思わせる。詩人の詩に「待つ」という題の作品があるが、詩人の「待つ」ものは、「良寛」のような人物ではなかったか。

デュラスは、「沈黙」は「女性」そのもののことであり、「文学」そのものだと語っている。

人が探求しようとつとめながら、沈黙に返してしまう本能的行動がある。（省略）遠いはるかな昔、何千年も前から、沈黙とは女性のことなのだ。したがって、文学とは女性のことなのだ。そこで女性のことがとりあげられるか、女性が作り手となるかは別として、文学は女性なのだ。（「水道を止めた男」『愛と死、そして生活』）

デュラスのこの女性論、そして文学論は、茨木のり子の詩論における「ひしめきあっているための沈黙」を思わせる。「沈黙」とは、言葉を包蔵する言葉の宝庫であり、茨木のり子の「沈黙」は、デュラスの言う「沈黙」に対応すると言える。その「沈黙」は、デュラスの「文学とは女性のことなのだ」という言説を思わせる。

蜜柑の家の詩人が「酷薄な文句」をペンに託す女性を描いた「或る日の詩」（一九五四年九月「櫂８」）を書いたのは二十八歳の年。詩人は当時所沢に住んでいた。その年の前年に同人詩誌「櫂」創刊（一九五三年）、そしてその翌年には第一詩集『対話』（一九五五年）刊行と、詩人としての活動が始まる頃にこの詩は書かれた。詩人は、所沢から、転々と住まいを移した後、一九五八年に東伏見に居を定めることになる。詩篇「或る日の詩」には、この詩の書かれた当時詩人の抱えていた苦労が反映されているように思われる。

私には自費出版する気もお金もなかった。（省略）自費出版などという大それた（?）願いは女房として持ちようもなかったのである。（省略）そうこうするうちに「不知火社」は遂に出版社廃業を宣言された。（省略）『対話』という、あやし火一つで消えてしまった「不知火社」よ、申訳ありません。（「第一詩集を出した頃」）

蜜柑の家の詩人が第一詩集『対話』刊行当時に抱えていた物質的な苦労がここに書かれている。詩人を「不知火社」に紹介したのは、同人詩誌「櫂」を共に刊行した川崎洋だったが、詩人は、「第一詩集は自費で出版すべきものであった」という悔いを残すことになった。

詩篇「或る日の詩」に描かれたベンチに座る女性像は、私にある一本の映画を想わせる。その映画は、ある旧い一本の映画――成瀬巳喜男監督の『驟雨』（一九五六年）である。この映画の時代背景は、「或る日の詩」（一九五四年）の書かれた年にほぼ重なる。また、場所が東京近郊の街であることも似ている。詩に描かれている「買物籠」を下げた「ちびた古下駄の主婦」の負う翳は、一人の女性としての苦悩の色と一人の詩人としての苦悩の色の二つの苦悩をあらわす目線をもっているはずである。その目線は、映画『驟雨』の主人公を演じる原節子の二つの目線を想わせる。

詩人茨木のり子像を、黒澤明監督の『わが青春に悔いなし』で主人公《ヒロイン》を演じた原節子像に重ねる見方――『わが青春に悔いなし』で新しい女性を颯爽と演じた原節子とは登場のしかたまで似ているような気がしたのである」（牟礼慶子「勁さと優しさと」）――もできるが、詩篇「或る日の詩」の「主婦」像は、むしろ『驟雨』で首切り寸前のサラリーマンの奥さん役を演じた原節子像に似ている。

成瀬監督のその映画は観念的な作品ではない。日常の暮らしのなかで内に抱える鬱屈したものと苦闘する女性像を描いている。その女性像は、詩人の詩に語り出される、日常の暮らしのなかで劣化してゆく大切なものを忘れまいとする女性像を想わせる。『驟雨』の原節子の見どころは、その目線にある。二間きりのつつましい空間における子供のない夫婦二人の暮らしのなかで主婦として独りで抱える内的な目線と、外に出て働く意志を秘めて苦境を乗り越えようとする一個の女性の外的な目線の二つの目線。その目線は、詩篇「或る日の詩」に描出される「私」の目線に似通っている。

「茨木のり子の日記抄」の中に「一九五〇年十二月二十三日」の日付をもつ日記が紹介されている。

　私の大半の時間は雑用だ。
　薪をポンポン割って、煮て、きざんで、鍋を洗って、床をふいて、寝まき、くつした、を洗濯して、炬燵に火を入れて、ゆつくりすると眠くなつてしまふ。
　それを分析してみると、結局は、台所、下水の設備がわるいこと。そのために、毎日々々不愉快なおもひをさせられること。そのためにお料理すらがいやになることである。

こんな日記の断片を読むと、詩篇「或る日の詩」に描かれた女性像は、当時の詩人の姿を想わせるし、やはり映画『驟雨』の原節子の目線を想わせる。

詩篇「或る日の詩」には、蜜柑の家の詩人の所沢住まいの頃の暮らしが反映されていると思われる。詩篇「食卓に珈琲の匂い流れ」（一九九二年）には、所沢住いの頃を回想する次のような詩行がある。

米も煙草も配給の

住まいは農家の納屋の二階　下では鶏《とり》がさわいでいた

さながら難民のようだった新婚時代

この詩行にも詩篇「或る日の詩」の書かれた当時の詩人の暮らしが映されている。二十代後半から三十代前半の時期は、詩人にとっては、精神的にも物質的にも厳しい時代だったと想像される。しかし、その厳しさは三十代後半にかけても続いていく。

蜜柑の家の詩人は、映画『驟雨』の女主人公原節子のもつ二つの目線――三浦のり子のもつ内的な目線と、茨木のり子のもつ外的な目線の二つの目線を持っていたと思われる。詩人は、三十五歳の時に夫の入院により看護に明け暮れる日々を過ごし、五十歳の頃に愛する伴侶でも同志でもあったその夫を失い、物質的な苦労を一人で負わなければならなくなり、より厳しい二つの目線をもって生きることを余儀なくされることになる。

今まであまりにもすんなりと来てしまった人生の罰か、現在たった一人になってしまって、「知命」と言われる年になって経済的にも心情的にも「女の自立」を試される羽目に立ち至っているのは、なんともいろいろと「おくて」なことなのであった。

そして皮肉にも、戦後あれほど論議されながら一向に腑に落ちなかった〈自由〉の意味が、やっと今、からだで解るようになった。なんということはない「寂寥だけが道づれ」の日々が自由ということだった。

この自由をなんとか使いこなしてゆきたいと思っている。(「はたちが敗戦」)

蜜柑の家の詩人は、「自由」を知り、「寂寥だけが道づれ」となった頃には、詩人として詩を書くことによって生計を立てていた。胸の内には「決して人間の魂を／価格の恥辱におとしめてはいけない」(エミリー・ディキンスン七〇九)という思いがあったと思われる。「はたちが敗戦」(『ストッキングで歩くとき』一九七八年初出)の書かれる三年前から詩人は朝鮮語学習を始めているが、蜜柑の家の詩人と私が出会ったのは、一九八〇年、詩人が「自由」を知り、「寂寥だけが道づれの日々」を送っていた頃のことだった。

蜜柑の家の詩人の抱えていた内と外とにわたる苦労は、私がご近所さんとしてお付き合いがあった当時、詩人の姿と詩人の声を通して見たり聴いたりしていた。一九八〇年代の終りの頃だったか、詩人は電話で大きな声で言い放ったことがあった。

有象無象ばっかりで！

蜜柑の家の詩人のこの声は、瞬間的にきついという感じを私に与えたが、よく考えてみると詩人らしい言い方だし、詩人ならそう言い放ってもいいと私は思った。詩人のこの声は、『韓国現代詩選』（一九九〇年）刊行に到るまでの長くて厳しかった道のりを思わせる。詩人は、韓国語学習、そして韓国語詩翻訳の過程で韓国語にかかわる日本の研究者、翻訳家といった人たちとの繋がりをもつようになっていた。詩人にある研究者からは「ざまあみろ」と言われたことを電話で訴えられたことがあった。またある翻訳家については、口で言ったことを守らないと訴えられたこともあった。

蜜柑の家の詩人が詩篇「行方不明」の中で「人間には行方不明の時間が必要です」と書いた二〇〇二年には、詩人から二通の手紙、その翌年の二〇〇三年には四通の手紙が私の許に届いている。その頃の手紙や電話からは病を越えて詩人として生き抜こうとする勁い声が伝わってくる。その頃の手紙には、フランス映画『デュラス　愛の最終章』（ジョゼ・ダヤン監督　原作ヤン・アンドレア『デュラス、あなたは僕を（本当に）愛していたのですか』二〇〇一年制作）に触れた手紙もあり、詩人はデュラスをモデルに作られた映画に最後まで注目していたことがわかる。この映画の原作となった本を書いたヤン・アンドレアは、デュラスの私生活におけるパートナーでもあった人である。

デュラスの〈愛の最終章〉は、とっくにごらんになったでしょうね。
私はさえない日々で渋谷まで行く元気がありませんでした。
心より御礼まで。

二〇〇三年の一月十四日付の詩人からの手紙の最後にはこう書かれている。この手紙の詩人の声にうながされて私はそこに書かれた映画を観に出かけたのだった。〈茨木さん、『愛の最終章』観てきました。ブンカ村というところに集う人たちを眺めてみるに、ちょうど私くらいの年格好の女性たちがほとんどで、デュラスの映画や中国映画を観に足を運んでくる人たちの醸す熱気は相当なものでした。映画は、ジャンヌ・モローという大女優の演技と、圧倒的な存在感に話題は尽きるように思われます。数年前のこと日仏学院でデュラス監督の映画上映会の折りのこと、私はデュラスのパートナーだったヤン・アンドレアに会いました。デュラスの死後身を隠すように過ごしていた後のこと故、青ざめた顔の男性を想い描いていたのですが、さにあらず、やや中年太りの気味で、声も野太く、私は内心安心したことを想い起こします。映画のシナリオを同封いたします。〉私は二月六日付の長い手紙の中にそんなふうに詩人に宛てて書いている。

蜜柑の家の詩人は、最後までデュラスに注ぐ眼差を失ってはいなかった。そのことは「行方不明の時間」を希求し、「回転ドア」をさっと通り抜けてあの世へ出て行くことを想っていた詩人が、最後まで詩人――詩を書き、詩を想う人だったことを証していると私は思う。

自然との対話

詩人の詩の中には、時間と空間の広大な広がりを感じさせる〈自然との対話〉ともいえる作品がある。〈自然〉とは、天地万物を意味する。地上の世界の詩人が、星や海、花や鳥といった〈自然〉と行う対話、〈自然との対話〉は、詩人にとっては、ものを「相対的にとらえよう」とする方法だと言えるが、詩人は、人間との対話以上に〈自然との対話〉を求めていたように思われる。

第一詩集『対話』所収の詩篇「対話」には、「地と天」の対話を見た少女の「対話の習性」への想いが語られている。

対話

ネーブルの樹の下にたたずんでいると
白い花々が烈しく匂い
獅子座の首星が大きくまたたいた
つめたい若者のように呼応して

地と天のふしぎな意志の交歓を見た！
たばしる戦慄の美しさ！

のけ者にされた少女は防空頭巾を
かぶっていた　隣村のサイレンが
まだ鳴っていた

あれほど深い妬みはそののちも訪れない
対話の習性はあの夜幕を切った。

詩篇「対話」には、「地と天のふしぎな意志の交歓」という構図が見られる。地上では、「ネーブル」の「白い花々」が匂いを放ち、天上では「獅子座の首星」がまたたいて二つのものが「交歓」し合っている。「少女」は、その光景を目の当たりにして「深い妬み」を覚え、「対話の習性」のはじまりを思う。詩篇「対話」には、しかし地上の歴史的な日付が「防空頭巾」・「サイレン」の語によって刻まれている。この詩に刻まれた〈日付と場所〉は、詩人自身の戦時下の体験に由るものである。詩人は、昭和二十年、郷里で動員令を受け取り、東京の海軍療品廠へと赴くために夜行列車を待つべく駅頭に立った時のことを書いている。

天空輝くばかりの星空で、とりわけ蠍座《さそりざ》がぎらぎらと見事だった。当時私の唯一の楽しみは星をみることで、それだけが残されたたった一つの美しいものだった。（「はたちが敗戦」）

詩篇「対話」に書かれた、「防空頭巾」をかぶった「少女」の「対話の習性」は、戦時下に詩人がひとり上京するために立った駅頭でのこの出来事を想わせる。「少女」は、死を想いながら東京行きの汽車に一人乗り込んだにちがいない。

ところで詩篇「対話」に見る、「白い花々」の放つ芳香と、「獅子座の首星」の大きなまたたきの織り成す「交歓」の図は、どこか日本離れした明るい感じを覚えさせる。詩人は、古代ギリシア詩の読者でもあったらしい。

　ギリシア的な明澄さを持った詩が私は好きだが、これに全く対蹠的に書かれたものにも強く惹かれる。（「日本の恋唄から」）

詩篇「対話」はどこか「ギリシア的な明澄さ」を感じさせる。詩人は、古代ギリシアの女性詩人サッフォーの詩に親しむということはあっただろうか。サッフォーには、天上の「月」と地上の花々「薔薇、芳香草、蜜蓮華」との交わりを絵のように描いた詩作品「アッティスに」などがある。サッフォーの詩の世界にも天と地との大きなスケールの構図を見ることができる。

あらゆる星々の光を奪うのにも似て。さし出でる月は、
鹹《から》い海面《うなも》や一面に花咲きそう野原の上に、
かがやく白銀《ぎん》のひかりを、ゆたかにふりそそぐ。

すると白露は玉なして地にしたたり、
薔薇やたおやかな芳香草《アントリユスカ》、また
花うるわしい蜜蓮華《メリロートス》が、ほころびひらく。
（サッフォー「一二一アッティスに」沓掛良彦『サッフォー　詩と生涯』）

この詩行には茨木のり子の詩篇「対話」のもつ「地と天のふしぎな交歓」に似通う構図を見ることができる。サッフォーは、レスボス島に生まれ、その地で詩女神《ムーサ》として、詩作活動をした詩人である。

詩人〔サッフォー〕が、自然の美というものにきわめて敏感に感応し、それをみごとに作品の中に結晶させている点がある。（省略）彼女の作品においては、自然はそれを背景として登場する人間と交感するものとして捉えられている。（沓掛良彦『サッフォー詩集』）

サッフォーの詩において、「自然」は「人間と交感するもの」として捉えられているが、それは茨木のり子の詩における〈自然との対話〉を想わせる。古代ギリシアの詩女神といえば、詩人の『詩のこころを読む』（岩波ジュニア新書）のカバーには、古代ギリシアの竪琴を奏する詩女神の写真が用いられている。『サッフォー　詩と生涯』（沓掛良彦）の見開きにもそれと全く同じ写真が用いられている。そのことは同じ写真を用いた二冊の本の出会いを物語るようだ。古代ギリシアにおいて、詩女神は「音楽の神」としてアポロンのお供をしていたが、「泉の神」でもあり、その後「詩的霊感の女神」となったと伝えられている。

茨木のり子の詩作品の中には、古代ギリシア詩の世界への誘いを秘めた詩行がある。「高貴な香料は／ふと／　アッテイカ風にただよい」（「夕」）・「ヒマラヤ山の杉のこと／　レスボス島の古いうた」（「秋」）・「ギリシャの葡萄をみのらせる／　海の真珠をふとらせる」（「十一月のうた」）・「海の泡は贈ってくれた／　生れたばかりのヴィーナスを」（「ふるさと二つ」）――こんな詩行は、詩篇「対話」のいざなう古代ギリシアの詩の世界に繋がっている。

詩篇「根府川の海」には、「海」や「花」との〈自然との対話〉が交わされている。

根府川の海

根府川

東海道の小駅
赤いカンナの咲いている駅

たっぷり栄養のある
大きな花の向うに
いつもまっさおな海がひろがっていた

中尉との恋の話をきかされながら
友と二人ここを通ったことがあった

あふれるような青春を
リュックにつめこみ
動員令をポケットに
ゆられていったこともある

燃えさかる東京をあとに
ネーブルの花の白かったふるさとへ

たどりつくときも
あなたは在った

丈高いカンナの花よ
おだやかな相模の海よ

沖に光る波のひとひら
ああそんなかがやきに似た
十代の歳月
風船のように消えた
無知で純粋で徒労だった歳月
うしなわれたたった一つの海賊箱

ほっそりと
蒼く
国をだきしめて
眉をあげていた

菜ッパ服時代の小さいあたしを
根府川の海よ
忘れはしないだろう?

女の年輪をましながら
ふたたび私は通過する
あれから八年
ひたすらに不敵なこころを育て

海よ

あなたのように
あらぬ方を眺めながら……。

詩篇「根府川の海」は、「根府川」の駅の描写にはじまり、次いで「カンナの花」と「海」の描写に移り、「丈高いカンナの花」と「相模の海」への呼びかけから〈自然との対話〉が始まる。そして最後は、「あなたのように／ あらぬ方を眺めながら……。」で括られている。

「十代」の「あたし」ではない「私」と「海」との〈対話〉の言葉には凄味が感じられる。「女の年輪」・「不敵なこころ」とは何を意味しているのか。この詩の言葉は、「海」に対して投げかけられた「あなたのように／　あらぬ方を眺めながら……。」の最終行の読みのむつかしさに繋がっている。この詩行は「沈黙」の内に「ひしめきあっている」言葉を感じさせる。

詩人は、詩篇「根府川の海」を書いた時のことを振り返り、「原稿用紙に向い、十分位で、ちゃらちゃらと書いたのが『根布川の海』である。既に私の心のなかに出来上っていたとも言えるが、今ではもう、あんなふうに気楽には書けなくなってしまっている」（「『櫂』小史」）と書いている。しかし読者はといえば、詩篇「根府川の海」は、けして「気楽」に読むことはできない。この詩に書かれた「あらぬ方を眺めながら」の一行の読みは、けして「気楽」にはできない。なぜなら「菜ッパ服時代の小さいあたしを」の詩行には、そこに刻まれた〈日付と場所〉に直截関わる声がより大きく響いているのだから。

ふと見つけた、三好達治の「海」という詩には、ハッとなった。そこには軍艦もいない、憲兵もいない、本来の青い海そのものがひろがっていた。私はその詩を写すと、ピンで壁にとめ、朝に夕に眺めた。（「日本の恋唄から」）

詩人にとって詩語〈海〉は、ただ広くて青い海ではない。やはり〈日付と場所〉に繋がる「軍艦」と「憲兵」のいない〈海〉なのだ。

詩人の故郷の愛知県の吉良は、三河湾にほど近い海の街である。「海」は、その故里の〈海〉にも重なっているはずである。故里に繋がる〈海〉も重いが、「軍艦」と「憲兵」を想わせる〈海〉も重い。この詩においては〈日付と場所〉を読むと同時に、「あたし・私」と書き分けられている語り手の重ねた年輪と、「あたし・私」と「海」との「無言の対話」を読まなければならない。

最後に〈自然との対話〉として、詩篇「雀」を読んでみたい。「雀」との対話を思わせるこの詩には静かで深い悲哀の情調が流れている。

詩篇「雀」は、「櫂17」（一九六八年）に書き下ろされている。この詩は、詩人四十二歳の時に書かれたとは思えない深い諦観を感じさせる。四十二歳を前に、詩人は、伴侶の入院生活を支え、父の死に遭うという試練の時を送っていた。

雀

雀にも夕食どきがあるらしい
黄昏の濃くなる少しまえ
いっせいにやってきて
私の用意したディナーの席につくのである
どんな季節にも茶のツィードを着込んで

（省略）

⁂

薔薇もやがてひらこうとする頃
彼らの声はひどく潤んでくる
張りのある　艶のある　誘いが
樹々の間を飛び交う
廂の下で頬を寄せあう二羽の春情かわいくて
もう何年になるだろう　彼らの食事を用意するようになってから

（省略）

⁂

毛の抜けたよぼよぼの老いぼれを
ともなってやってきた雀
目も見えなくなった婆さん鳥か
口うつしにパン屑をたべさせている
いじらしくて　あやうく落涙

（省略）

⁂

大寒の日に　屋根の上で死んでいた雀
隣の家の屋根瓦に　足つっぱって　ころりと
雪がふりつみ　雪がとけ
それでも硬く小石のように凝然と
二月たち　三月たち
そして不意に影も形もなくなった
その清浄な風葬を
ずっと視ていました
一羽の鳥よ

⁂

（省略）

世代の交替があり　かつての雛も
もう親なのだろう　いや　もう何世代にもなっているのか
お前たちのほんの少しのゆるみのなかにも
時の流れの
音たてて逝くのを
知る

詩篇「雀」に展開される雀との〈対話〉は、一羽の「雀」の死を経て、静かに幕を閉じる。一篇の劇《ドラマ》のように仕立てられた長編詩「雀」は、劇《ドラマ》の結末まで書くという点において散文性を思わせる。

「私」は、「雀」の営みを視ながら「雀」とともに生きている。「雀」は「茶のツィード」を着込んだりしてなかなかダンディだ。「二十羽」も束ねてやってくる「雀」のなかには雌も混じっている。「薔薇」の咲き匂う頃、「私」は、「廂の下で頰を寄せあう二羽の春情」に視線を捉われ、「よぼよぼの老いぼれを／ともなってやってきた雀」が「口うつしにパン屑をたべさせている」情景にあやうく「落涙」しそうになる。

そして「大寒の日」、「私」は「雀」の死を視届ける。彼らは「清浄な風葬」を「習わし」とする。「私」は、「雀」に視線を注ぎながら、「時の流れ」を知らされることになる。

「私」は、「雀」に視線を向けては「雀」との「無言の対話」を繰り返す。自然界の生き物に差し向ける眼差には、人間界では目にすることのできないものを見たいという願いがあるのだろうか。「雀」との対話は、ある出来事を語り出す。それは、「雀」の死である。「雀」の死は、しかし出来事ともいえない出来事とも言える。それは、「時の流れ」というものを思わせるにすぎない。それは出来事とは言えない出来事であるが、大きな出来事とも言える。

文学作品における「無言の対話」といえば、和泉式部の作風を、たとえば「問うや誰。我はそれかは。いかばかり憂かりし世にや今までは経る」という一首を挙げて、「対話体歌風」と捉えた批評が想い起こされる。

独語としても、対話の形をとった独語であると思わせ、コロック・サンチマンタール（情緒的対話）の一例としうるのである。（省略）対話体歌風も、そういう対他的意識をもった精神だからこそとりえた歌風と思われる。（寺田透『和泉式部』）

茨木のり子の詩における〈対話〉は〈独白の声〉で語られるが、それは、「対話の形をとった独語」に対応すると言える。ここで興味深いのは、「対話体歌風」は、「対話の形をとった独語」に由来するものであり、作者の「対他的意識」というものと繋がるということである。他者をはっきりと意識するということが欠けていると「対話」も「対話体歌風」も成り立たない。茨木のり子の作風は、和泉式部の作風を捉えた「対話体歌風」という言葉に照らしてみると、〈対話体詩風〉ということができるのではないか。

詩人の希求していた「対話《ダイアローグ》」とは、具体的にどんなものだったのだろう。詩人が敗戦後に抱いた「ダイアローグをこそ欲しい」という熱い思いは実際に叶えられたと言えるだろうか。「敗戦の時代色」の薄らいでゆく時流の中で詩人は「ダイアローグ」に対する懐疑を抱くことはなかっただろうか。詩篇「行方不明の時間」（二〇〇二年）の「この世のいたる所に／　透明な回転ドアが設置されている」という詩行はそんな問いを抱かせる。

第三章　詩人の恋唄

茨木のり子の〈恋唄〉は、遺稿詩集『歳月』（二〇〇七年）の中で華開いたと言える。詩人として生きた五十余年の間、詩人はいつの日か〈恋唄〉を書くことを心に期していたと思われる。ラジオドラマ「埴輪」（一九五八年）を書いて以来、詩人は恋唄詩集刊行の時を待っていたのかもしれない。

薊　生かしたいの、あなたを生かしたいの。
　ほら、星明かりの中を見張りの鉾がきらきら光っている、あの光が一瞬闇の中に消えたとき、突き抜けるのよ！　八雲！　どこまでも走って！
（「埴輪」）

「埴輪」の女主人公薊《あざみ》のこの情感溢れる声は、詩集『歳月』の〈詩人の恋唄〉の声にも失われてはいない。

詩人の恋唄詩集『歳月』には、一人の女性三浦のり子の伴侶三浦安信への恋の想いと、詩人茨木のり子の〈恋唄〉への想いとが混交して凝縮されているように思われる。詩集『歳月』は、固有名詞と〈日付と場所〉とが刻まれた恋と、それを喪失した永遠の時空間に繋がる恋とが合わさった〈恋唄〉として編まれているのではないか。

茨木のり子さんは、一九二六年生まれ。二十三歳のとき三浦安信さんと見合いをしました。二人とも思わず「目が眩み」一目惚れします。そして恋愛結婚二十五年。夫安信さんは肝臓癌で早世。茨木さんは「虎のように」泣きました。（田中和雄「編集後記」詩集『わたくしたちの成就』）

詩人は、最愛の男《ひと》を失った後、「虎のように」泣いたことがここには伝えられている。〈詩人の恋唄〉詩集は、「傷ついた獣」のように横たわって、独り夜明けを迎える女性の姿を描出する詩篇「五月」にはじまる。

五月

なすなく
傷ついた獣のように横たわる
落語の〈王子の狐〉のように参って

子狐もなしに
夜が更けるしんしんの音に耳を立て
あけがたにすこし眠る
陽がのぼって
のろのろと身を起し
すこし水を飲む
樹が風に
ゆれている

詩篇「五月」に描かれている女性の姿には妖気が漂っている。この詩は、その妖気が詩化されているというほどにある凄味を感じさせる。女性は、死を想っていたにちがいない。詩集『歳月』のはじめの〈恋唄〉は、愛は死の想念に繋がることを感じさせる。

詩集『歳月』に編まれた〈恋唄〉は、詩人の究極の〈内部の声〉として聴くことができる。詩人は、最愛の男《ひと》を亡くして以来、その〈内部の声〉を詩作品として練り上げてゆくことに心の丈を尽くしていたと思われる。そして、詩集『歳月』は、経験されたあるひとつの恋の想いと、詩人が長年心の内に秘めていた〈恋唄〉への想いとが混交する〈恋唄詩集〉として仕上がったのではないだろうか。詩集とはいいい、創られた詩の作品集である。

〈詩人の恋唄〉に用いられている〈詩人の語彙〉〈恋〉は、日本語の古語〈恋《こひ》〉のもつ二つの語法を思わせる。日本語の古語〈恋〉は、〈ある一人の異性に気持も身もひかれる意〉をもっている。奈良時代には、「君に恋ひ」という語法が普通であったが、平安時代には「人を恋ふ」、あるいは「恋をし恋ひば」という語法をもつようになる。その語法の変遷は、「心の中で相手ヲ求める点に意味の中心が移っていったため」（『岩波古語辞典』）とある。〈恋《こひ》〉の語法の中で、「恋をし恋ひば」という語法は、経験されたひとつの恋に、その恋を経て育くまれた恋の認識を思わせる。たとえば王朝時代の詩人和泉式部の「夢にだに見で明かしつる暁の恋こそ恋のかぎりなりけれ」（一〇五三）という歌には、経験された恋と恋そのものとが包含された恋の認識が表出されていると思われる。

〈詩人の語彙〉としての〈恋〉は、「君に恋ひ」・「人を恋ふ」の語法に繋がる経験されたひとつの〈恋〉と、「恋をし恋ひば」に繋がる想念としての〈恋〉の二つの〈恋〉を意味すると言える。その〈恋〉は、朔太郎の詩の題「恋を恋する人」を想起させる。この題の「恋」は、「恋をし恋ひば」という語法に繋がると想われる。朔太郎は、詩集『青猫』の序に「日頃はあてもなく異性を戀して春の野末を馳めぐり、ひとり樹木の幹に抱きついて『戀を戀する人』の愁をうたった。げにこの一つの情緒は、私の遠い氣質に属してゐる」（詩集『青猫』序）と書いている。

朔太郎の言う「気質」は、マルグリット・デュラスが「ヒロシマ、私の恋人」（清岡卓行訳）——映画『二十四時間の情事』（アラン・レネ監督）のシナリオの日訳本——の中に書いた「〈フランス人の女性の肖像〉」の断章を想起させる。

恋愛においては、きっと、すべての女性が美しい眼をしている。しかし、この女性の場合は、恋愛すると、ほかの女たちより少し早く、魂の無秩序（スタンダール風にことばを故意に選んだのだが）の中に投げ込まれる。というのは、彼女は、他の女性たちよりも一層、《恋そのものを恋する》からである。

彼女は、人間は恋愛では死なないことを知っている。彼女は、その人生の途中で、恋愛によって死ぬ素晴らしい機会を経験した。

デュラスの書いた「〈フランス人の女性の肖像〉」からは、「ヒロシマ、私の恋人」の女主人公である「フランス人の女性」のもつ「気質」と、作者デュラスの〈恋《こひ》〉の認識を読み取ることができる。その「気質」と認識は、茨木のり子の〈恋唄〉からも読むことができる。詩集『歳月』の中の〈恋唄〉には、「人間は恋愛では死なない」ということを身をもって知らされた詩人の愛と苦悩が表出されている。

詩人は、なぜか〈恋歌〉ではなく、詩篇「恋唄」の題のように〈恋唄〉と書く。詩人は、日本の古典の『古事記』や『万葉集』の中の「剛毅な恋唄」が好きだった。そして、平安時代の『古今集』や『新古今集』の歌は、散文に押されて類型化したものとして好まなかった。〈恋歌〉の〈歌〉の字は、三十一文字の和歌に繋がるものとして好まなかったのかもしれない。

詩集『歳月』は、『折々のうた』（大岡信）の中では、「恋文詩集」と呼ばれている。

ただ透明な気と気が
触れあっただけのような
それはそれでよかったような
茨木《いばらぎ》のり子

『歳月』(平一九)所収。「(存在)」の一節。現代詩と呼ばれる詩型の書き手の中で、おそらく最も多くの愛読者を持っていた一人であろう茨木のり子は、昨年二月十七日、あっという間に病死した。亡くなってから、生前ひそかに書き残していた三十九編の詩が、命日に合わすべく、生前から縁の深かった出版社から刊行された。これらの詩はすべて、最愛の夫三浦安信の没後に書かれた、故人への恋文詩集。
(大岡信『折々のうた』)

茨木のり子の〈恋唄〉には、愛する人とともに死ぬことができなかった深い悔恨の情が溢れ出ている。詩人は、愛する人を失った後、愛と死の想いを抱きながら、一人の女性として、そして一人の詩人として最期まで生き抜いたと思われる。遺稿詩集『歳月』に精華を見せた〈詩人の恋唄〉は、多くの読者を魅惑しつづけているにちがいない。

Ⅰ　愛の泉

茨木のり子の愛の詩集『歳月』には、〈愛の泉〉が涌出している。詩篇「泉」には、〈愛の泉〉への希求が籠められている。

泉

わたしのなかで
咲いていた
ラベンダーのようなものは
みんなあなたにさしあげました
だからもう薫るものはなにひとつない

わたしのなかで
溢れていた
泉のようなものは
あなたが息絶えたとき　いっぺんに噴きあげて

今はもう枯れ枯れ　だからもう　涙一滴こぼれない

ふたたびお逢いできたとき
また薫るのでしょうか　五月の野のように
また溢れるのでしょうか　ルルドの泉のように

詩篇「泉」には清澄な〈愛の泉〉が湧き出ている。〈愛の泉〉は、「わたし」の愛の想いが枯れない限り枯渇することはない。「いまはもう枯れ枯れ」ではあっても、けして枯れ切ってしまうことはない。「ふたたびお逢いできたとき」という想いがある限り、〈愛の泉〉は「地下をくぐって」湧き出すにちがいない。リルケは『マルテの手記』の中で〈愛の泉〉について書いている。

愛する人間の心には清らかな神秘がある。（省略）「死」の彼岸から再び地下をくぐってふき出した水が、さらさらと、何かを追って走るように流れている。（リルケ『マルテの手記』）

茨木のり子の詩篇「泉」の中の「泉のようなもの」は、愛する者の「死」を超えて「地下をくぐって」詩集『歳月』の中に噴出している。リルケは、〈愛の泉〉を想わせる女性詩人として、ガスパラ・スタンパ、ルイーズ・ラベといった女性詩人たちの名前を挙げている。茨木のり子の恋唄詩集『歳月』もまた〈愛の泉〉を想わせる。

恋と惑乱

詩篇「恋唄」には〈恋と惑乱〉が同時にあらわに表出されている。〈愛の泉〉にはいつも清澄な水の色がそのままに湛えられているだけではない。水の色には愛する人を失った人の「惑乱」の色が映される時もある。その「惑乱」の色は、しかし清澄な色を失ってしまっているというわけではない。「惑乱」を越えたとき、清澄な〈愛の泉〉は蘇るにちがいない。

恋唄

肉体をうしなって
あなたは一層　あなたになった
純粋の原酒《モルト》になって
一層わたしを酔わしめる

恋に肉体は不要なのかもしれない

けれど今　恋いわたるこのなつかしさは
肉体を通してしか
ついに得られなかったもの

どれほど多くのひとびとが
潜って行ったことでしょう
かかる矛盾の門を
惑乱し　涙し

詩篇「恋唄」の中の詩語「惑乱」は、〈詩人の語彙〉のひとつとして挙げることができる。詩人は、「恋唄の定義」について次のように書いている。

日本の恋唄という題を付けたけれども、恋唄の定義とはなんだろう?恋とは自分以外の存在（特に異性）に溺れてしまうことに違いない。自分以外の存在に溺れてしまうなんて、これは天下の一大事である。その惑乱と混沌のさなか、自分がなしくずしになってゆく、或いは統一化されてゆく——そうした過程のなかで生み出された歌とでも言ったら、大体私の意は尽くされるかもしれない。（「日本の恋唄から」）

詩人の恋唄詩集『歳月』には、ここに書かれたように、愛する男《ひと》を失った女《ひと》の〈恋と惑乱〉が、なまなましい情感を湛えて詩として作品化されている。〈詩人の語彙〉としての〈恋〉と〈惑乱〉は分かつことができない。

詩篇「月の光」にも抑制された〈恋と惑乱〉が表出されている。この詩は、映像のように、あるいは絵のように書かれている。映像詩、絵画詩とも呼ぶことができるのではないか。

月の光

ある夏の
ひなびた温泉で
湯あがりのうたたねのあなたに
皓皓《こうこう》の満月　冴えわたり
ものみな水底《みなそこ》のような静けさ
月の光を浴びて眠ってはいけない
不吉である
どこの言い伝えだったろうか
なにで読んだのだったろうか

ふいに頭をよぎったけれど
ずらすこともせず
戸をしめることも
顔を覆うこともしなかった
ただ　ゆっくりと眠らせてあげたくて
あれがいけなかったのかしら
いまも
目に浮かぶ
蒼白の光を浴びて
眠っていた
あなたの鼻梁
頬
浴衣
素足

詩篇「月の光」では〈惑乱〉は抑制されていてあらわに表出されてはいない。この詩にはどこか現実離れした気が漂っている。詩の言葉は緩やかに移動する映像のように繋がれている。映像はモノクロでも薄いカラーでもいい。詩にはまず「ひなびた」情景が映し出され、「月の光」を浴びて眠る男の顔がクローズアップされる。それは、映画的手法を思わせる。

絵といえば、この詩に描かれる「あなた」と呼ばれる男《ひと》が、詩人の寝姿を描いたスケッチが残されている。「のり子ひるねの図」（『茨木のり子の家』）というスケッチ。詩人は、このスケッチを想いながら、「あなた」と呼ぶ男《ひと》の寝顔を詩の言葉によってスケッチしたものかもしれない。

この詩には、「あなた」と呼ばれる男《ひと》の死にまつわるある不吉な予兆が、「蒼白の光」を、愛する男《ひと》に浴びさせてしまった「わたし」の悔いとともに回顧的に語られている。「わたし」は、「あなた」と共になぜ「蒼白の光」を浴びなかったのかという悔いを抱えていたにちがいない。

今度こそいっしょに行くのです　（「夜の庭」）

あの時もし
わたしが倒れていたなら
いっしょに行けたのかもしれない　（「橇《そり》」）

詩集『歳月』には、「いっしょに行く」ことを果たすことができなかった悔いの念が溢《あふ》れている。愛する男《ひと》との別れは、「惑乱」を惹き起こし、時間を経てなおそれを静めることのできない苦悩の翳を

「わたし」に負わせることになってしまったらしい。〈詩人の恋唄〉には、愛の想いと死の想いとが入り交じって惹き起こされる〈恋と惑乱〉があらわに表出されている。

蜜柑の家の詩人から死後に刊行する詩集について私が知らされたのは、一九八〇年代の終り頃ではなかったかと思う。

私はいま最後の詩集を作ってます。わたしがいなくなってから本にします。

蜜柑の家の居間の食卓に座り、詩人はすこし改まった口調で遺稿詩集になるはずの本のことを話した。その日詩人は、何か心に期すことがあるといった風に見えた。いまにして思えば、その日は特別な日だった。詩人ははじめて文学についての思いを語り、ある贈り物を私に手渡されたのだった。

詩人は、その日はじめて文学について語った。金子光晴、井伏鱒二、萩原朔太郎、川端康成といった作家たちの名前が挙がったと思う。

ひとつの時代にはひとりの詩人がいるだけです。昭和の詩人は萩原朔太郎です。

詩人は、まるで遺言でも告げるかのようにそう話した。昭和の詩人、萩原朔太郎。詩人は名前だけを告げたきりでその理由は語らなかった。私は、朔太郎の詩について書いた詩人のエッセイ「散文」を想い起こしていた。

口語自由詩が芸術として認定されたのは萩原朔太郎かららしいが、朔太郎と言えばつい最近の人で、こちらのほうの歴史の浅さにも一驚する。（「散文」）

茨木のり子の詩には文語調の詩句が用いられていることがある。――「内藤新宿より青梅まで　直として通ずるならむ青梅街道」（「青梅街道」）という詩行は、朔太郎の「郷土望景詩」の中の文語調の詩篇「小出新道」の「ここに道路の新開せるは　直として市街に通ずるならん」という詩行を想わせる。

詩人は、はじめて文学について語ったその日、詩人が愛読していた『厄除け詩集』の作者井伏鱒二の名前を挙げた。詩人は、井伏鱒二に実際会ってみて、詩人の想いの内にあった作家像と合わなかったことをさみしそうに話した。そして私にこう尋ねた。「作品に魅かれて著者に会ってもがっかりすることがあるのよ。あなたもわたしに会ってがっかりしたでしょ。」私はその問いにどう応答したか全く覚えていない。そんな風に聞かれたことに驚いたことは忘れていないが。

井伏鱒二といえば一九八二年五月九日の日付をもつ詩人からの手紙にその名前が書かれている。当時、家族と共に北京に滞在していた私に宛てられたその手紙には、井伏鱒二『厄除け詩集』のコピーが同封されていた。この手紙の差出人の名前はなぜか〈三浦のり子〉と書かれている。

第二便、頂きました。いきいきと素晴らしいお暮らしぶり、新たなカルチア・ショックなどたのしく拝見。目に見えるようです。遅くなりましたが、井伏鱒二の訳詞〔『厄除け詩集』所収の訳詩〕同封します。コピーのまたコピーで、ゆがんでいるのが残念ですが、そちらで上手に編集し直して下さればば、とこのまま送ります。私もめっぽう忙しく（七月刊の本のため）ゆっくり書けませんが、お約束を果さねばと、あわてて。

この手紙にある「七月刊の本」とは、一九八二年十二月刊行になる詩集『寸志』のことである。この一九八二年という年は、詩人が当時パリ在住だった飯島耕一を訪ねた年でもあり、詩人は、充実した日々を過ごしていたことをうかがわせる。詩人から北京滞在の私に宛てて書かれた第一便（一九八二年四月十二日付）には、詩人の近況を知らせる「明日は石垣さんと一緒に『東京裁判』という映画を見に行く予定です。」といった詩人のいきいきした声の溢れる報告がたくさん書かれている。

蜜柑の家の居間で親しく話したその日、詩人は文学の話の最後に金子光晴について触れてただ一言話した。

金子光晴には会わせてあげたかった。

私はこの一言ははっきり覚えている。

蜜柑の家の詩人は、遺稿詩集について話したその日、文学論を短い言葉と沈黙とで語り終えると、ある物を食卓の上に置いた。それは私への贈り物だった。その贈り物は、ペンダントで、詩人の若い頃ののもののようだった。そして「岸田衿子さんからのおみやげ」と言って、そのおみやげの手織りの布の小さな三角形の小物入れの中にペンダントを入れて私に手渡されたのだった。

それから三十余年の年月が経った。私はその宝物を大切に机のひき出しの中に仕舞っていた。今にして思えばそれをいただいた日は、少し早いお別れの日だったように思われる。詩人にはなにか決断を迫られるようなことがあったのかもしれない。話をするときの詩人の視線はどこか遠い所に注がれているようだった。詩人からの贈り物のペンダントを手にすると、いまは詩人の深い想いに触れるような気がする。それをいただいて三十年を経てはじめて感じることのできるその想いは言葉に尽くすことはできない。そのペンダントを詩人の甥御さんにあたる宮崎治さんにお見せしたことがあったが、「伯母はボコボコしたものが好きでした」とのこと。そのペンダントはたしかにボコボコしている。

蜜柑の家の詩人は、晩年の頃には折にふれて電話で文学論を展開することもあった。その電話の声は、いまから思うと詩人の文学的な遺言のようだった。文学や映画について語る詩人の声は、どの声もいつもまっすぐ私の耳に届いた。そんな声のなかでもくっきりと脳裏に焼き付いている三つの声がある。一つは日本の古典『古事記』についての声、いま一つは鷗外の文学についての声、そしてデュラスの文学についての声である。

『古事記』を読んでないの。だめよ。『古事記』は読みなさい。

蜜柑の家の詩人のこの声に、「はい、わかりました」と応えたが、私はまだ『古事記』をじっくりとは読んでいない。私は、『古事記』は大切な一冊としていまも手元に残している。けれどもそれを読むという約束はまだ果たせていない。この本を読むことは、最後に残された詩人からの宿題だと心している。それは愉しい宿題だと思っている。詩人の愛読書としての『古事記』には、愛のために死を辞さない「剛毅な恋唄」が少なくない。私もその「剛毅な恋唄」をしっかり読んでみたいと思っている。

鷗外よ。散文は鷗外よ。

詩人のこの声を聴いたとき、そうだ詩人にとっては、小説は漱石ではなく鷗外なのだ、それは内容というより書き方の問題だと腑におちた。そして詩人のエッセイ「散文」の中の「阿部一族」について書かれた「沈着、冷静、簡潔」という言葉を想い起こした。詩人は、鷗外の散文との出会いは「原体験」だと書いている。「鷗外よ」という声は、私の脳裏にくっきりと刻まれている。詩人のこの声を聴いて私は鷗外を読み直したが、散文はまず文体の問題なのだということを思った。

デュラスの文学についてはっきりと書きなさい。わかった。

詩人がデュラスについて話した声は、とりわけ力強かった。当時私はデュラスの文学について、日本語で書くことに没頭していた。デュラスの好きな蜜柑の家の詩人に読んでもらうためには日本語で書かなければならない、という思いはこの詩人の声を聴いてますますつよくなった。詩人はいくつもの病を抱えていたが、文学への思いはすこしも衰えてはいなかった。ようやく書き上げた私の日本語のデュラス論は、大切な一人の読者を失ってしまった。天空に在す詩人にその本を送り届けたいと私は想う。

蜜柑の家の詩人が文学について話したこの三つの声は、詩人の最後の文学的な贈り物だったと私は思うようになった。

官能と知

第二詩集『見えない配達夫』(一九五八年刊)の中に「ばらの花」の詩がある。「ばらの花」の芳香は、詩人の抱く幻想の国スペインと、スペインの詩人ガルシア・ロルカの恋唄に繋がれている。

ばらの花咲き

ばらの花咲き
ばらの花々匂い
ばらの花々の中に埋没してゆく
昆虫たち！
まひるの官能をほしいままに
風が渡ると
急にコルドバの熱い物語が読みたくなって
公衆電話に走って
ロルカの選集を注文した

出版社のあるじのさわやかな声が響いて
〈今日は気持がいいんで負けておきますよ　ダンピングだ〉
口笛を吹く
静かな住宅地の角をまがる
そうして不意に驚く
どんな暗黒時代にも
太陽は輝き

ひとびとは
恐怖の実体を
いつも捉えそこなってきたことに

「ばらの花」は、「昆虫たち」を誘う「官能」の花。「ばらの花」と「昆虫たち」との官能的な情交は、「薔薇」と「蜜蜂」のそれを書いたディキンスンの詩を想わせる。ディキンスンの詩には、「蜜蜂」と「花」の詩語を用いた作品が幾篇かある。

蜜蜂が一匹　ピカピカに光る戦車を
大胆に薔薇へと走らせた
彼と戦車は溶けこむように
舞い降りた
（省略）
二人の出会いは至上の瞬間――
あと蜜蜂には逃亡が残るだけ
薔薇には恍惚の入りまじった
慎ましさが
（一三三九）

ディキンスンの詩に用いられている詩語「蜜蜂」と「薔薇」は、人間の生と性の「至上の瞬間」をあらわす意味と機能をもっていると言える。ディキンスンは、この詩に添えて「人生のように、死の影が増すにつれてそれは甘美となるのです」（『エミリ・ディキンスン評伝』）と友人に書き送ったと訳注に記されている。「人生」と「死の影」と「甘美」、その繋がりは、茨木のり子の詩においても、詩集『歳月』の愛の詩を通して見ることができる。この詩集には、「官能性まで含めての感覚的なもの」が、表出されていると言えるのではないだろうか。

大岡信「官能性まで含めての感覚的なものが、どんな展開をみせるだろうかということですね。つまり、同じことを言っても茨木さんの言葉というのは、姿勢がピシッとしているので、言葉遣いの上でもうすこしヤワな部分が出てもいいじゃないか」

茨木のり子「そう、批評の受けとめかたって、むずかしいです。いまだによくわからない。」（対談「美しい言葉を求めて」）

ここで詩人に欠けていると指摘されている「官能性まで含めての感覚的なもの」（大岡信）は、〈詩人の恋唄〉を読むと随所に感受される。しかし言葉を用いて「官能性・感覚的なもの」を書くということは難題にはちがいない。詩人はその難題にむしろ挑戦していたのではなかったかと思われる。

詩人は、谷川俊太郎のマリリン・モンローにたいする「マリリン・モンローに永遠の愛を捧げる」という想いについて次のように書いている。

永遠の愛を捧げるにしては、何かが欠けていはしないだろうか？（省略）モンロー・ファンは世界に多く、（省略）資本主義の犠牲者、そのことへのいたわりという、まなざしもあるようだ（省略）（「谷川俊太郎の詩」）

「マリリン」（大岡信）という題の詩もあるが、官能的な女性像は、文学作品にも絵画にも映画にも見ることはできる。しかしそれにたいする感度は人によって異なるのではないだろうか。詩人は、マリリン・モンローを好きではなかった。詩人は、マリリン・モンローが「資本主義の犠牲者」であるという捉え方に、男性が女性について語るときの感傷主義を察知したのかもしれない。資本主義社会においては、女性ばかりではなく男性もまた「犠牲者」だという女性からの視線もある。その視線には感傷はないのではないか。

「官能性まで含めての感覚的なもの」（大岡信）を詩に求められていた詩人は、マリリン・モンローは措いて、「官能性」とはなにかという問いに応えるような詩を書いている。詩人は「硬い」感じを与える人に惹かれるという傾向があったらしい。詩篇「石」には、「硬いもの」に魅惑される男の恋の想いが語られている。

僕の好きなのは
すべて硬いもの
峨々たる山
流れに逆う岩の群
芯のある言葉
ダイヤモンド
忘れられない墓碑銘
骨つきの鶏

君が好きになった
のも
ある青い
果実のように
硬かったからさ

僕という男の語るこの詩には、「硬いもの」に魅惑される男の想いが語られている。「青い果実」のような硬さを感じさせる君と呼ばれる若い女性は、一種の官能性によって僕を惹き付ける。僕を魅惑するものは、「すべて硬いもの」である。「硬いもの」として五つのものが挙げられているが、その中のひとつである「芯のある言葉」に注目したい。「硬いもの」としての「芯のある言葉」は、〈官能と知〉に繋がっているのではないだろうか。詩人は「硬い」詩を書きつづけたと言えるが、その詩の中には〈官能と知〉を直截的に感じさせる作品も少なくない。

三浦さんはその写真を私にも見せてくださった。私はそこに、かたい感じの、そしてやや大柄に見える妙齢の女性が立っている姿をみた。（岩崎勝海「三浦安信のり子夫妻」）

ここには三浦安信さんと結婚する前の若き日の茨木のり子像を見ることができる。詩人にとっての「人生の最大の痛恨事」は、ラブレターに「悩まされて困ったわ、なんてこと一度も無い」（対談「美しい言葉を求めて」）ことだと詩人は語っている。それは、詩人が「硬い」人だったからにちがいない。「硬いもの」を好む詩篇「石」に登場する僕のような男性は、実際めったにいないのではないか。

硬くて青い実が、もう少しなんとか成りたいと願うだろうように、私も人間の「柔かさ」とか「自在さ」とかいうものに憧れていた。（「自作について」『現代の詩人7　茨木のり子』）

詩人は、自分の硬さについてこう書いている。しかしこの硬さは、詩人の詩における〈官能と知〉の〈知〉に繋がる大切なものと考えられる。詩篇「ばらの花咲き」は、「まひるの官能」が「ロルカの選集」に繋げられ、スペインの「暗黒時代」に思いをめぐらす知的な内省によって括られている。

スペインの詩人ガルシア・ロルカは、官能的な恋唄を多く書いている。詩人は、その恋唄に寄せる想いを抱き、ロルカが虐殺された「暗黒時代」の「恐怖の実体」の解明の問題に視線を注いでいたと思われる。ロルカは、スペイン内戦の勃発した一九三六年にフランコ独裁政権によってグラナダで暗殺されている。内戦時の闇の世界は、日本の戦時下におけるそれに重なるものがあり、「恐怖の実体」の解明は、詩人にとっては他者の問題ではなかったはずである。

茨木のり子の詩篇「麦藁帽子に」には次のような詩行がある。

〽麦藁帽子に　トマトを入れて
抱えて歩けば　暑いよ　おでこ
たら　らら　らら　らン
たら　らら　らら　らン

小学校に入ったばかりの頃
先生が最初に教えてくれた唄

（省略）

〽麦藁帽子に　トマトを入れてぇ……

だんだん愉快になってきて
それから日本史年表を繰ってみる
昭和八年――私の小学校一年生
小林多喜二が虐殺されていた！

ガルシア・ロルカが暗殺された日付と小林多喜二の虐殺された日付は、一九三〇年代のほぼ同じ時期に当たる。詩人のスペインへの眼差にはやはり〈日付と場所〉にかかわる歴史が関与している。詩人の恋唄における感覚的な〈官能〉の表出は、どこかで〈知〉に繋がる硬さをも感じさせる。詩人の詩においては〈官能と知〉は繋がれている。

詩人は、スペインのジプシー音楽と舞踏を愛好する人だった。詩人の詩における〈恋〉の幻影は、ジプシーの国スペインと結びついていた。スペインが詩人に見果てぬ夢を抱かせつづけたことを表出した詩篇がある。

嘘のスペイン？
いいえ
遠くで憶うスペイン　その中心には
ガルシア・ロルカが笑っている　　（「スペイン」）

とりわけ五月に
あらわれるのは
美男で　すばやい　ジプシイらしい　　（「風は」）

スペインの詩人ガルシア・ロルカとジプシーの唄と踊りに魅せられていた詩人は、理知の抑制を解き放って内なる情念のほとばしりを表出したいという意思を抱いていたのではなかったか。

蜜柑の家の詩人は、幻影の国スペインへの想い断ちがたく、ある時スペインへと旅に出る。詩篇「スペイン」（「櫂18」一九六九年七月）の中に「行ったら　つまらない国だろう／　ひどい国だろう／　どこの国とも等しく／　絶対に行かないさ」という詩行がある。この詩は、詩人がそれまではスペインを見たことがないということを語っている。詩人のスペイン旅行については、「茨木のり子略年譜」には記載されておらず、その旅行の日付を知ることはできない。

詩人がパリで飯島耕一を訪ねたということが『現代詩手帖4追悼特集』(二〇〇六年四月一日)の中で話題になっているが、あるいはその前後に詩人はスペインを旅したものかもしれない。「一九八二年に十ヶ月ほどぼくがパリにいたときに、茨木さんがやって来たことがあって、茨木さんとその女友だちを案内したことがあります」(飯島耕一　対談「〈倚りかからず〉の詩心」)と書かれている。この時茨木さんは、「ヨーロッパにはあまり関心がないんだな」という印象を与えたという。詩人の年譜にはパリ滞在にまつわることも何も書き記されていない。

蜜柑の家の詩人を私が訪ねたある日のことである。それがいつのことだったかは全く覚えていない。詩人は、なにも言わずにスペインのおみやげをテーブルの上に持ち出した。それはGRANADA《グラナダ》の文字の入った、ボコボコした感触の茶色の木のマッチ箱だった。なぜか詩人は、その時スペインの話もその他のヨーロッパの旅にまつわる思い出話もほとんど語らなかった。パリでは何か嫌な目にあったことを話したのは覚えている。察するに詩人のヨーロッパ旅行は、実り豊かなものではなかったらしい。このヨーロッパ旅行は、一九八〇年代の初めのことだったと思われるが、この旅行について書かれたエッセイは見当たらない。

蜜柑の家の詩人のスペインみやげ、グラナダと印されたマッチ箱を取り出してみる。長い間飾り棚に置いて折に眺めていたその箱からマッチを出してすってみる。すると火はちゃんと点いた。木彫りの枠に入ったマッチ箱にじっと見入る。そして無言で問いかけてみる。スペインでいったい何を見たのですか?と。そしてパリでも?

蜜柑の家の詩人とスペインにまつわる思い出として、二度いっしょに出かけたフラメンコ舞踊観賞の日の詩人の影像と言葉がある。一度目の鑑賞については、「切符代」と書かれた詩人からの封筒と、私の手帳に書き記されたメモが残っているが、どちらが誘いかけたかは思い出せない。私の手帳には、「アントニオ・ガデス舞踊団『カルメン』　アントニオ・ガデス　クリスティーナ・オヨス」と書かれている。この公演の日時と場所は、一九八六年五月二十五日・新宿文化センターである。

その日詩人とは文化センターの入口で落ち合うことになっていた。その場所に現われた詩人はほんとうに愉しそうだった。新宿の街を行き交う人たちに目をやりながら詩人は、

青春してますね。

そう口にした。その日青春していたのは蜜柑の家の詩人だったと思う。あんなにも明るい詩人の表情を見たのははじめてだった。そして私も幼い女の子を知人に預け、家人とともに劇場に足を運び舞踊を鑑賞する喜びに浸った。その日スペインのガルシア・ロルカの詩を愛好する詩人の心の奥深くには、官能に訴えてくることばや踊りに魅惑される太いアンテナが隠されていることを私は身をもって知ることになった。

一九八六年といえば詩人は、「対談　吉原幸子×茨木のり子」（『ラメール　一四号』一九八六年）の中で、「近頃はどちらかというと、人と会ったりするの避けていらっしゃるんでしょうか？・」（吉原幸子）

という問いに対して、「ええ、軽いウッらしくて、あんまり人に会いたくないの。困ったものです」と応えている。しかし、当時詩人は、フラメンコ鑑賞の喜びに浸っていたし、この年にはエッセイ集『ハングルへの旅』（一九八六年）も刊行している。

そして二度目のフラメンコ観劇会。詩人と私は、アントニオ・ガデス舞踊団の「血の婚礼」（ガルシア・ロルカ作）を観に出かけた。ア列15番・16番と手帳に記されているのを見るとあるいは最前列に座って見たのだろうか。二〇〇四年に他界した伝説的なフラメンコ舞踊家アントニオ・ガデスその人を、詩人とともに暗闇のなかで目の前に見たのは一九八七年十月十二日、昭和女子大学のホールでのことだった。「血の婚礼」を観終えて外に出てひと息ついて詩人とベンチに座っていると、二人の目の前を白いシャツにズボン姿のアントニオ・ガデスが一人の女性を伴って通っていった。私たちは立ち上がってその後姿が闇の中に消えるまで見送ったのだった。アントニオ・ガデスは、ロルカの詩の本と宿命的な出逢いをして「血の婚礼」を創作して踊ったダンサーであるが、二十世紀スペインの「筋金入りの抵抗者」とみなされている。

もうなにもできないほどくたくたのはずよ。

蜜柑の家の詩人は、「血の婚礼」のステージで踊ったガデスは疲れ切っているはずだと言った。私たちは、夜の街の中に消えてゆくガデスの後姿を見送ると駅へ向かって歩き出した。詩人と私は、電車を乗り継いで、東伏見で降りた。二人はそれぞれの家に着くまでスペイン舞踊の余韻に浸っていた。詩人は、その日フラメンコ舞踊を心から愉しんでいる風に見えた。そのことは、スペイン旅行とは関わりなく、幻影のスペインが詩人の内に生き続けていることを思わせる。

詩人の恋唄の精華ともいえる詩篇「町角」には、〈詩人の語彙〉といえる〈薔薇〉の花が咲いている。その〈薔薇〉の幻影は、〈官能と知〉の花としてこの詩の中でとりわけ芳香を放っている。

町角

日ごと夜ごと
顔見合わせている
古女房なのに
待合せのときには
なぜあんなにもいそいそと
うれしそうに歩いてきたのか

姿をみつけると

こちらが照れるほどに
笑いながら
あちらこちらの町角に
ちらばって
まだ咲いている
あなたの笑顔

いろんな町の辻々
七年《ななとせ》を経たのちも風化せず
いえ
いま咲きそめの薔薇のように
わたくし一人にむかって尚も
あらたに　ほぐれくる花々

詩篇「町角」（『歳月』所収）に咲く「咲きそめの薔薇」は、永遠《とこしえ》の華だといえる。「咲きそめ」の初恋の想いを湛えた官能の花は朽ち果てることはない。この詩に漂う「薔薇」の香は、「蜜柑」の花の放つ淡々《あわあわ》とした「はじめての恋」の「芳香」をも失っていない。

この詩に咲く「薔薇」の花は、「宿花《よみばな》」という年の内に二度咲く花を想わせる。

宿花《よみばな》の咲きたるを見て

返らぬは齢《よはひ》なりけり年《とし》の内《うち》にいかなる花かふたたびは咲く（『和泉式部集』一〇九二）

和泉式部歌集の歌に書かれた宿花《よみばな》という歌語には、過ぎ去ったはずの愛が蘇ることもある、という想いが籠められているにちがいない。冬の「薔薇」は、春の「薔薇」の精気をほのかに湛えて咲く。詩篇「町角」の花「薔薇」は、幻影の愛の中に咲く冬の宿花《よみばな》のようにひそやかに精気を放っている。詩篇「町角」は、永遠《とこしえ》に咲きつづける宿花《よみばな》の歌のようだ。

恋とふるさと

〈詩人の恋唄〉の最後に読みたいのは、詩人の心のふるさと山形のお墓を舞台に展開される詩篇「お経」。詩人はいまそのお墓に眠っている。詩人の愛は、いとおしい男《ひと》の眠る「ふるさとのお墓」に詩人自身が入ることによって成就されたと言える。この詩はやはり恋唄の一篇にはちがいない。

お経

ふるさとのお墓に入るとき
寺でお経があげられた
僧二人　揃いも揃った音痴であって
朗々と声張りあげればあげるほど
調子はずれて収拾つかず
集まった親族は笑いをこらえるのに苦しむ
く　く　く
切ない鳩のような声が洩れ
さざなみのようにひろがってゆく
さすがに私は笑えないが
同情は禁じえない

日本海に面した海のみえる寺
子供の頃からあなたの慣れしたしんだ寺

きけば僧の一人は中学時代の先輩とか
こんなお経はめったに聴けるものじゃございません
なによりも威風堂々がよろしくて
なつかしいひとびとの忍び笑いにつられて
いちばん笑ったのは
音感の鋭いあなただったかも……
そんな姿が見えるようで
「なんとも不謹慎なことでした」
「失礼をば……」
あとで皆に謝まられたけれど
「いいえ、ちっとも……」
ひぐらしがいい声で鳴いていた

詩篇「お経」に漂うユーモアはまず悲哀の情を触発する。この詩に表出された達観した境地は、語り手の自己客体化の視座を思わせて、ある安らぎを覚えさせる。

詩人は、寝室の枕元に亡き人の骨のかけらを入れた木箱を置いて眠っていたという。

死後、寝室の枕元で小さな木箱が見つかった。何度も触った跡があり、安信さんの戒名と「骨」の文字。中には骨が数かけ入っていたという。（朝日新聞夕刊　二〇〇六年十二月四日）

詩人は、詩篇「お経」に描かれている「日本海に面した海のみえる寺」にある墓所の土に還った。三浦のり子は伴侶だった三浦安信さんの許に還ったのだ。この詩は、詩人夫妻の親しい友人の眼で見たある日の三浦のり子像を想わせる。

安信さんは肝臓癌で一九七五年五月二十二日に亡くなられてしまった。五十七歳であった。私は既に骨になってしまわれた安信さんと東伏見のお宅で対面した。涙ばかりで声が出なかった。数日後、鶴岡にあるお墓に埋葬のため、のり子さんがお骨を持って出立される日、私はひとり上野駅に見送りにいった。発車までの二十分ぐらいの間の、遺骨の白いつつみを膝の上にかかえて坐席にすわっているのり子さんの痛ましい姿を、私は見るにたえられなかった。駅の構内をあちこちただ歩きまわり、発車寸前にその場に戻ってようやくの想いでそれを見送った。（岩崎勝海「三浦安信のり子夫妻」）

時は「初夏《はつなつ》」の五月、北国の山形は雪に包まれてはいないが、詩人にとってお骨を抱えての独り旅ほど辛い旅はなかったと想われる。遺骨を持って一人の女性が足を運んだのは、詩篇「お経」に描かれた「日本海に面した海のみえる寺」だった。

詩人のふるさとは二つあるといえる。ひとつは詩篇「お経」に書かれた「ふるさとのお寺」のある「ふるさと」。ふるさとは三浦安信さんの「ふるさと」だと詩人は心に決めていたと想われる。その「ふるさと」は、庄内地方の鶴岡である。詩人は、晩年、藤沢周平の小説を読み、藤沢作品を映画化した『たそがれ清兵衛』（山田洋次監督）のファンだった。その映画について語る時は、「清兵衛を演じる真田広之の風貌と庄内弁の語りが夫そっくりというのろけまじりの評で締めくくられる」（『清冽』）のが常だったという。その映画の「真田広之の風貌と庄内弁の語り」はたしかに魅力的だ。

山形の庄内地方は、また詩人の慕っていた母の生まれ故郷でもある。詩人は、母のふるさととそのふるさとの言葉を愛していた。

雪ふれば憶う
母の家
たる木　むな木　堂々と
雪に耐えぬいてきた古い家
（省略）
母はみの着て小学校へ通った
母はわらじをはいて二里の道を女学校へ通った
それがたった一つ前の世代であったとは！

ふぶけば　憶う　ほのあかりのごとく
母を生んだ古い家　かつての暮しのひだひだを

詩篇「母の家」のこの詩行からは、詩人の母に寄せる深い愛の想いとともに母のふるさと庄内地方への想いがしみじみと伝わってくる。詩人のふるさととは、母のふるさとにも重なっている。詩人は大阪に生まれ、五歳の時に京都へ移り、六歳の時に愛知県の西尾に移る。山形の庄内地方は、詩人の伴侶と詩人の母への愛に繋がる心のふるさとだと思われる。

詩人のいま一つのふるさと、それは、詩人が成長期を過ごした愛知県の三河地方である。詩人の詩には、〈海〉を描いた作品が少なくない。その〈海〉は、「根府川の海」・「海を近くに」といった詩の題にも用いられているが、〈海〉は、どこかでふるさと三河の海に繋がっているのではないだろうか。その三河の西尾にある家で詩人は成長期を過ごした。その三河の西尾の家を訪ねた時の印象を書いた次の文章は、詩人の詩の読みに示唆を与えてくれる。――「彼女の詩における〝明るさ〟が暗部を捨象した〝明るさ〟だったのかと、あらためて気付かされる。（省略）希望のうたとは、つねにそうした性格をもち、それゆえにこそ、読む者に勇気を与えるのかもしれないが……。」（堀場清子「あらゆる君主すてる旅――茨木のり子の出現」）ここには、「暗部を捨象した〝明るさ〟」という言葉がある。この言葉は「茨木さんの詩は、暗い翳のようなものが無いように無いように書かれている」（大岡信　対談「美しい言葉を求めて」）という指摘を想い起こさせる。詩人の詩は、書かれていない「暗部」・「暗い翳」が隠されていることを心して読みたいと思う。その「暗部」・「暗い翳」は、詩人の二つのふるさと——庄内地方と三河地方のふるさとに繋がっていると思われる。詩人の二つのふるさとは、いずれも明るい光の差す場所ではなかったと思われる。

詩人の詩における〈恋とふるさと〉というテーマを思うと、やはり詩篇「劇」を読まなければならない、〈詩人の恋唄〉には、「日本海の冬の波濤」の聞こえるこの詩に書かれたある決意が籠められているはずであるから。

劇

〈人間は本来もっと潑剌としたものだ〉
どこからの音信だったのだろう
ふいの便り

汽車は波うちぎわを走っていた
レールまでしぶきをあげて迫ってくる
日本海の冬の波濤
小さく明るい駅長室をいくつも過ぎ

吹雪の夜をひたばしる
私はいま
暗い家からの帰り
嫁と姑がお互いに死ぬことばかりを
待ちながら相前後して逝った家からの帰り
私はひそかに願っていたのだ
幾百年　葦火を焚きつづけて倦《う》まない
あの大きな大きないろりばたで
—まぎれなく私の系譜もそこにつながる—
憎しみのはてに展開する二人のドラマを！

ひとつの屋根の下で最後まで
ふたりは何ひとつ交えることなく
共通の墓に入っていった
驚愕の瞳をひらき凍りつくつめたさのまま

劇

それはみずから立って
無慙な蛙そっくり
大地にたたきつけられることだ
そしてふたたび立つことだ
あるいは立てぬままかもしれない

傷つくことがなぜこんなに
おそろしいのだろう
たった一度の選択の瞬間
きまって私の選ぶのも
いつもやさしい野花の咲く
うらうらとした道だった
わたくしたちの母なる歴史が
堪えがたく　ひよわなのも
果されなかった劇の　無数の劇の
黒い執念だけが　しめった薪のように
後へ後へ積まれてゆくからではないか?

私の中にするどく怯え
はげしい　飢渇を訴える　未知の人よ
静かにするのだ
次の機会こそ
慄えずにやってのけねばならないのだから。

詩篇「劇」（『対話』）に用いられている「黒い執念」という言葉は、捨象されているという「暗部」そのものを語っている。「暗部」とは、心理的な確執を直截思わせる。「黒い執念」は、血脈と家名にまつわるものにちがいない。その問題は、ほとんど解決不可能と思われるほどにさまざまな確執を生むことを現在《いま》もわたしたちは思い知らされている。

自我の建設と恋とは、平行し、或いはからみあって進むべきものかもしれないのに、自分自身もそれを許さなかったし、他人もそれを許さなかったようなところがある。
形を変えての桎梏がやっぱり厳として存在する。それを自分で破ってゆくには、詩を書いてゆく上でも、それなりの勇気とエネルギイが必要なのだ。（「日本の恋唄から」）

詩人は、「日本の恋唄から」の中で、ひとつの「暗部」に繋がると思われる「自我の建設」と「恋」とに関わる問題に触れている。詩人の人柄と詩人の詩の醸す明るさは内なる翳を抱えていると言える。その翳の最深部には、「自我の建設」を想いながら、「恋」をないがしろにしてきたという悔いが淀んでいると思われる。

たった一度の選択の瞬間
きまって私の選ぶのも
いつもやさしい野花の咲く
うらうらとした道だった

詩篇「劇」のこの詩行は、その「暗部」に淀む悔いを、むしろ明るい口調で、暗さを排して語っているといえる。そして詩人は、いつも「うらうらとした道」を選んできたことを悔やみ、「次の機会こそ慄えずにやってのけねばならない」と「未知の人」である私に誓っている。

詩人茨木のり子は、個人的な内部の翳と戦争という社会的な外部の翳とを、詩の言葉に託しておおらかに放出した詩人だったと思われる。詩人の詩は、翳を外部に向けて開放的に映し出すという点において明るい作風をもつと言えるのではないか。

当時一番有名で力があった詩のグループは「荒地」でしたが、「荒地」と「櫂」はぜんぜん違ってました。「荒地」は今日的な悩みに満ちたグループですが、「櫂」は若く明るくて、詩誌に書くより仲間に会っているのが楽しいというような集りでした。（省略）茨木さんは創刊同人でしたが、みんなが「櫂」に喜んで入ったのは茨木さんがいたからじゃないかっていう感もあります。（省略）お姉さまという感じですよね。（省略）みんなの憧れの的でした。（水尾比呂志「茨木さんと『櫂』」）

詩誌「櫂」に集まった詩人たちの明るさは、詩人茨木のり子の詩のもつ明るさと関わりがあると言える。「櫂」刊行の仕事は、いつの日かひとつの文学史上の出来事として語られる時がくるのではないか。茨木のり子という詩人の成した仕事、そして「櫂」刊行の仕事は、詩人の「人間の真摯な仕事」という詩の言葉を思わせる。その「仕事」の精華として刊行された詩集『歳月』所収の〈詩人の恋唄〉は、「自我の建設」と「恋」とを絡み合わせて詩を書くことのできなかったことと、「傷つくこと」を恐れ、「やさしい野花の咲く　うらうらとした道」を選んできたことの二つの悔恨を抱えていた詩人の咲かせた大輪の華だと言えるのではないだろうか。

Ⅱ　デュラスの恋歌への想い

日本の詩人茨木のり子（一九二六年―二〇〇六年）にとって、フランスの小説家マルグリット・デュラス（一九一四年―一九九六年）が、文学者として特別な存在だったということは注目されてこなかったと思われる。詩人は、仏日合作映画『二十四時間の情事』（アラン・レネ監督　原題　Hiroshima mon amour〔ヒロシマ・モナムール〕一九五九年　仏日同時公開）を通して、その映画のシナリオを書いたマルグリット・デュラスに、「詩人の眼」を感受し、作家デュラスの作品に注目しつづけた。

デュラスのシナリオは、映画公開後に『Hiroshima mon amour（ヒロシマ・モナムール）』（一九六〇年）の題で一冊の本としてフランスで刊行されている。その本は、「ヒロシマ、私の恋人」（清岡卓行訳、『ヒロシマ、私の恋人　かくも長き不在』一九七〇年）という日訳本で読むことができる。

詩人は、デュラスのシナリオを映画化したアラン・レネ監督の映画『二十四時間の情事』を「恋唄の理想」（「日本の恋唄から」『わが愛する詩』所収一九七二年）として挙げている。

しめくくりとして、私の恋唄の理想とも思っている作品について触れておこう。それは詩ではなくて、映画「二十四時間の情事」である。（省略）

「二十四時間の情事」の台本を書いたのは、マルグリット・デュラ〔ママ〕という女のひとで、詩も書くひとらしい。テーマの抉りかたそのものが詩人の眼を感じさせるし、アラン・レネ監督もそれを百パーセント生かして前衛的な傑作を作った。（省略）

他人の作品に嫉妬を感じるなどということは、めったにないが「二十四時間の情事」は、長くその対象となり、私のなかで反芻されている。
日本の恋愛詩も、これ位の水準で書かれないものか？（「日本の恋唄から」『わが愛する詩』）

詩人は、「日本の恋愛詩も、これ位の水準で書かれないものか？」と疑問を投げかけている。詩人の投げかけたこの問いに応えることはむつかしい。この問いに応えるためには、まずアラン・レネの映画『二十四時間の情事』（原題『ヒロシマ・モナムール』）の観賞、そしてこの映画のシナリオを本にしたデュラスの「ヒロシマ、私の恋人」（清岡卓行訳）の読みからはじめなければならない。

詩人の〈デュラスの恋唄への想い〉は、直截的に詩人の「恋唄の理想」に繫がっているはずである。詩人は恋の歌について「恋とは自分以外の存在（特に異性）に溺れてしまうこと、（省略）その惑乱と混沌のさなか、自分がなしくずしになってゆく、或いは統一化されてゆく――そうした過程のなかで、生み出された歌」（「日本の恋唄から」）と書いている。デュラスの「ヒロシマ、私の恋人」には、そんな恋の歌がひとつの恋の物語として作品化されていると言える。詩人の恋唄詩集『歳月』には、詩人の〈デュラスの恋唄への想い〉がどこかに籠められているのではないだろうか。

デュラスの恋歌論

茨木のり子に「詩人の眼」を直観的に感受させたデュラスの「ヒロシマ、私の恋人」とはどんな物語か。そしてその物語から読みとることのできる〈デュラスの恋歌論〉はどのようなものか。まず、そこに語られている恋の物語を読んでみたい。「ヒロシマ、私の恋人」——それは、「一九四四年、ヌヴェールで髪を刈られた少女」の恋の物語である。映画では「ヌヴェールで、髪を刈られた少女」の恋の物語は、「少女」の人生史に沿っては描かれていない。ここでは、その「少女」の恋の物語を、映画のシナリオとは異なり、女主人公の人生史に沿って要約してみる。

主人公の女性は、フランスのヌヴェールで、「十八歳」の時に、ドイツ人兵士と恋に陥る。そのドイツ人兵士は、「一九四四年八月二日、ロワール河岸」で、「狙撃」されて死ぬ。恋人を失った女性は、敵兵であるドイツ人兵士と関わりをもったかどで髪を刈られ、「地下室」に幽閉される。そこで「子供」の遊ぶ「ビー玉」を見て、彼女は「悪意」から抜け出し、やがてヌヴェールから追われるようにパリに出て女優になる。そして結婚して子供にも恵まれ「幸福」に過ごしている。そんな頃、彼女は、「一九五七年の夏、ヒロシマ」をヒロシマの映画の撮影のために訪れる。そこで彼女は、一人の日本人男性と恋に陥る。そして「二十四時間」の出会いの時をもつことになる。作者は、二人の男女の恋の成行について「私は意見をもたない」と書いている。

デュラスの「ヒロシマ、私の恋人」の中には〈筋書《シノプシス》〉について書いた作者の文章が付されている。その〈筋書《シノプシス》〉にはフランス人女性と日本人男性との出会いについて次のように書かれている。

一九五七年の夏で、八月、場所はヒロシマである。

あるフランス人の女性が、その都会にいる。年はおよそ三十歳。彼女は、平和にかんする映画に出演するため、そこに来ている。（省略）

二人の出会いの条件は、映画の中で明らかにされないだろう。なぜなら、そんなことは問題ではないから。世界中のいたるところで、ひとびとは出会うのである。重要なこと、それは、そうした日常の出会いの結果として起る事柄である。

デュラスは、重要なのは、「日常の出会いの結果として起る事柄」だと書いている。そのことは、茨木のり子が「恋唄の定義」について書いた「惑乱と混沌のさなか、自分がなしくずしになってゆく、或いは統一化されてゆく――そうした過程」という言葉を思わせる。

第一部、フランス人の女性〈彼女〉と日本人の男性〈彼〉との出会いの後、二人の対話が始まる。

彼　――きみはヒロシマで何も見なかった。何も。

彼女――私はすべてを見たの。すべてを。

（省略）

彼　――きみはヒロシマで、病院を見なかった。きみはヒロシマで、何も見なかった。

ついで、女性の声が、さらに、さらに非個性的なものとなる。言葉の一つ一つを抽象的な価値のあるものとさせながら。

このト書き（＝作者自身の言葉）は、対話の声が「叙唱の調子・叙唱的な読み方」をすることとともに、「女性の声」が、〈日付と場所〉を喪失した「非個性的・抽象的」なものであること、つまり詩的なものであることを告げている。こうしたト書きは、デュラスのシナリオが、シナリオとしては高度に文学的であり、詩的であることを思わせる。

第五部、作者は、二人の恋が「永遠」という〈日付と場所〉を喪失した時空間へと流されることを予告している。

彼女——ヒ・ロ・シ・マ。それがあなたの名前よ。

彼らは視つめあっているが、お互いを見ているのではない。いつまでも。

彼　——それは、ぼくの名だ。そういうことだ。

［ついに二人は、なおそこにいるというだけである。そして、二人はいつまでも、そこにじっとしているだろう。］きみの、きみの名前は、ヌヴェールだね。フラン・ス・の・ヌ・ヴェール。

フランス人女性と日本人男性の恋の物語は、二人の人物が互いに固有名詞を失って「彼女」・「ヌヴェール」、そして「彼」・「ヒロシマ」という呼び名をもつにふさわしい抽象性をもつと言える。この二人の人物の二十四時間の恋物語からは、〈デュラスの恋歌論〉を読み取ることができる。第五部の「フランス人の女性の声（心の中の独語）」がその〈デュラスの恋歌論〉を語っている。

ヌヴェールで恋のため死んだようになって。
ヌヴェールで髪を刈られた少女、私は今夜おまえを忘却にゆだねる。
取るに足りぬ、つまらぬお話。
彼についての場合のように、忘却はおまえの眼からはじまるだろう。
（省略）
おまえはひとつの歌になるだろう。

「女性の声（心の中の独語）」は、ヌヴェールで死んだようになった初恋の記憶も、その記憶を忘却の淵からよみがえらせた再びの恋も、忘却の中に流刑されてゆくことを語っている。そうして二つの恋を生きた女性の物語が「ひとつの歌」になることを告げている。この「女性の声」には、〈デュラスの恋歌論〉が籠められていると言える。それは、歌い継がれ、読み継がれている古典と呼ばれる「歌」の秘密だと言える。〈デュラスの恋歌論〉は、恋の歌こそ古典として永く読み継がれていくものだと語っている。

この「女性の声」で語られる〈デュラスの恋歌論〉は、茨木のり子の詩劇「埴輪」の「語り部の媼」の語る〈恋唄論〉を想わせる。

わたしは伝えたい　口から口へ
いま生まれたばかりの話
いま生まれたばかりの唄
（省略）
滅び去るもの、新しく芽をふくもの
虐げられた者たちの恋　その恋唄

「語り部の媼」のこのセリフは、作者茨木のり子の〈恋唄論〉として読むことができる。詩劇「埴輪」は、デュラスの「ヒロシマ、私の恋人」のように〈恋唄論〉を包含していると言える。

詩人がデュラスの「ヒロシマ、私の恋人」の「恋」の物語に魅惑されたのは、その物語に〈デュラスの恋歌論〉を感受したからではなかったか。茨木のり子は、ひとつの「恋」の物語が「恋唄」として永く語り継がれることを希求していたと思われる。

映画『二十四時間の情事』の日本における受容

茨木のり子が「恋唄の理想」として高く評価するデュラスのシナリオとレネの映画は、日本における公開当時（一九五九年）には、ごく一部の人たちに受容されたにすぎなかった。そうした状況を伝える批評を読んでみたい。筆者は「キネマ旬報　1959年度ベスト・テン　私の選んだ順位および選出理由」において、レネの『二十四時間の情事』を第一位に推したただ一人の選者（佐々木基一）である。

一九五九年の外国映画は、はっきりと新旧の波の交替を示している。（省略）一九三〇年代に確立されたトーキー様式が、徹底的な改編期に入ったということを一九五九年ほど明瞭に示した年はない。その意味で今年のベスト・テン選出は、映画史上の重要な事件になるだろうと予想される。日本では、まだこんな具合に明確な線は引けないだろうが……。（佐々木基一）

この批評に書かれた、「一九五九年の外国映画は、はっきりと新旧の波の交替を示している」という言葉を読み解くことは、日本において映画『二十四時間の情事』が、公開当時、なぜ一部の人たちにしか受容されなかったかという問題と関わりがあるにちがいない。それは、映画の問題でもあるし、シナリオの問題でもある。日本映画界はといえば、日仏合作映画『二十四時間の情事』の制作に日本側のスタッフとして携わった人たちは、デュラスの創作意図――「彼ら自身の物語の方が、たとえそれがどんなに短くても、ヒロシマより重さを占めるだろう」・「この日仏合作映画は、日仏的に見えてはならない。むしろ、反日仏的に見えなくてはならない」――も、レネの制作意図――「映画における〈時間〉と〈空間〉の冒険」（白井更生「アラン・レネとヒロシマ」『世界の映画作家5』）も理解できないという状況にあった。

茨木のり子は、デュラスの書いた恋の物語について次のように書いている。

ここに姿を現わす恋は、男女の姿を借りているにもかかわらず、本当はヒロシマとヌベールの恋なのだ。いわば町と町との恋なのであり、植物の交配をすら思わせる、凡百のよろめきドラマと異るところは、この一見ありうべからざる恋が、見事な表現上のリアリティを獲得していることだろう。

（「日本の恋唄から」）

茨木のり子の「男女の姿を借りているにもかかわらず、本当はヒロシマとヌベールの恋なのだ」という批評は、国境を超えた「男女」の「恋」の物語、つまり「彼ら自身の物語」が「ヒロシマより重さを占め」るというデュラスの創作意図と、「映画における〈時間〉と〈空間〉の冒険」というレネの制作意図に言及していると思われる。

フランスにおいては、レネの『ヒロシマ・モナムール』映画撮影五十周年を記念して『Tu n'a rien vu à Hiroshima（あなたは、ヒロシマで何も見なかった）』（二〇〇九年　ガリマール）という本が刊行されている。その本の序文には次のように書かれている。

この歴史的な映画撮影の五十周年記念が、世界的な映画の傑作としてすでに認められたこの映画にたいする新たな視線を、広く観客に示す機会になる。（『Tu n'a rien vu à Hiroshima』拙訳）

フランスにおいては、レネのこの映画は、「世界的な映画の傑作」として位置付けられている。日本においてはどうか。仏日共同製作のこの映画に、フランスにおいてレネの映画に与えられたような評価が与えられているかどうか。この映画の日本における受容をめぐる状況は、直截的にデュラスの「ヒロシマ、私の恋人」の本の受容にも繋がっているはずである。

いずれにしてもレネの映画『二十四時間の情事』（一九五九年公開）は、「観客」を獲得することはできなかった。そうした状況において、詩人茨木のり子は、レネの映画を通して、直観的にデュラスに「詩人の眼」を感受したと言える。詩人にとってデュラスとの出会いは決定的だったと思われる。詩人は、デュラスとの出会い以前から「ヒロシマ、私の恋人」のような恋唄を書きたいという想いを抱いていたのではなかったか。ひとつの恋の具体的な〈日付と場所〉を包含しながら、恋そのものを「ひとつの歌」（デュラス）としてあらわした恋唄を書きたいという想いを。詩人は、なぜか「埴輪」というシナリオを継ぐ作品を書くことはなかった。しかしシナリオに代えて詩作品として恋唄を書くことを胸に秘めていたのではなかったか。

「ヒロシマ、私の恋人」の訳者である詩人清岡卓行は、この作品について〈詩人の眼〉をもって書いている。

芸術作品で原子爆弾の惨害に取組むという至難の業を、人間の愛欲の最深部における戦争の内在批判という、微妙な主題の深さで追求していた。
また、それは、（省略）いわば映画内部の言語の散文詩的な実験によって、方法上の充実したアヴァンギャルド性を示していた。（清岡卓行「訳者あとがき」『ヒロシマ、私の恋人　かくも長き不在』）

「人間の愛欲の最深部における戦争の内在批判」という主題の捉え方、そして「映画内部の言語の散文詩的な実験」という作法に関わる見方は、この映画を〈恋唄の理想〉と書いたわけを読み解くうえで示唆を与えてくれる。「戦争の内在批判」と「愛欲の最深部」という問題《テーマ》は、茨木のり子も抱えていたのではなかったか。

死をいつくしむ愛、死と戯れる愛というふうに書いたが、これこそ、デュラスの映画における女主人公の魂の様相の基調ではないかと思うのだ。（省略）これはなんという生の趣味だろうか。ぼくはそのようにして行なわれる人間の魂の全体性へのいわば形而上学的で甘美な肉迫に、はげしく共感しないわけにいかないものであるが、この場合最も驚くに足ることは、それが小説の世界においてと同じく、映画の世界においても見事にかたどられることであると思う。（清岡卓行「デュラスの映画の女主人公たち――『夏の夜の10時30分』を中心に」『展望一九六七年九月』）

デュラスの「ヒロシマ、私の恋人」の訳者は、詩人としてデュラスの作品の「愛」についてこう書いている。デュラスの作品における愛と死の想念の問題《テーマ》は、形而上学的な主題と社会的な主題とが交錯するかたちで扱われている。レネの映画『二十四時間の情事』が茨木のり子を瞬時に捕えたのは、愛と死の想念が、〈日付と場所〉を刻む被爆地ヒロシマにおいて沸き立つというあり方で作品化されているからではなかった。茨木のり子のもっとも好む古典の歌は、死を賭して愛する人を想う作品である。そして愛の詩集『歳月』には、愛と死の想念が桎梏を解き放つようにして涌出している。

デュラスの「ヒロシマ、私の恋人」を詩的な作品として捉えた批評がある。

『広島・わが愛』はレネにとっても長編第一作であったが、シナリオを書き下すという経験はデュラスにとってもはじめてだったはずである。台詞の響きが美しかった。なかには、意味よりも音の美しさのために書かれたように思える台詞さえあった。あらためてふりかえってみると、ほとんど《デュラス節》と言いたくなるような彼女自身の個性的なリズムと言葉使い《ママ》だけから成っているのだったが、あの映画ではじめて接したぼくには、なによりもまず新鮮で詩的な台詞として迫ってきたのだった。（岩崎力「記憶の中のデュラス」）

「台詞の響きが美しかった」という批評の言葉は、戯曲に「台詞の中の〈詩〉の欠如」を思うようになり詩作の道に入った茨木のり子の「〈詩〉」にたいする思いを想起させる。詩人は、「ヒロシマ、私の恋人」のように、詩的な台詞の戯曲を書きたかったと想われる。

スペインの映画作家のビクトル・エリセの書いた批評の中には映画の言語に言及した興味深い批評がある。

映画には、散文的言語と韻文的言語があります。（省略）散文は物事をつねに直接的な方法で語ります。一方韻文（詩）は世界の概念をまったく間接的な方法で表現するのであり、そしてたぶんこちらのほうが強力である。（省略）『マルメロの陽光』で、わたしが最も関心があったことの一つは、最も客観的な言語――ドキュメンタリーの言語――と最もひそやかな言語とを結び合わせることでした。（省略）映画史のなかのある重要な部分は、この緊張の上に築かれています。『タブウ』、ヴィゴの映画のいくつか、ロッセリーニの『戦火のかなた』『無防備都市』『ドイツ零年』、ルノワールの『河』、レネの『二十四時間の情事』（ビクトル・エリセ「ビクトル・エリセとの対話」）

茨木のり子は、『二十四時間の情事』からエリセの言う「散文的言語」と「韻文的言語」の二つの種類の言語を聴いていたと思われる。エリセは、前者を「最も客観的な言語」、そして後者を「最もひそやかな言語」と呼んでいる。「客観的な言語」には〈日付と場所〉が刻まれている。そして「ひそやかな言語」は〈日付と場所〉から解放されている。エリセは、二つの言語を結び合わせることに興味をもっていた。そしてレネの映画『二十四時間の情事』を、この二つの言語を結び合わせた作品として挙げている。

映画の言語という捉え方は、

映画と文学の相関関係においてシナリオを考えてみるほうが一層本質的に重要だと信じるにいたった。それは文学性はシナリオの『せりふ』だけにあるものではなく、映画の『イメージ』自体のことばにもあると考えられるからである。（飯島正『映画の中の文学　文学の中の映画』）

という批評の中の「映画の『イメージ』自体のことば」という言辞に対応すると思われる。映画における「文学性」は、「シナリオの『せりふ』だけ」ではなく、「映画の『イメージ』自体のことばにもある」という言説に拠ると、詩人茨木のり子は、デュラスのシナリオをレネの映画を通して読んだということ、デュラスのシナリオのもつ「詩人の眼」を、デュラスのシナリオと、レネの映画の「『イメージ』自体のことば」を通して感受したということができる。

日本の詩人茨木のり子は、『二十四時間の情事』の映画とシナリオを〈恋唄の理想〉として捉えた希少な批評家の一人だったといえる。詩人は、「日本の恋唄から」の中で短歌からは探し出すことのできる〈恋唄〉を日本の現代詩からは探すことは不可能であり、「人間の欲望」は、「解放されたかに見えたが」、〈恋唄〉は、開花していないと書いている。そんな詩人にとって映画『二十四時間の情事』は、〈恋唄の理想〉として、どうしても挙げなければならない大きな作品だったにちがいない。

日本における〈映画『二十四時間の情事』の受容〉史に、詩人がこの作品について書き残した〈恋唄の理想〉という言葉は、深く刻まれていいのではないか。

蜜柑の家の詩人は、晩年に到る頃までデュラスの作品に注目していた。いつのことだったか詩人は電話でこう私に尋ねた。

『愛人《ラマン》』は、観ましたか? わたしは観たわよ。どうして観ないの?

詩人のこの声に私ははっとさせられた。デュラスの小説『愛人《ラマン》』(一九八四年)は、日本でも大きな反響を呼んだ。この小説は、フランスでゴンクール賞を獲得し、刊行後間もなく映画化(ジャン=ジャック・アノー監督)されて、日本でも公開された。詩人からの電話は、その頃のことだったと思う。デュラスの小説を読み、デュラスの作品について書きたいという思いを抱いていた私は、その当時、ニース大学の後期課程を日本で過ごしていた。デュラスは、ジャン=ジャック・アノー監督による『愛人』の翻案に失望、激怒して「自分は見るのを断り、何人かの友人に見に行くように頼んでいる」(アラン・ヴィルコンドル『マルグリット・デュラス(愛の生涯)』)と伝えられている。私は、デュラスの作品の映画化は、デュラス自身の監督によるものでなければむつかしいと考えていた。そして『愛人《ラマン》』を上映している映画館まで足を運ぶ機会を失っていた。私はそうした経緯を詩人にうまく伝えられたかどうか、覚えていない。その映画について話した詩人の電話の声は、あなたはなぜ観ないのか?と私を叱っているように聴こえた。そんな詩人の声を私は忘れることができない。それほど詩人のデュラスの作品に寄せる想いは深かった。

蜜柑の家の詩人は、いずれにしてもデュラスの小説を原作として映画化した作品は観のがすまいとして映画館に足を運んでいたにちがいない。詩人と私はデュラスの小説や、それを映画化した作品について具体的に何か話すということはなかった。

蜜柑の家の詩人が亡くなって十余年後、デュラスの作品集『苦悩』（一九六五年）を原作として『あなたはまだ帰ってこない』（エマニュエル・フィンケル監督・脚本　二〇一七年）という映画が作られた。映画の脚本は、デュラスが家の戸棚に長い間放置していたノートに書かれた作品『苦悩』（日記・手帳など）を脚色したものである。映画の舞台は、第二次大戦時のナチス占領下のパリ。デュラスは、夫ロベール・アンテルムとともに抵抗運動《レジスタンス》に参加していたが、夫が突然ゲシュタポに逮捕され、自分の夫の帰還を待ち侘びる苦悩の日々を送ることになる。蜜柑の家の詩人といっしょにこの映画は観たかったと私は思う。この映画は、あるいはレネの映画『二十四時間の情事』以上に詩人を魅了したかもしれない。

蜜柑の家の詩人からデュラスの小説『愛人《ラマン》』の映画を観なさいという電話を受けてから十数年後のこと、二〇〇三年の六月、詩人の七十七歳の誕生日から二日後に詩人から一通の手紙が届いた。その手紙は私にとっては特別な手紙だった。その手紙には詩人のデュラス論が書かれていた。


デュラスは一生のテーマに選ぶのにふさわしい人とおもいます。

二十世紀〈女の思想〉というものを結晶化できた、殆んど唯一の女流作家（世界で）と思っていま

す。沢山の作品を読んでいるわけではないので一種のカンなのですが。（二〇〇三年六月十四日付）

蜜柑の家の詩人の手紙に書かれた、この短いデュラス論は、「日本の恋唄から」に書かれたデュラス論を継ぐものとして読むことができる。このデュラス論に書かれた〈二十世紀《女の思想》〉という言葉を前にして、私は誰に話をすることもなくただ黙って十五年余りこの言葉を抱えていた。詩人の短いデュラス論に書かれた〈二十世紀《女の思想》〉という言葉の読みは私にはできなかった。その閉ざされた読みに開かれた読みの契機を与えてくれたのは、詩人の書いた「与謝野晶子」（『うたの心に生きた人々』）の中で与謝野晶子について書かれた「女の思想」という言葉だった。私は詩人の大切な二つの言葉——「生命への賛歌」と「女の思想」という言葉を詩人の「与謝野晶子」論の中から見つけることができた。そしてようやく「女の思想」という言葉の開かれた読みに入ることができるようになった。


彼女〔与謝野晶子〕は恋でも嫉妬でも自己陶酔でも、だれはばかることなくさらけだせた勇気のある人でした。「君死にたもうことなかれ」もまた、晶子の心をありのままにぶちまけただけでしたから、「乱心なり、国賊なり」といわれては、彼女自身めんくらいました。思想とかイデオロギーを追求してそこから出てきた詩ではなかったし、天皇制否定論者でもなかったのです。

強いていえば「女の思想」とでもいうべきものをうたいあげただけでした。

そのころ、晶子には光《ひかる》（長男）、秀《しげる》（次男）が生まれていて、かわいいさかりでした。女が子どもを育てているとき、だれが人殺しの名人となれ、大きくなったら国のために死ねなどと願いながら、お乳を含ませるでしょうか。すくすくと若い樹木のように育ってほしいと思わない母親はありません。

（省略）

女性史のうえから見ても、日本詩史のほうから見ても、晶子は身をもって近代をきりひらき、女性の解放と、日本の詩の豊かさを大きくひろげた画期的な仕事を果たしています。

まさしく黄金の釘を、はっしと打って去った人でした。（「与謝野晶子」『うたの心に生きた人々』）

詩人の考える「女の思想」とは、与謝野晶子が詩篇「君死にたまふことなかれ」の中に自分の心をさらけ出し、自分の考えをありのままに書いたこと、そして子供を産み、育み、愛することを芯にして詩人として人生を全うしたことにたいして用いられている。茨木のり子は「女性史」と「日本詩史」とにおいて最大の仕事を果たした与謝野晶子を「女の思想」を思わせるほどの大きな人物としてとらえている。詩人がデュラスの文学から感受した「〈女の思想〉」は、与謝野晶子論に書かれた「女の思想」と繋がっているはずである。

詩人が「二十世紀〈女の思想〉というもの結晶化できた、殆んど唯一の女流作家（世界で）」と捉えたデュラスは子供を深く愛する人だった。デュラスの『ヒロシマ　私の恋人』の女性主人公も母親として子供を深く愛する女性である。――「午後四時、ヒロシマの平和広場。女たち、そして男たちは、歌う子供たちについて行く。犬たちも、子供たちに従う。（省略）子供たちは数が多く、美しい」（「ヒロシマ、私の恋人」）フランス人女性は子供の母親である。ヒロシマの「子供たち」に視線を注ぎながらフランスに残した自分の子供を視ているのだ。デュラスは、第二次世界大戦後、政治闘争の一つの拠点になっていたパリの自宅のアパルトマンで、男性たちの議論にはほとんど加わることはなかったという。――「彼女は議論にはほとんど加わらなかった。当時の女性はそのような席にはそう参加しないことになっていたからである。だが、デュラスは料理をしたり、本を書いたり、子供を育てたりした。後になってみると、当時の社会的慣習上女性が沈黙を強いられていたこと自体が、彼女を作家にする上でプラスになったのだとデュラス自身認めている」（H・R・ロットマン『セーヌ左岸』）――第二次大戦後間もない頃、デュラスは、子供を育み、愛し、料理を作ることの好きな家庭的な女性であると同時に本を書く作家でもあった。

蜜柑の家の詩人こと茨木のり子もまた伴侶を愛し、弟を愛し、母を想う女性であると同時に詩人でもあった。「詩人としての顔と、家庭人としての顔」をもつ人だったと言える。――「日記に目を通す。創作に励みながら、毎日の生活にていねいに気を配る姿が、簡潔なことばのなかから浮かび上がってくる。生活の中心は家事であり、ご飯の支度である。その日の献立を考え、買いものをして料理をする。医師であったY（夫・三浦安信）との食事。茨木のり子の詩は、そうした日々の営みが結晶したものである」（『茨木のり子の献立表』）――ここに書かれた茨木のり子像は、内なる愛を支えとして詩作をして生きた詩人像を簡潔鮮明に伝えている。

蜜柑の家の詩人の手紙に書かれた、短いデュラス論は、「日本の恋唄から」に書かれたデュラス論を継ぐものとして読むことができる。この手紙の内容は、私信というよりは、広く開かれた場所に書き記しておくべき文章のように私には思われる。そしてこの私信に書かれた内容は、日本における〈二十四時間の情事」の受容〉の歴史に組み入れることのできる大きい批評ではないかと思われる。

恋唄の衰微

日本の詩における〈恋唄の衰微〉を訴える詩人の声は、レネの映画『二十四時間の情事』、そしてデュラスの「ヒロシマ、私の恋人」の受容のあり方と無関係ではあり得ない。レネの映画とデュラスの本の受容のあり方は、フランスと日本においては現在も異なると思われる。

茨木のり子の編んだ恋唄の詞華集《アンソロジー》「日本の恋唄から」を読みながら、詩人の考えた〈恋唄の衰微〉について考えてみたい。

恋唄の詞華集《アンソロジー》「日本の恋唄から」は、『古事記』の中の古い恋唄にはじまる。詩人はこの恋唄について、長い間「つまらない歌」だったが、ある日「この歌の良さが不意によくわかってしまった」と書いている。

いい恋唄というのはいいものである。長い年月の間に私の心に刻まれてしまったそれらの恋唄を、きままにあぶり出しのように浮びあがらせてみたいと思う。

八雲立つ　出雲八重垣　妻ごみに
　八重垣つくる　その八重垣を

（省略）

婚姻の日の、人々からの目の遮断が、ベッドでも、カーテンでもなく、湧きあがってくる雲であったという雄渾さは、たとえようもなくすばらしい。

（省略）

日本の恋唄のなかで私が好きなものは、記紀歌謡から万葉集にかけてが一番多い。

（省略）

沖つ鳥　鴨着《カモド》く島に
　わが率寝《イネ》し　妹は忘れじ　世のことごとに

（火遠命）

（省略）

私の訳に直せば、「鴨の群れつどう、太陽の輝く小さな島、そこで裸で抱き合った君のことは、永遠に忘れはしないよ」とでもなろうか。

（省略）

この歌がひどく素敵に思われるのは、単に古い言葉への郷愁だけだろうか？　内容はとりたてて在るわけでもない。けれど私は、歌謡曲とこの歌との間には決定的な差異があると思われるのだ。感性の結晶度の硬さの差異とでもいったものが……。

さねさし相模の小野に燃ゆる火の
火中に立ちて問いし君はも
（省略）

（作者が）弟橘姫であってもなくてもいいし、伝説の背景を取り去ってもいいが、いずれにしても男の真情というものに応えようとした女の真情――というものに解釈して、私はこの歌を大変愛している。（省略）日本の恋唄のベストワンだ。万葉集に入っても、こうした勢のいい恋唄はまだ続く。

吾が夫子《セコ》は物なおもほし　事しあらば
火にも水にも　我なけなくに
（安倍郎女《アベノイラツメ》）

戦時中、大和撫子を大量に生産すべく、この歌は屢々引用された。そういう思い出を纏りつかせながら、尚かつ、この剛毅な恋唄は私の中で、また新しい生命を持ってくるのだ。

君が行く道の長手を繰りたたね
焼きほろぼさむ　天の火もがも
（狭野茅上娘子《サヌノチガミノオトメ》）

あなた、本当に行ってしまうのね、いやです。どうしてもやりたくない、いっそあなたが行く道をくるくると手前に折りたたんで、あなたもろとも一思いに焼けるものなら！　女のカマキリ性というものが、すばらしく良く出ている。後世の陰湿な恋唄と違い、たけだけしいものが溢れていて悪くない。

（省略）
秋山に落つる黄葉《モミジバ》しましくは
　な散り乱りそ　妹があたり見む

最後の歌は柿本人麻呂のもの。本職の歌よみだけあって、切り込む隙もない完璧さである。落ちついた沈潜度の深い、いい恋唄だと思う。万葉集からは、まだまだ拾いたい歌が多い。万葉集全二十巻のうち、その七、八割までが恋唄なのだから。

古今集、新古今集になると、私の興味は俄かに削減する。

詩人の恋唄の詞華集《アンソロジー》「日本の恋唄から」は通史的に書かれてはいるが、記紀歌謡から万葉集まででほぼ終わりといった感じを与える。詩人が「日本の恋唄のベストワン」として挙げるのは、弟橘姫の歌とされる「さねさし」の歌。そして、それに次ぐのは、安倍郎女《アベノイラツメ》の「吾が夫子《セコ》は」の歌。詩人はこの歌を「剛毅な恋唄」と書いている。詩人は、「勢のいい歌」、「剛毅な恋唄」が好きだった。

詩人は、古今集・新古今集における「類型化されて」いる美意識や、「貴族にだけ許される審美的生活」、そしてそこから醸し出される「倦怠」には何の同情も共感も誘われないと書いている。したがって「日本の恋唄から」には、王朝時代の古今集・新古今集からは一首も採られていない。詩人は、たとえば佐藤春夫の「『風流』論」などには共感することはできなかったにちがいない。

「古今集」の大宮人たちは生の不満から死を欲したのではなく、却って幸福な生の過剰的疲労からであってみれば、その安静に対する希求は寧ろ生の喜びを新たにするためのものとしてであった筈である。（省略）悲哀の享楽。厭世の享楽。「もののあわれ」の詩情は何も事新らしく説くまでもなく、頽廃的なものである。この頽廃的詩情が、それにも拘はらず、どうしていつまでも我々の心にふれるか。（佐藤春夫「『風流』論」）

詩人が、「古今集」の大宮人の佐藤春夫の言う「倦怠」・「生の過剰的疲労」といったものに対して共感はできなかった理由はよくわかる。詩人の詩集は、古今集・新古今集に通う「退廃的な詩情」とはたしかに縁遠いといえる。

しかし詩集『歳月』には「古歌」という題の作品があるし、詩人は平安時代の歌人在原業平の歌、そして歌物語の読者でもあった。詩篇「古歌」の中には、次のような「古歌」への想いを書いた詩行がある。

今ほど古歌のなつかしく
身に沁み透るときはない

詩人は、しみじみと「古歌」への想いを書いている。「古歌」、それは日本の古典として読み継がれた歌である。そして詩人は、内省の人として内なる「退屈」な想いをも表出してもいる。詩篇「それを選んだ」の中には次のような詩行がある。

退屈きわまりないのが　平和
単調な単調なあけくれが　平和

この詩行は、内なる「退屈」な想いと、「淀みそうになるもの」を意識しなければならないという警告として読むことができる。内なる「退屈」は、王朝時代の貴族における「過剰的疲労」とは次元の異なるものではあるが、人間はそういう「過剰的疲労」というものに時に苛まれる不穏な存在者だとも言える。詩人は、そのことをよく知る人ではなかっただろうか。

さて詩人の「恋唄」のアンソロジーは、王朝時代の古今集・新古今集は素っ飛ばして、中世も素通りとなる。そして、江戸時代の俳句、近代の詩歌へとすすむ。詩人は、「大正、昭和に入って、さて誰の何を選ぼうかとなると、困惑もひどくなってくる」という心情を吐露しながら、日本の詩における、

〈恋唄の衰微〉の問題について書いている。

日本の詩歌の伝統は恋唄にあると書いたが、それはやはり短歌にのみ言えることで、詩には当てはまらないようだ。恋唄の衰微に心細くなってくる。（省略）

戦後になって、人間の欲望はすべて明るみに解放されたかに見えたが、意外に恋唄の方は開花していない。（省略）

このことを誰か明晰な論旨で解明してくれる人がいたらおもしろいだろう。

私の考えによれば、大体三つの理由によるのではないかと思っている。

一、戦後詩の出発に於て、大多数の人々の心を占めた一番大きなテーマは、自我の建設ということだった。（省略）自我の建設と恋とは、平行し、或いはからみあって進むべきかもしれないのに、自分自身もそれを許さなかったし、他人もまたそれを許さなかったようなところがある。

二、第二に考えられることは、世の中がこれほど恋のムードに溢れているにもかかわらず恋そのものの、これほど乏しい時代も少ないのではないか？（省略）恋なども退化してゆく人間の性格ではないか？

三、三番目に一番肝心な問題だが、詩人の使用する日本語が、いたっておかしなものになってきている。それが観念的な作品だったり、形而上的なものだったりすると、カバーされるが、ひとたび恋唄という普遍的なテーマにぶつかると、日本語のまずさが俄然、暴露されてしまう。

詩人は、〈恋唄の衰微〉について三つの理由――一つは、「自我の建設と恋」とを並行させて詩を書くべきなのに、自他ともにそれを許さなかったこと。二つめは、「人間の性格」は、「退化してゆく」ものであり、「恋」の乏しさはその顕われではないかということ。三つめは、「詩人の使用する」「日本語のまずさ」が「恋唄」になると暴露されてしまうということ。――を挙げている。

詩人は、「日本の恋唄から」のなかで、日本の恋唄として、まず「古事記」「万葉集」の中から多く選び、年代順にすすみ、近現代詩に到り、〈恋唄の衰微〉という状況にぶつかる。そこで最後に、「恋唄の理想」として、レネの映画とデュラスのシナリオが採り上げられることになる。

日本文学史において、〈恋唄の衰微〉は古くから始まったものらしい。朔太郎は、万葉集と古今集、新古今集を比較して次のように書いている。

万葉集二十巻、その七割を占めるのが恋愛歌である。（省略）次に古今集新古今集等の歌集になると、恋歌が全体の四十パーセントに減じて来るが、（省略）古今集以降の歌では恋唄だけが生命であり、他の叙景歌や羇旅歌等に見るべき作品が極めて少ない。（萩原朔太郎「恋愛名歌集　序言」）

茨木のり子の指摘する〈恋唄の衰微〉は、「万葉集」と「古今集」における恋愛歌の占める割合にすでに顕在化している。詩人の古代の恋唄に寄せる思いは、そうした状況にも直截関わるにちがいない。

〈恋唄の衰微〉を嘆く声は、たとえば『和泉式部全集』（昭和二年）の「解題」からも聴こえてくる。

和泉式部の盛名に比べて、後世その歌の真価を味解する者の稀なのは、世人の多くが宋儒と武士道と生活苦とに禍せられて、恋愛を体験するだけの余裕を失ひ去ったからである。（与謝野晶子他『和泉式部全集』（昭和二年）「解題」）

「恋愛を体験するだけの余裕を失ひ去った」という状況は、この「解題」の書かれた昭和二年から九十余年も経過した現在《いま》は、より深刻な様相を帯びてきているかもしれない。現在《いま》ならば、仕事の重さとそれに伴う不安、そして生活苦とに「禍せられて」といえるかもしれない。

朔太郎は、〈恋唄の衰微〉について次のように書いている。

恋愛といふことが、だんだん出来ない時代になって来た。つまり世の中が段々プロゼックになり、すべてが功利的になって来たからだ。

今日のやうに恋愛のない時代は、詩精神の涸れ切った時代である。しかし詩の無い時代といふことは、人々が詩を見捨ててしまった時代といふわけではない。（萩原朔太郎「恋愛のない時代、詩のない時代」初出雑誌『詩壇』昭和十一年二月号）

朔太郎の言う「すべてが功利的になって来た」という現象はますます顕わになってくるのだろうか。その現象に歯止めをかけることはできないのだろうか。〈恋唄の衰微〉は、詩の衰微そのものである。

茨木のり子の〈恋唄の衰微〉についての考察は、三つの観点からなされている。なかでも重要なのは、「自我の建設と恋」の問題ではないか。この問題は、日本の近代文学史における問題として指摘されている浪漫主義と自然主義との関わりを思わせる。石川啄木は、『時代閉塞の現状　食うべき詩』、そして、萩原朔太郎は「日本浪漫派について」（『萩原朔太郎全集　第十巻』）のなかでそれぞれその問題について書いている。

浪漫主義は弱き心の所産である。（省略）自己主張的傾向が、数年前我々がその新しき思索的生活を始めた当初からして、一方それと矛盾する科学的、運命論的自己否定的傾向（純粋自然主義）と結合していた事は事実である。（省略）今や我々には、自己主張の強烈な欲求が残っているのみである。
（石川啄木『時代閉塞の現状　食うべき詩』）

日本には啓蒙時代の歴史がない。（省略）
日本の浪漫派運動の発生は、感情の虐殺者にたいする反動の勃発ではなくして、全くむしろ前代自然主義文学に対する挑戦である。所でまた日本には、真の意味での自然主義文学といふものも過去になかった。（萩原朔太郎「日本浪漫派について」）

日本の近代文学史における浪漫主義と自然主義をめぐる問題を「自我の建設と恋」とを並行させてすすめてゆくことができなかったという詩人の指摘する状況に重ねてみると興味深い。啄木は「自己主張の強裂な欲求が残っているのみである」と書き、朔太郎は日本文学史において「感情の虐殺者にたいする反動の勃発」の経験のないことを指摘している。

いずれにしても、日本の〈恋唄〉の華に触れるためには、『古事記』や『万葉集』、『古今集』といった本を紐解かなければならないことはたしかである。〈恋唄〉は、古代の詩歌において大きく開き、しだいに萎みつづけたといえる。なぜ〈恋唄〉の華は、開花しなくなってゆくのか。地球規模で〈恋唄の衰微〉は進行しつづけているのだろうか。

日本の詩の読者の数は、韓国に比べても中国に比べても少ないってことはこのごろよく言われるが、それには何かの原因がある。そういうことを、高度な詩を書こうということとは別に、われわれももう少し考えた方がいい。茨木のり子の突然の死は、これからの日本の詩はどうなるのだろうかということを、多くの人に考えさせたのではないかと思います。（飯島耕一　対談「〈倚りかからず〉の詩心」『現代詩手帖 追悼特集茨木のり子』）

詩人は、二〇〇六年に書かれたこの追悼の言葉を読んでどのように応答するだろうか。〈《恋唄の衰微》は、いたしかたありません。それは、「退化してゆく人間の性格」のせいなのですから。永く永く読み継がれる〈恋唄〉を書いたらどうでしょう〉。詩人はそんな風に応えるのではないか。茨木のり子にとって、デュラスの「ヒロシマ、私の恋人」は、〈恋唄の衰微〉という歴史的な事象を念頭に置いても「恋唄の理想」として挙げるべき作品ではなかったか。

Ⅲ　茨木のり子の詩とデュラスの小説

詩人は、アラン・レネの映画『二十四時間の情事』（原題『ヒロシマ・モナムール』）を通して、その映画のシナリオを書いたデュラスに「詩人の眼」を感受した。詩人にとってデュラスとの出会いは、文学的な大きな出来事だったと考えられる。詩人がデュラスとの出会いをもち、最後までデュラスの作品（文学作品・映画化された作品）に注目しつづけたことは、詩人の年譜に大きく刻まれるべきことに思われる。

詩人は、デュラスの文学については、「日本の恋唄から」（『わが愛する詩』所収）の中でしか言及することはなかったようだ。詩人にとっての「恋唄の理想」は、最期の時までデュラスの「ヒロシマ、私の恋人」だったにちがいない。

茨木のり子の詩とデュラスの小説を比較するという読みは、茨木のり子の詩の読みの一つの方法である。比較という読みは、むつかしい問題を抱えている。比較文学は、「文学研究の一つの視座」、「仮説の検証、テキストの検討方法」（イヴ・シュヴレル『比較文学』）と捉えられている。しかし比較という文学作品の読みは、易しい方法とは言えない。デュラスは、その方法のむつかしさを示唆するかのように「ヒロシマ、私の恋人」のフランス人女性と日本人男性とを隔てる距離を次のように語っている。

地理的に、哲学的に、歴史的に、経済的に、人種的に、またそのほかの点で、可能なかぎり最も遠く隔たっている二人の人間のあいだで、ヒロシマは、エロチスムの、恋愛の、そして不幸の普遍的な条件が、仮借のないきびしい光線のもとに現れてくることになる共通の場所（世界においておそらく唯ひとつ？）となるだろう。（「筋書《シノプス》」「ヒロシマ、私の恋人」）

デュラスは、ヒロシマの地で出会ったフランス人女性と日本人男性とが、「限りなく遠く隔っている」と同時に、その隔たりを超えるような「エロチスムの、恋愛のそして不幸の普遍的な条件」が存在しており、「ヒロシマ」は、その「条件」が照射される「共通の場所」となることを読者に告げている。デュラスは、二人の出会いの場所である「ヒロシマ」について、「一九四五年八月のことである。ヒロシマの件を私たちはそこ〔被収容者用の療養所〕で知る」（『苦悩』）と書き記している。

〈茨木のり子の詩とデュラスの小説〉という比較の試みは、異なる文学形式である詩と小説の比較という問題も抱えている。しかし、韻を踏まない詩と、技法が主題になったという小説（散文）の形式の境界は、現在は曖昧なものになっていると考えることもできる。ここで行う比較の読みとして、〈作法《さくほう》〉・〈支離滅裂な女の言葉〉・〈作家の人生史〉というテーマを設定しているが、〈作法《さくほう》〉・〈支離滅裂な女の言葉〉には、ロラン・バルトの文体論に書かれた「深部を暗示する」という「作家の気質」が反映されていると思われる。

作法《さくほう》

茨木のり子とデュラスは、〈作法《さくほう》〉と言われるものを持っていなかった。

詩学とか方法論みたいなものあまりないし、またそれを持ちたくないという気もひとつあるのね。無手勝流に書いていきたいと。何々主義、何々イズムというものに則って書くと、やっぱり足を取られることになりません? それで駄目になってゆく例は戦後でも多かった。むしろ衝動的なものを大事にして、衝きあげてくるものをどう書くかしかなくて。(茨木のり子 対談「美しい言葉を求めて」)

詩人は、「衝動的なものを大事にして、衝きあげてくるもの」を書くことが自分の一種の〈作法《さくほう》〉だと語っている。それは、〈作法《さくほう》〉とは言えない一つの〈作法《さくほう》〉だと言える。詩人は、「石垣りんさんともよく話すんですが、私たちはただ書きたくて、書くんだっていうことをずっとやってきました。今の人は、書き始めから賞をねらったりするっていうのが多い。あれはちょっとちがうかなっていうことです。ただ脚光を浴びたいっていう、それで書いてちゃ駄目なんですよね」（「茨木のり子にきく」『二十歳のころ』）と語っている。茨木のり子は、「詩壇的詩人とはちがうという感じが非常に強かった」（飯島耕一対談「〈倚りかからず〉の詩心」）と言われているが、この言葉は、詩人が石垣りんと共に「詩壇」というものとは距離を置いていた理由の一端を思わせる。

デュラスもまた、「文学理論」をもっていなかったと語っている。

私には小説に対する理論なんかないんです。そんなの、考えただけで吹き出してしまうわ。（デュラス『語る女たち』）

みんな〔ヌーヴォー・ロマンの作家たち〕、わたしにはあまりにも頭でっかちすぎました。ひとつの文学理論をもっていて、それにしがみつき、すべての想像力をそこに帰着させる。わたしは違いました。わたしはこの点に関して、考えを教えるべきものをもったことは一度もありません。（デュラス『私はなぜ書くのか』）

二人の作家は、文学理論には無関心な態度で書きつづけた。そして、学んで習得することのできないものを大切にしていた。

学校教育の場で詩は教えられるか?と問われたら、教えられるかもしれないし、教えられないかもしれないと言うしかない。（省略）一方の極に、詩を直観的につかまえられる子、一方の極にまったく詩に不感症の子がいる。（茨木のり子「詩は教えられるか」）

わたしが言っているのは、伝えて教えることのできないもののことだ。解読のために体系化し記号におきかえようとしても、制度としての教育の中にとりこもうとしても、いつもするりと身をかわしていってしまうもの、人に勧めることも学んでおぼえさせることもできないものについてなのだ。無関心についてわたしは言っている。神なき空の新たな恩寵（デュラス「言いたかったのだ、あなたたちに」）

二人の作家に共通する点は、「制度としての教育」の現場においては学んで習得することのできないものを大切に考えていることである。ここでは、茨木のり子は、「直観的」なもの、そしてデュラスは「無関心」――〈利害・計算・目的〉といったものに関心をもたないことを意味する――というものをより本質的なものとして捉えている。「直観的に詩をつかまえられる」（茨木のり子）・「伝えて教えることのできないもの」（デュラス）という言い方は、詩の見分け方について書いた、アメリカの詩人エミリー・ディキンスンの詩と文章を想起させる。「ディキンスンは、本格的な詩論をもっていなかった」（『エミリ・ディキンスン評伝』）と伝えられている。

もし本を読んでからだじゅうが冷たくなって火で暖めることもできないようになれば、私はそれを詩だと認めます。もし頭の先が抜けたようにからだで感じたら、それが詩だと認めます。これが私の唯一の見分け方です。

（『エミリ・ディキンスン評伝』）

ディキンスンは、「プロの作家」であるヒギンスンにこう述べたという。エミリー・ディキンスンの「からだで感じたら、それが詩だと認めます」という詩の唯一の見分け方は、茨木のり子の「直観的に詩をつかまえられる」、そしてデュラスの「伝えて教えることのできないもの」という言い方に繋げることができる。茨木のり子に「詩人の眼」を感受させたデュラスは、エミリー・ディキンスンの愛読者だった。そしてディキンスンをモデルにして女主人公を形象した小説『エミリー・L』を書いている。そのことは、デュラスにとってディキンスンが大切な詩人だったことを証している。デュラスの「ヒロシマ、私の恋人」に魅惑された茨木のり子が、どこかでエミリー・ディキンスンに繋がる点があるとしてもおかしくはない。

ここで比較を試みた茨木のり子、デュラス、エミリー・ディキンスンの三人の文学者に共通する、即時的、身体的な文学作品の受容のあり方においては、瞬間の時間感覚の作用――ボードレールの言う「分析の速度」が本質的な問題になる。

ボードレールの「分析の速度の問題」は、造形芸術ばかりではなく、文学作品の鑑賞においても存在するといえる。文学作品とりわけ詩作品は、「直観によって把握されることを欲する相をとって現れる」と言うこともできる。詩の即時的な受容は、ここで比較した三人の文学者の時間感覚を表出した作品を想わせる。その時間感覚の表出は、恋（愛）の直観的な閃きに繋がる。

茨木のり子の詩集から

指折り数えるほどしかない
その日々の中の一つには
恋人との最初の一瞥の
するどい閃光などもまじっているだろう　（「ぎらりと光るダイヤのような日」）

歳月だけではないでしょう
たった一日っきりの
稲妻のような真実を
抱きしめて生き抜いている人もいますもの　（「歳月」）

デュラスの小説から

女のなげかける最初の眼差、それだけで、すでに欲情がある、あるいは欲情はかつて存在したことがない、そのどちらかだった。（省略）このことも、同じくわたしは実地の経験以前に知った。（デュラス『愛人《ラマン》』）

男を見たとき、ロルにはすぐに誰かわかった。物腰のなかに、姿を消したあの恋人を思わせるなにかがあったか？（省略）彼から出てくるのは、マイケル・リチャードソンのあの最初の視線、舞踏会以前にロルが出会ったことのあるあの視線なのだ。（デュラス『ロル・V・シュタインの歓喜』）

エミリー・ディキンスンの詩集から

恍惚の一瞬を
私たちは苦悩で支払うのだ
恍惚の
鋭く身を震わせる比率にしたがって――
愛される一時間を
何年ものあいだ乏しい蓄えで支払うのだ
争って得た身を切るお金で
涙であふれるばかりの箱で――

（一一二五）

ここに引用した詩行・断章は、直観的な瞬間の閃きを覚えさせる。「恋人との最初の一瞥・稲妻のような真実」（茨木のり子）「最初の眼差・最初の視線」（デュラス）「恍惚の一瞬」（ディキンスン）といった言葉は、「瞬間とは出来事」であり、「瞬間とは実存の成就なのだ」（エマニュエル・レヴィナス『実存から実存者へ』）という言説を想い起こさせる。文学作品における〈恋（愛）〉の瞬間の時間感覚の表出は、即時的に受容されるものではないか。

茨木のり子とデュラスの〈作法《さくほう》〉は、「直観」・「無関心」、そして、瞬間の時間感覚の表出のもたらす「分析の速度の問題」において似通っていると言える。

支離滅裂な女の言葉

茨木のり子の作品に「女の言葉」について直截的な声で語られた詩篇「王様の耳」がある。詩篇「王様の耳」に用いられている「支離滅裂」は、〈詩人の語彙〉として重要な意味をもっている。

皆としゃべっているうちに
男たちのだんだん白けてゆくのがわかった
ある田舎での法事の席

気付けば満座は男ばかり
私一人が女であって
なにをか論じていたのであった
女たちは大きな台所で忙しく立ち働いている
（省略）

女たちは本音を折りたたむ
扇を閉じるように
行きどころのない言葉は　からだのなかで跋扈跳梁《ばっこちょうりょう》
うらはらなことのみ言い暮し
（省略）
とまれ　私の出席したのは江戸中期の法事であったわ
男たち　白けなば　白けよ
言うべきことは　言わねばならぬ
私の住む都会では　こういうことはないのだが
だが　まて　しばし
一皮剥けば同じではなかったか

茶化し　せせら笑い　白け　斜にかまえ
鼻であしらうのが幾らか擬装されているにすぎぬ
女の言葉が鋭すぎても
直截《ちょくさい》すぎても
支離滅裂であろうとも
それをまともに受けとめられない男は
まったく駄目だ　すべてにおいて
そうなんだ
記憶の底を洗いだせば　既に二十五年は経過した
私の男性鑑別法その一に当ってもいた

（「王様の耳」『人名詩集』）

詩篇「王様の耳」（『人名詩集』一九七一年）は、詩人四十五歳の頃の作品。この詩について、「茨木さんの場合、詩の中で断言することが多いでしょう。（省略）『王様の耳』の中で、恐ろしい言葉をお書きになっているわけですよね。『支離滅裂な女たちの言葉をまともに受けとめることができない男はだめだ』って。あれを読んで、ぼくは、全世界の男はみんな駄目なんじゃないかと思ったわけですね」（大岡信　対談「美しい言葉を求めて」）という批評がある。この批評は、「スパッと歯切れのいい言葉が断言的に出てくる」というこの詩の直截的な語り方に加えて、「私」の「男性鑑別法」の内容の厳しさにもかかわるようだ。しかしこの詩に書かれた「男性鑑別法」は、女たちにはよりよくわかるのではないか。ああ、その通りだと。

この詩には、ある「田舎での法事の席」で、「満座は男ばかり」という状況に身を置く「私」の視線を通して、「江戸中期の法事」の様相が語られている。「白けてゆく」男たちと、「台所で忙しく立ち働いて」、「本音を折りたたむ」女たちの姿の描写に次いで観察者である「私」は、女たちの「本音」をぶちまけるように語気を鋭くつよめて、「女の言葉」論を放出して一篇の詩を括る。詩の語り手である「私」は、観察者として「女たち」との距離を保ちながら、「女たち」の内なる〈支離滅裂な女の言葉〉――詩に書かれてはいないが――を思う。「私」という観察者は、観察者であると同時に実は「本音を折りたたむ」女たちの中の一人でもあると言える。「私」は、この「江戸中期の法事」の席では黙して語ることはしていない。だからこそ詩の中で「私」の言葉として、〈支離滅裂な女の言葉〉を聴くことのできない男たちはダメだと語るのではないか。

詩人の詩の中には、〈支離滅裂〉という感じを覚えさせる作品がある。たとえば、詩篇「殴る」には、脈絡を欠いた詩行が連なり、思考を停止した語り手のなまなましい声の調子《トーン》が響く。

束の間の夢のなか
わたしは人を殴らんとしている
意気　天を衝いているのに　どうしたことか

ふりあげた右手が急速に重く　鉛のかたまり
あわてて
左手までが助けっ人に出て
右手をして殴らしめんと欲する
行くのだ
そら！
（省略）
わたしの右手は知っているようなのだ
躊躇せず　ばしばし昏倒させた確かな手ごたえ
シナントロプス・ペキネンシス時代の快感を

詩篇「殴る」の詩行は、内的な暴力を感じさせる。主題といった整理されたものは捨てて、言葉を投げつけるようにして書かれているような感じを与える。こうした作風の作品は、詩の書き方そのものが〈支離滅裂〉を思わせる。そうした書き方は意図的なものにはちがいない。詩篇「真夏の夜の夢」——「軒なみにごろつきが出た！／　軒なみにごろつきを出した！／　地球はおっそろしい精神のスラム街だ！」ではじまる——も、内的な暴力は感じさせないが、〈支離滅裂〉を感じさせる。

詩篇「王様の耳」に書かれた〈支離滅裂な女の言葉〉は、デュラスの小説の女性人物たちの極端に偏った話し方を想わせる。たとえば、小説『ヴィオルヌの犯罪』の女主人公クレール・ランヌの話し方について語った男性人物の発話には「支離滅裂」という言葉が用いられている。

一度に十もの話を同時にやるんです。言葉の津波ですよ。そして急に黙っちゃうんです。

支離滅裂な話しぶりが狂気のせいだったかどうかについて、こういう立場で最終的決定を求められれば、やはりどちらとも決めかねます。（デュラス『ヴィオルヌの犯罪』）

女主人公クレール・ランヌは、「支離滅裂」な話し方をする。この人物は、ある殺害事件を惹き起こすのだが、それが彼女の「狂気」に因るものかどうかが問題になっている。クレール・ランヌは、犯罪事件に関する一冊の本を作成するための尋問の席で次のように語っている。

わたしは、自分にわかっていることを口に出して言うことは、とてもできなかったでしょう。

（『ヴィオルヌの犯罪』）

この女主人公の発話は、この人物が「自分にわかっていること」は何であるかよく知っていることを証している。しかしこの人物には、その「わかっていること」を言葉にあらわすことができない。なぜなら「わかっていること」をあらわす言葉が見つからないからである。彼女は、言葉にあらわすことはできないという何かについての問題を独りで抱えているのである。この女主人公は、言葉にあらわすことのできるものとできないものとがあることについて考える知的な人物だといえる。

デュラスの小説の女主人公たちは、「心の中の長い対話」をする知的な人物として形象されている。しかし彼女たちは周囲の人物たちから「狂気」の人とみなされる。

彼女――叡智のようなものよ、気が狂うということはね、わかるでしょ。それを説明するなんてできはしない。（デュラス『ヒロシマ、私の恋人』）

デュラスの「ヒロシマ、私の恋人」の女主人公は、「狂気」は「叡智」のようなものだと語る。この人物が「狂気」に陥るのは、ドイツ人男性を愛したかどで髪を刈られ、地下室に入れられた体験に由っている。

彼女――「私は、恥辱を受けたという名誉をもっているのよ。自分の頭の上に剃刀が動いているとき、人間は、そうした愚かな行為について、驚くほどの英知をもつものだわ……。」

彼女――「私はもう祖国などもちたくない。私の子供たちには、他人たちの祖国の悪意と無関心、英知と愛を、死ぬまで教えるわ。」（デュラス『ヒロシマ、私の恋人』）

ここに引用した女主人公の発話は、内側から自己の「狂気」を考察し、真の「英知」とは何かを語っている。彼女たちは、「狂気」と「理性」について考え、「狂気」は「叡智」だと思う。

茨木のり子の詩篇「王様の耳」に書かれた「支離滅裂な女の言葉」は、デュラスの小説の女主人公たちの「支離滅裂な話ぶり」に対応すると思われる。「支離滅裂な女の言葉」には、女たちの抱える苦悩と知が包含されているはずである。その苦悩と知が、「言葉」というものによって表出され得る底のものであれば、人が内側に「魔の湖」を抱えたり、詩人が「不立文字」の場所に至って「沈黙」したりすることはないと言えるかもしれない。茨木のり子は、人の「言葉」というものに懐疑的だった。

言葉が多すぎる
というより
言葉らしきものが多すぎる
というより
言葉と言えるほどのものが無い　（「賑々しきなかの」）

茨木のり子は、「言葉」に飢渇を覚え、「言葉」を待っていた。デュラスの小説に描かれる女性《ヒロイン》たちには、沈黙に陥ったり、〈支離滅裂〉な話し方をする〈狂気〉の人と呼ばれる人物が少なくない。しかし彼女たちは、「狂気」と「理性」について考察し、それについて語る言葉を探している。

狂気は理性に、理性は狂気に似ている。（デュラス『静かな生活』）

これはデュラスの小説の女主人公「私」の思いを語った箇所であるが、その思いは

ひどい狂気はこの上もない正気（エミリー・ディキンスン　四三五）

というエミリー・ディキンスンのこの詩行を思わせる。文学者の中には、醒めた知力をもって〈狂気〉を観つめる人がある。

ポール・ド・マンは、修辞学の伝統における「アイロニー」の定義について文学史的に紹介しながら、ボードレールにおける「覚醒した狂気」――「自分をすみやかに二重化する力」、「同時に自己であり一人の他者でありえる力」――に言及して次のように書いている。

アイロニストは、「狂っている」が自分自身の狂気を悟ってはいない自己の像をつくりあげ、それから客体化された自己の狂気について反省にとりかかるのである。（ポール・ド・マン「時間性の修辞学」

〔2〕アイロニー〕

茨木のり子とデュラスにおける〈支離滅裂な女の言葉〉は、ポール・ド・マンの言う「アイロニスト」としての作家のあり方を思わせる。ポール・ド・マンは、「狂気」と「正気」について次のように書いている。

アイロニーは、解消されない「眩暈」、狂気にいたるめまいである。正気が存在しうるのは、ちょうど社会的な言語が現実的な人間関係に内在する暴力を隠蔽しているように、われわれも二枚舌を使ったり本心を隠したりするような慣習にならって、ただ上手にたちまわろうと思っているからにすぎない。しかし、いったんこの仮面が仮面として暴露されるや、仮面の下のほんものの顔は、発狂寸前のごとき相貌としてあらわれるにちがいない。（ポール・ド・マン「時間性の修辞学」〔2〕アイロニー）

茨木のり子とデュラスの作品における〈支離滅裂な女の言葉〉は、ポール・ド・マンのこの言説に拠ると「社会的な言語」が「隠蔽している」という「暴力」の発露と考えることもできる。二人の作家は、「社会的な言語」によっては語ることのできない女の言葉として〈支離滅裂な女の言葉〉を考えたのではなかったか。二人の作家は、なぜか外部からの攻撃に抗しつづけなければならなかった。

私は反省魔だが、自分を生意気と思ったことは一度もない、にもかかわらず男たちから放たれる有形無形の「生意気！」の矢に満身創痍である。金子光晴を語ろうとすることが、われにもあらず、なぜ日本男性攻撃へと傾くのだろうか？　このたびの、これは一つの発見だ。（茨木のり子「金子光晴——その言葉たち」）

これは、金子光晴論の中の断章であるが、茨木のり子が男性たちから「『生意気！』の矢」を終始放たれつづけていたことを物語っている。

ほぼ十年間、わたしはドイツからの印税で暮らしてきました。そのあとは、イギリスからの印税。フランスでは、わたしは地下活動家のようなもの、わたしのうえには一種の箝口令が敷かれていました。（省略）

女を裁くときの男、しかもインテリに典型的な態度で、わたしを評価していたのです。（デュラス『私はなぜ書くのか』）

デュラスは、フランスでは様々な批評、時には酷評に悩まされつづけた。デュラスは「『ロル・V・シュタインの歓喜』が厳しく批判されたのは、一九六四年でした」と語っている。この小説の女主人公は、「不在＝語《モ・アプサンス》」を探求しつづけた「狂気」の人物である。

日本の詩人茨木のり子とフランスの小説家マルグリット・デュラスは、様々な批評に耐えながら最後まで文学活動を止めることはなかった。この二人の作品の読みは、〈支離滅裂な女の言葉〉に包含される知の読みを措いてはできないともいえる。

作家の人生史

茨木のり子とデュラスの作品の比較には、「時代や言語体を共有する」（ロラン・バルト）か否かの問題が存在する。茨木のり子とデュラスは、〈言語体〉は共有しないが、ともに二十世紀後半に文学活動を展開した作家である。二人の作家は、〈時代〉はほぼ共有しているといえる。比較という読みの最後に、二人の作家の散文の読みを通して〈作家の人生史〉について考えてみたい。

二人の作家には、それぞれの人生史における重要な出来事ともいえる戦争体験を語った散文がある。茨木のり子のエッセイ「はたちが敗戦」、そして、デュラスの『苦悩』の中からその人生史の一部分に触れてみたい。

太平洋戦争に突入したとき、私は女学校の三年生になっていた。全国にさきがけて校服やモンペに改めた学校で、良妻賢母教育と軍国主義教育とを一身に浴びていた。（省略）

〔帝国女子医学・薬学・理学専門学校の薬学部に〕昭和十八年、戦況のはなはだかんばしからぬことになった年に入学して、間もなく戦死した山本五十六元帥の国葬に列している。(省略)空襲も日に夜をついでというふうに烈しくなり、娘らしい気持を満たしてくれる娯しみも色彩もまわりには何一つなく、そういう時代的な暗さと、自分自身に対する絶望から私は時々死を憶った。(省略)

昭和二十年、春の空襲で、学生寮、附属病院、それと学校の一部が焼失し、(省略)ほうほうのていで辿りついた郷里は、東海大地震で幅一メートルくらいの亀裂が地面を稲妻型に走っており怖しい光景だった。(省略)

八月十五日は、ふうふうして出たが、からだがまいって、重大放送と言われてもピンとこなかった。(省略)自分たちの詰所に戻ってから、同級生の一人が「もっともっと戦えばいいのに!」と呟くと、直接の上司だった海軍軍曹が顔面神経痛をきわだたせ、「ばかもの!何を言うか!天皇陛下の御命令だ!」それから確信を持って、きっぱりとこう言ったのだ。「いまに見てろ!十年もたったら元通りになる!」(省略)

焼けた学生寮に代り、今度は、大森の、かつての軍需工場の寮が宿舎になった。(省略)同級生の中には進駐軍を恐れ、娘の操を守るべく、はやばやと丸坊主になってしまった人もいて、しばらくの間頭巾をかぶって登校していた。

その頃「ああ、私はいま、はたちなのね」と、しみじみ自分の年齢を意識したことがある。(茨木のり子「はたちが敗戦」『言の葉Ⅰ』)

一九四四年六月六日、フレーヌ刑務所の大きな待合室での朝のことである。私は、六日前の六月一日に逮捕された夫［ロベール・L］に小包みを届けに来ている。ドイツ兵は待合室のドアを閉めて私たちだけが残される。（省略）食糧をつめた小包みは無期延期されてしまう。（省略）まったくの徒労に終っている。（省略）私は廊下を通りかかった背の高い男に近づき、通行許可証の期限を夕方まで延ばしてもらえないだろうかと頼みこむ。（省略）

彼は私の夫の名前を口に出す。彼は、私の夫を逮捕したのは自分だと言う。（省略）この男が、ゲシュタポ［ナチス・ドイツの秘密国家警察］の手先のX氏で、ここでは、ピエール・ラビエと呼んでおく。（省略）

私たちの運動のリーダーのフランソワ・モルラン［ミッテランの別名］は連絡員をひとり欲しがっており、トゥールーズへ行くことになったフェリー連絡員の代わりをつとめてもらいたいという話が私のところへ来る。私は引き受ける。（省略）

私は彼［ゲシュタポのラビエ］と会う。（省略）

私は死の恐怖に慣れてきはじめた。（省略）私は死ぬという観念に慣れてきはじめた。（省略）

今は一九四四年八月だ。（省略）

それ以降彼は二度と電話をかけてこなくなる。

それから数日後の午後十一時にパリ解放の時が来た。（省略）

夏とともに、ドイツの敗北が到来した。それは全面的なものであった。それはヨーロッパ全土にひろがっていった。（デュラス「ムッシュウX　仮称ピエール・ラビエ」『苦悩』）

茨木のり子とデュラスの散文に書き記されたふたつの日付――「昭和二十年・八月十五日」・「一九四四年八月」――は、二十世紀前半の第二次世界大戦下に、二人の作家がそれぞれ日本とフランスにおいて遭遇した経験を記したものであり、二人の作家がほぼ「時代」を共有する作家であることを伝えている。茨木のり子は十九歳、デュラスは三十歳の頃のことである。それぞれの散文の断章には、〈日付と場所〉が書き記されている。二人の〈作家の人生史〉においてその〈日付と場所〉は重要な意味をもつと考えられる。

二人の作家の戦時下における体験の内容は異なる。しかし、他国への侵略戦争のために動員を余儀なくされて無抵抗のうちに敗戦を迎えた日本の詩人と、他国に侵略されて抵抗運動に加わったフランスの小説家との体験は、その苛酷さにおいて共通している。そして二人の作家が、それぞれ異なる状況において、「死」を思い、「死」を潜り抜けていることにおいてもまた共通している。

日本の作家とフランスの作家は、デュラスが書いているように、「地理的に、哲学的に、歴史的に、経済的に、人種的に」遠く隔たっていると言える。比較文学は、しかしその隔たりを超えるようにして、ヒロシマの地における偶然の男女の出会いのもたらした〈恋〉という出来事に視点を置くことによって可能になるのではないか。

茨木のり子とデュラスはそれぞれ恋の認識をもっていた。

おかしく哀しい物語は匂うように演じられた
人間はいつでも
おかしく哀しい生きものであることに変りなく
それにかれらも
恋という妖しい錯覚を愛していたし
恋という誰にも許されるらしい奇蹟を
とても大切なものに思っていたからだ（茨木のり子「真夏の夜の夢」『見えない配達夫』）

長編詩「真夏の夜の夢」には、「地球」を「おっそろしい精神のスラム街」と捉え、「人間の精神なんて　あてにならない」、しかし「人間」は「恋」という「錯覚」を愛し、「恋」という「奇蹟」を大切なものに思う、「哀しい生きもの」であると語られている。ここに引用した詩行には、「恋」は「錯覚・奇蹟」だという詩人の認識が直截的に書かれている。

デュラスの『ローマ』という作品には作者の愛の認識がやはり直截的に語られている。

彼女は、時間がつきるまでのその幻想を生きてゆく。

たとえ打ち砕かれようとも、愛がまだ無傷のまま残っている。一瞬ごとの苦しみと化しても、それでも無傷のまま厳然と存在し、日ましに激しさをましてゆく、という認識でもって生きてゆく。そして彼女は、その認識のために死ぬのです。（デュラス「ローマ」）

「経験する愛」（デュラス『語る女たち』）は、現実的には「無傷のまま」ということはむつかしい。「経験する愛」を超えて生き存えてゆくなかで、その「愛」は「無傷のまま」あるいは「より激しさをましてゆく」という「認識」をもって人間は死ぬことができる。デュラスはそう語っている。イタリアの作家モラヴィアは、「人間に解くことのできないいくつかの問題があります。特に愛がそうです。愛し愛されるためには一つの奇跡が必要です」（「王様は裸だ」）と語っている。人間にとって〈恋〉・〈愛〉は、「奇跡・錯覚・幻想」であるという認識は、〈恋〉・〈愛〉を否定的に捉えているわけではない。〈恋〉・〈愛〉を描く作家たちの認識はむしろ人間に希望を与えてくれる。

日本の恋愛詩も、これ位の水準で書かれないものか？

（茨木のり子「日本の恋唄から」）

詩人の「日本の恋唄から」の最後の一行の「これ位の水準」の読みはむつかしい。しかし「恋愛詩」は、「地理的に、哲学的に、歴史的に、経済的に、人種的に」遠く隔たっていたとしても時代を超えて遍在している。古典として読み継がれ、歌い継がれる作品には「恋愛詩」が多いのではないか。

デュラスの『ヒロシマ、私の恋人』の「ヌベールの少女」の物語もいつか「ひとつの歌」となって読み継がれてゆく古典になるにちがいない。


ある日、彼がいなくてその眼がない。すると彼女は、そのために死にそうになる。

ヌヴェールの少女。

ヌヴェールで自転車を乗りまわしている少女。

ある日、彼がいなくてその手がない。すると彼女は、愛することは不幸なのだと信じる。

しがない少女。

ヌヴェールで恋のために死んだようになって
ヌヴェールで髪を刈られた少女、私は今夜おまえを忘却にゆだねる。

取るに足りぬ、つまらぬお話。

彼についての場合のように、忘却はおまえの眼からはじまるだろう。

同じように
ついで、彼についての場合のように、忘却はおまえの声にとりつくだろう。

同じように。

ついで、彼についての場合のように、それはおまえを少しずつ、最後にはすっかり征服するだろう。

おまえはひとつの歌になるだろう。（デュラス『ヒロシマ、私の恋人』）

詩人茨木のり子は、広く開かれた〈地上の世界への眼差〉をもってフランスの作家デュラスにも視線を注いでいた。ここで詩人が「詩人の眼」を直観したマルグリット・デュラスに届けたい「ひとつの歌」がある。その歌は茨木のり子の詩篇「わたしが一番きれいだったとき」である。

わたしが一番きれいだったとき

わたしが一番きれいだったとき
街々はがらがら崩れていって
とんでもないところから
青空なんかが見えたりした

わたしが一番きれいだったとき
まわりの人達が沢山死んだ
工場で　海で　名もない島で
わたしはおしゃれのきっかけを落してしまった

わたしが一番きれいだったとき
だれもやさしい贈物を捧げてはくれなかった
男たちは挙手の礼しか知らなくて
きれいな眼差だけを残し皆発っていった

わたしが一番きれいだったとき
わたしの頭はからっぽで
わたしの心はかたくなで
手足ばかりが栗色に光った

わたしが一番きれいだったとき
わたしの国は戦争で負けた
そんな馬鹿なことってあるものか
ブラウスの腕をまくり卑屈な町をのし歩いた

わたしが一番きれいだったとき
ラジオからはジャズが溢れた

禁煙を破ったときのようにくらくらしながら
わたしは異国の甘い音楽をむさぼった

わたしが一番きれいだったとき
わたしはとてもふしあわせ
わたしはとてもとんちんかん
わたしはめっぽうさびしかった

だから決めた　できれば長生きすることに
年とってから凄く美しい絵を描いた
フランスのルオー爺さんのように
　　　　　　　　ね

この詩には「わたしが一番きれいだったとき」の句《フレーズ》の繰り返しが七回ある。その繰り返しの用法には、やはり「昭和二十年八月十五日」の日付を忘れまいとする思いと、青春の大事な時間を失ってしまったという「無念の想い」とが籠められていると思われる。しかしその繰り返しは、重いという感じを与えない。それは、この作品の詩想が、「昭和二十年八月十五日」から解き放たれたもうひとつの時間を感じさせるからではないか。この作品には地上の世界から離れた抽象的な時間が流れているようだ。

詩篇「わたしが一番きれいだったとき」における「反復」について書いた批評がある。「私たちは、紙に書かれた反復を、目を凝らして読むことをこそ期待されているのである。そして、その微妙なずれや変異を、一回限りの出来事として体験する」（阿部公彦「繰り返す」『文学を〈凝視〉する』）ここに書かれたように「わたしが一番きれいだったとき」という反復を読むこと、それは本当の読みにはちがいない。しかし、その反復の読みにおいて、「微妙なずれや変異を、一回限りの出来事として体験する」ことはむつかしい。

詩篇「わたしが一番きれいだったとき」は、作曲ピート・シガー（翻訳片桐ユズル　一九六八年）によって「ひとつの歌」として歌われるようになった。ピート・シガーの歌う「わたしが一番きれいだったとき」のフレーズは、七回の繰り返しが六回になっているが、繰り返しの妙は、細やかな声調に尽くされている。ピート・シガーの歌では、最終連の一字「ね」（you see）の長くつづく響きと余韻があり、詩人の失われた時間への想いがしみじみと伝わってくる。ピート・シガーは、反復の読みを行うことのできる作曲家、歌手だと言える。

詩人は、ピート・シガー作曲「わたしが一番きれいだったとき」について次のように語っている。

　アメリカのフォークソングの草分けで、ピート・シガーって人がいるんですが、その人が作曲してくれたんですね。そのときはちょうどベトナム戦争の時だったんです。それで私ははっきり言葉で聞いたわけではないんですが、ピート・シガーって人は、あれをもっと越えたものとしてとらえてくれたなってうれしさがありました。（省略）〔「わたしが一番きれいだったとき」は〕ほとんど推敲しないでできちゃったのね。ちょっと珍しいんです、私にとっては。（省略）誰かに書かされたかなあって感じもします。（「茨木のり子にきく」『二十歳のころ』）

茨木のり子の詩篇「わたしが一番きれいだったとき」は、なぜか特別な詩のように思われる。――「『わたしが一番きれいだったとき』という詩が飛び抜けていいですね」（飯島耕一　対談「〈倚りかからず〉の詩心」）という声に共感する読者は多いのではないか。この詩は「ひとつの歌」になって永く永く読み継がれ、歌い継がれてゆくのではないだろうか。デュラスの許にもこの詩は届くにちがいない。

終章

詩人茨木のり子が亡くなって十三年の歳月が流れた。詩人の詩はいまどのように読まれているだろうか。

詩の読みとは何か。詩の言葉は「ひしめきあっているための沈黙という性格が強い」という詩人の詩論は、詩の読みのむつかしさを語っている。詩篇「聴く力」の詩行には、「こころの湖水」が静かに波打っている。

ひとのこころの湖水
その深浅に
立ちどまり耳澄ます
ということがない

詩篇「聴く力」のこの詩行は、「沈黙」を湛えた「ひとのこころの湖水」に潜む言葉を聴きなさいと語っている。その「聴く力」は、詩作品を読む力に繋がっていると思われる。詩人は、詩の読みとは「ひとのこころの湖水」に耳を澄ますようにして、詩の言葉には書き尽くされていない「沈黙」を読むことだと語っているようだ。

茨木のり子の詩の読みの試みとして、〈詩人の語彙〉――〈単純〉・〈魂〉・〈白皚皚《はくがいがい》〉・〈初夏《はつなつ》〉・〈孤独〉・〈始源〉・〈人間〉・〈湖〉・〈分裂〉・〈回転扉〉・〈恋〉・〈初夏《はつなつ》〉・〈惑乱〉・〈薔薇〉・〈支離滅裂〉といった語彙に着目して、その語彙のもつ意味と機能を中心にして読むという方法を採った。ここで採り上げた〈詩人の語彙〉は、「こころの湖水」に耳を澄まして読むのに欠くことのできない語彙だと思われる。

詩人の詩について、読めばわかるという読者がいるが、読めばわかるというのは本当だろうか。また仮りに読めばわかるとして、それはよくないことと言えるだろうか。詩人の詩にふさわしいのは、詩人が「一篇の詩は、わかる子にはパッとわかるだろう」（「詩は教えられるか」）と書いているように、直観的に瞬時に何かを把握するという読みかもしれない。しかし読めばわかるという言い方には、直観的な読みによって得られる喜びは感じられない。

茨木のり子の詩の中には、詩人の知覚が呼ぶ詩の言葉と形式とが直截繋がっていることを感じさせる詩行がある。

ひとむらの

わすれなぐさの花のいろ
それさえ長い月日をかけて水色に咲きこぼれ

詩篇「五月の風は」のこの詩行に用いられている「わすれなぐさの花のいろ」は、紫味の青色で愛の暮色に繋がる色である。日本の古歌のような趣を感じさせるこの詩行は、五月に咲く水色の小さな花の影像とともに〈愛の泉〉を想わせる。「わすれなぐさ」には伝説がある。水色の勿忘草《わすれなぐさ》を恋人に贈ろうとして水に流された青年が、〈わたしを忘れないでください〉という言葉を残して亡くなったと伝えられている。この短い詩行は、勿忘草《わすれなぐさ》にまつわる愛の伝説と、それを語りつづける人の心の秘密を想わせる。

この三行に分かち書きされた詩行は、たとえば和泉式部の歌のように、瞬間的に感覚に訴えてくる。「花のいろ」を「水色に咲きこぼれ」に繋げて〈花のいろ水色に咲きこぼれ〉と読んでみると、和泉式部の「花」の「水の心」を詠んだ歌が想い浮かんでくる。

影にさへ深くも色のみゆるかな花こそ水の心なりけれ（三一五）

「花」の色は「水の心」を映し出したものだという この歌の深意は、茨木のり子の詩の「わすれなぐさの花のいろ」・「水色に咲きこぼれ」の詩句に籠められた尽きることのない〈愛の泉〉を想わせる。

和泉式部の歌については、「抽象的な語彙及び表現の抽象性への傾斜を示す」（寺田透『和泉式部』）という批評がある。茨木のり子は王朝時代の歌の愛好者ではなかったが、王朝時代の女性詩人の歌に表出されているような、恋の想いや存在の感覚を詩に表出している作品もある。「抽象的な語彙・抽象性への傾斜」といえば、詩集『歳月』は、他の詩集に比べて「抽象性への傾斜」をもっとも深めているように思われる。それは、詩集『歳月』に用いられている〈詩人の語彙〉〈薔薇〉のもつ抽象性の深化に見ることができる。

いま咲きそめの薔薇のように
わたくし一人にむかって尚も
あらたに　ほぐれくる花々

詩篇「町角」（『歳月』）には「いま咲きそめの薔薇」のように「花々」が咲いている。そして「薔薇」は、経験された初恋と長い時間に育まれた愛と、恋と愛そのものへの想いとの結晶だと言える。〈詩人の語彙〉としての〈薔薇〉は、具体性を包含する抽象性をもっている。詩篇「町角」の「薔薇」は、永遠の愛の花を意味する〈詩人の語彙〉の中の華だと言える。

茨木のり子の〈恋唄〉には、〈日付と場所〉を喪失することなく、〈日付と場所〉から解き放たれた永遠の愛への想いが詩化されていると言える。詩人の詩の読みのむつかしさは、詩の包含する具体性と抽象性との二つの性格を感受することにもあるのではないか。
詩人の詩の読みのむつかしさは、詩人がデュラスのシナリオ〈「ヒロシマ、私の恋人」〉に、「詩人の眼」を感受し、映画『二十四時間の情事』を「恋唄の理想」として捉えているということを読み解くということにも関わっている。デュラスのシナリオには、〈日付と場所〉を刻印しながら、それを喪失した時空間に流される「永遠」の愛が語られている。

あてのない愛、死にそうなほど苦しい愛である。それゆえ、それはすでに忘却の中に流刑されているのだ。それゆえ永遠なのだ。（忘却そのものによって保護されて。）彼女は彼とふたたび一緒にはならないだろう。（デュラス「筋書《シノプシス》」「ヒロシマ　私の恋人」）

デュラスが〈筋書《シノプシス》〉の中に書き記したこの断章は、「平凡な物語、毎日何千回となく起こっている物語」が、「愛そのもの」の物語の性格をもつことを語っている。茨木のり子の詩篇「町角」の詩語「薔薇」には、デュラスの言う経験された「平凡な物語」と、「愛そのもの」の物語の二つの物語が包含されていると言える。
デュラスの「ヒロシマ、私の恋人」は、〈愛と死・現在と永遠・記憶と忘却・知と狂気・映画と文学・詩と散文・女と男・フランスと日本〉といった多くのものが交差する接点を包含している。そうした豊かな文学の世界こそ詩人茨木のり子を魅惑したのではなかったか。

このデュラスの文学的なシナリオを映像化したのは、アラン・レネ監督である。レネは「自分は単なる演出家、つまりテクニシャンにすぎません。シナリオのすばらしさを映像に移しかえるのがわたしの仕事なのです」（山田宏一『友よ映画よ、わがヌヴェールヴァーグ誌』）と語っている。そしてデュラスは、「わたしが彼〔レネ〕にすべての指示と着想をあたえ、レネはわたしに従いわたしを補佐しました。この映画がなによりもまずわたしの映画であること、それはすぐにわかりますが、そのことを最初に見抜いたのは、ゴダールでした」（デュラス『私はなぜ書くのか』）と語っている。

レネの映画『二十四時間の情事』は、一九五九年の公開当時、日本では観客を呼ぶことができなかった。デュラスの本の日本語版刊行の一九七〇年から半世紀近く経ったいまもそうした事情はあまり変わらないのではないか。

茨木のり子の詩の読みには、詩の意味を決定し、詩の内容を判断するという解釈学の先行した読みが少なくないように思われる。

解釈学は伝統的に神学の領域に属しており、それが世俗化してさまざまの歴史的な学問分野に生きのびているところにも存在しているが、分類法と詩的構造のもつ相互作用に関心を寄せる詩学と異なり、個別のテクストの意味に関わる。（省略）解釈学と詩学は、異なった別箇のものではあるのだけれども複雑に絡み合う余地をもっている（ポール・ド・マン「読むことと歴史」『理論への抵抗』）

ポール・ド・マンは、文学作品の読みについてこう書いている。解釈学が先行すると主観的、独断的な読みに偏る恐れが生じる。そして詩学（文体）にのみ偏ると、知覚によって感受されたものを隠蔽する読みに偏ることになりかねないということを念頭におきなさいと教えている。

茨木のり子の詩は、「パッとわかる」という読みを経たとして、その読みを言葉を用いて書くときには、やはり読みの方法が問われることになる。詩人の詩の読みのむつかしさは、詩人が詩論に書いている「不立文字」・「以心伝心」という言葉が示すように詩人の詩の言葉が、「ひしめきあっているための沈黙という性格が強い」（「詩は教えられるか」）という詩論を念頭に置かなければならないことによっている。詩人には言葉に対する抵抗があったと思われる。詩人は「私は言葉を大切にしすぎる、こだわりすぎる」（対談「美しい言葉を求めて」）と語っているが、一方では言葉にたいする抵抗もあったようだ。

理論に対する抵抗は、言語に関して言語を使用することへの抵抗である。それゆえ、それは言語自体に対する、あるいは言語が直観に還元することのできない要素や機能を含んでいるかもしれないということに対する、抵抗なのである。（ポール・ド・マン「理論への抵抗」『理論への抵抗』）

茨木のり子の〈詩人の語彙〉である〈湖〉の湛える「沈黙」は、ポール・ド・マンの言う「理論に対する抵抗」を含意すると考えられる。

茨木のり子は、「現代詩と呼ばれる詩型の書き手の中で、おそらく最も多くの愛読者を持っていた一人であろう」（大岡信『折々の歌』）と言われている。しかし詩人は現実の社会において孤立を余儀なくされることが多かったようだ。

学者や芸術家がその純粋の自我を毀損しないで現代の紛々たる俗争の間に立ち得るとはどうしても想われない。（与謝野晶子「『雑記帳』から」『与謝野晶子評論集』）

詩人茨木のり子は、与謝野晶子のこの言説にあるように、詩人として社会的な現実に身を置いて「俗争の間に立ち得るとはどうしても想われない」にもかかわらず、「俗争の間」に立つことを余儀なくされて立ちつづけたのではなかったか。

与謝野晶子（一八七八年―一九四二年）の生きた時代には、「学者や芸術家」という言葉は生きていたらしいが、現在はどうだろうか。時代は変った。しかし与謝野晶子の投げかけた問題は、現在も生きていると思われる。現在も学問をする人、絵を描く人、音楽をする人、映画を作る人、そして詩を書く人も存在するにちがいない。茨木のり子は「俗争の間」に在って、書き物の種類を問わず「純粋の自我」を貫こうとする意思を持ちつづけ、「単純」な生を希求しつづけた詩人だったと言えるのではないか。

詩人茨木のり子はいまは不在である。そして私たちには、愛の詩集『歳月』をはじめとする、刊行された多くの詩集が残された。詩作品の読みは、作家の創作した作品の読みそのものを通してしか行うことはできない。茨木のり子の詩は、忘却の時を経るということがあるとしても永く永く読み継がれてゆくのではないだろうか。

蜜柑の家の詩人は、デュラスの文学について私に話をするということは一度もなかった。デュラスの「ヒロシマ、私の恋人」については、直接話をしたかったという悔いが私の胸の内にはわだかまっている。しかし、デュラスの映画についての詩人の声、そして何よりもデュラスの文学について書かれた手紙が残されていることを思うとそんな悔いは消えてしまう。

蜜柑の家の詩人のデュラス論に書かれた「二十世紀〈女の思想〉」について、「与謝野晶子」の中に書かれた「女の思想」を念頭に置きながら、別の視点からここで考えてみたい。蜜柑の家の詩人は内なる〈湖水〉を抱えていた。その〈湖水〉は何かが「ひしめきあっているための沈黙」の場所であり、そこには悲哀や寂寥が沈潜していたと思われる。悲しみや淋しさは、詩人茨木のり子というよりは、一人の娘宮崎のり子、そして一人の妻三浦のり子の人生における、愛する母や夫との死別の惹き起こした苦悩の内なる翳に繋がっているにちがいない。詩人の手紙に書かれた「二十世紀〈女の思想〉」の基底には、一人の女性の辿った道に差す内なる出来事の翳が存在するはずである。詩人はその内なる出来事のもたらす「傷」こそが「真珠で言えば核みたいなものになるんですよ」（対談　吉原幸子×茨木のり子「傷こそが真珠の核」）と語っている。

人生の切断面がぱっくり口を開け
真珠のように鈍くひかるものを
おもいがけず　かいまみたりもする

詩篇「或る日の詩」の中のこの詩行は、詩人が、「真珠」の鈍い輝きを感受させた人を通して、その人の「真珠」の内なる「傷」を見ていることをうかがわせる。「〈女の思想〉」とは、詩人の言う「真珠の核」となる「傷」によって形成されてゆくものと考えられる。「痛くてたまらないから、丸めこもうとして、そういう操作がすべり出して表現になるんじゃない？（省略）〈幸は不幸、不幸は幸〉よ」（対談吉原幸子×茨木のり子「傷こそが真珠の核」）。詩人は、そんなふうに創作の秘密を語っている。

この創作の秘密は、デュラスの「《素晴らしい不幸》」（『緑の眼』）という言葉を思わせる。デュラスは、「《素晴らしい不幸》」とは、「書くこと、それは、それをすることを避けることができないということ、それを逃れることができないということ。それはひとりの個人にだけかかわるもの」だと語っている。「〈幸は不幸、不幸は幸〉よ」という茨木のり子の言葉は、デュラスの「《素晴らしい不幸》」（『緑の眼』）という言葉に対応する。

蜜柑の家の詩人の言う「二十世紀〈女の思想〉」は、女性たちが個人的に経験する「不幸」という「幸福」によって創られてゆくものだといえる。したがってその「思想」は、主義主張に拠るものではないし、何か問題の解決の方法を提示するイデオロギーとは関わりはない。デュラスの言葉に拠ると、「体系化し記号におきかえようとしても、制度としての教育の中にとりこもうとしても、（省略）できないもの」（「言いたかったのだ、あなたたちに」）ということになる。人が人生において蒙る「傷」は、個人的なものであり、人が「真珠の核」となる「傷」の惹き起こす様々な不幸を超えて、再生の道を歩むこともまた個人的なことなのだから。

「真珠」といえば、エミリー・ディキンスンの作品に「真珠」の詩がある。

真珠をそれほど欲しいとは思わない
豊かな海を私は持つのだから

（エミリー・ディキンスン　四六六）

ディキンスンの詩の「真珠」が、詩人の創作の秘密に関わるものかどうかはわからないが、二人の詩人が「真珠」を欲しがらなかったということは似ている。

真珠のネックレスは私は好きじゃないの。

蜜柑の家の詩人のこの声を私は忘れることができない。この声を聴いた当時、詩人にとって「傷こそが真珠の核」だという創作の秘密を私はまったく知らなかった。その創作の秘密を知った私は、詩人のその声の意味がようやくわかるようになった。詩人のこの声を聴いた頃、私は「真珠」のネックレスに魅かれていたのだった。

　エミリー・ディキンスンといえば、蜜柑の家の詩人にはいつかディキンスンについて尋ねてみたいと私は思っていた。いつのことか電話で話した折のこと、私は、エミリー・ディキンスンの名前を思い切って口にしてみた。詩人はディキンスンの名前を聞くと黙してしまった。その沈黙は何を意味していたのだろうか。詩人には詩篇「行方不明の時間」や「夢で遊ぶ病」に書かれているように、行方をくらますという癖があった。エミリー・ディキンスンは、世間から身を退いて詩を書きつづけ、詩人として世に出ることはなかった。蜜柑の家の詩人のその時の沈黙について私はいまも考えることがある。ディキンスンの名前を私が口にしたときに、もし詩人が沈黙してしまうということがなかったとしたら、私は詩人に話したいことがあった。詩人の敬愛するデュラスが、エミリー・ディキンスンをモデルに『エミリー・L』（一九八七年）という小説を書いたことを私は伝えたかったのだ。

　蜜柑の家の詩人は「真珠」をアクセサリーとして身に付けることは好まなかったが、詩人の左の薬指には素敵な金の指輪の輝いていたのを想い出す。世田谷文学館での「茨木のり子展」には、銀の枠に黒のトパーズの嵌められた指輪が展示されてあった。そして私の手元にはといえば、詩人から贈られた銅の小さな飾りの付いたペンダントがひとつ残されている。その小さなネックレスに託された詩人の思いは、三〇年ほども前にそれをいただいた当時の私にはよくわからなかったが、現在《いま》はわかる。私が詩人からいただいたネックレスは、詩人にとって若い頃の大切な思い出の品ではないだろうか。そのネックレスには詩人の初心が籠もっていると私は思う。

蜜柑の家の詩人とデュラスにまつわる私の思い出は、一九八八年にはじまる。この年の夏休みのこと、デュラス健在の時に、一度でもいいからフランスへ行きたいと思っていた私は、フランスへの一人旅を詩人に告げたのだった。その短い旅は無事に終わった。デュラスの「ヒロシマ、私の恋人」ゆかりの地ヌヴェールと、ロワール河を訪ねること、そしてデュラスのパリと北方の海に面した二つの住まいを見ることを果たして私は東京へ帰った。当時ご近所さんだった蜜柑の家の詩人は、危なっかしい私の一人旅をただ黙って見守るというふうだった。いったい何をしでかすつもりかと。

フランスから夏休みの一人旅の目的を果たして帰るや、私は蜜柑の家の詩人の許に旅のおみやげのスカーフを届けた。けれどもデュラスについてはほとんど何も話さなかったと思う。その後私はもう一度詩人を驚かせるような危ないことをしでかすことになる。仕事をしながらデュラスの小説を大学に出かけたりもして読んでいた私は、高校教師の仕事を辞めて、デュラスの文学について書きたくてニース大学へと出かけて行ったのだ。その旅には二人の子供も伴っていたこともあり、出発前詩人には私にかける言葉もなかったようだった。ニース大学での一年ほどの前期課程を終えて、三人でリュックサックを背負って帰ってきた時にも詩人は黙していた。

一九九二年の晩秋の頃のこと、私はニースのおみやげを携えて蜜柑の家の詩人に会いたくて出かけて行った。その折のこと、詩人は待ってましたとばかりに矢継ぎばやに私に質問を投げかけた。

西洋の女性はどうですか?

ニースであなたの身元保証人を引き受けてあなたと二人の子供に部屋を貸してくれた人はどんな女性でしたか？

詩人の問いは、デュラスの文学、デュラスその人のことではなく、西洋の女性たちのことだった。私は、ニースの身元保証人を引き受けてくれた女性の「西洋の女はつよい」という言葉を思い出していた。そして、「やっぱりつよいですよ。西洋の女性は、自分の筋を通します」、そう答えたのを思い出す。

蜜柑の家の詩人にフランスのおみやげを届けたその日、居間のテーブルで煙草をくゆらせている詩人を見ながら、私はふと「東京は広告だらけですね」ともらした。すると詩人はすっくと立ち上がって黙って私を詩人の書斎へと導き入れたのだった。その時私ははじめて詩人の書斎に足を踏み入れた。詩人の書斎は居間に繋がっていた。ドアを開けた詩人の後に付いて中に入るや、私は部屋をぐるぐる見回した。古い本、新しい本が書棚に並び、机が窓に向けて設えてあった。ここが詩人の書斎、私はうれしくてしばらくぼうとしていた。詩人は、なぜ書斎へと私を招き入れたのか、詩人はそのわけは何も話さなかった。そしてデュラスについて話すこともなかった。

詩人の書斎に入った一九九二年の頃、私は詩人の書いた「日本の恋唄から」を意識していなかったと思う。「日本の恋唄から」を収めた『わが愛する詩』（一九七二年）は、刊行後間もなく買っていて、私は読んでいたのだがなぜかデュラスの「ヒロシマ、私の恋人」や『愛人《ラマン》』について詩人と語ることはできなかった。すくなくとも『愛人《ラマン》』（一九八五年）刊行の頃、私の部屋の書棚をよく見知る詩人は、私がその本を読んでいることは知っていたはずだが、なぜ晩年に到るまで詩人はデュラスについて私に語ろうとしなかったのか。蜜柑の家で詩作に耽る詩人の幻影に私は尋ねてみたい。詩人とデュラスの文学について語ることができなかったということは、私にとっては取り返しのつかない悔いになっている。

蜜柑の家の詩人の家をニースのおみやげを携えて訪れ、詩人の書斎に足を踏み入れたその日にも、私はデュラスの文学についても、デュラスその人についても何も触れなかった。私がニースに滞在していた一九九二年の頃に、フランスでデュラスは〝はなつまみ〟扱いされているということも。

書斎といえばいつのことだったか、詩人は、自分の書斎を伴侶である三浦安信さんの血縁の方にしばらくの間明け渡していて使うことができなかったことを私に話したことがあった。詩人は、きっと喜んで明け渡していたにちがいないが、そのことを話す詩人の顔にはすこし翳りが差していた。事情のよくわからない私はその時黙って詩人のその声に耳を傾けていた。いまは詩人のその時の心境を察することができるようになった。その時の詩人の声と顔の表情を想い起こすと、いまは詩篇「劇」の中の「きまって私の選ぶのも／　いつもやさしい野花の咲く／　うらうらとした道だった」という詩行を想う。この詩行は、詩人が「いつもやさしい」人として振る舞っていたことをうかがわせる。詩人から書斎をしばらくの間使うことができなかったということを知らされた私は、「茨木さんはずいぶん我慢強い人で、ほんとうは我慢に我慢してきたところがある」（大岡信　対談「美しい言葉を求めて」）という詩人の性格の一端を身をもって知らされたといえる。詩人の「二十世紀〈女の思想〉」には、そんな「我慢」をすまいという詩人の意思も籠められているのかもしれない。

そして私が蜜柑の家の詩人の書斎に二度目に足を踏み入れたのは、詩人の甥御さんである宮崎治さんとお目にかかるために蜜柑の家を訪れた折のことだった。詩人が亡くなって数年後のある日のこと、私は宮崎治さんに案内されて書斎へ入った。その書斎に入るや、詩人の『わが愛する詩』を見つけると、私はその本を宮崎さんに手渡した。その時私は詩人の書いた「日本の恋唄から」についてはほとんど話はしなかった。

蜜柑の家の詩人は、いまは詩篇「お経」に描かれた「日本海に面した海のみえる寺」のお墓に三浦安信さんとともに眠っている。その日私は、居間の飾り棚がつつましくも詩人らしい好みのうかがえる仏壇になっていることを知ることができた。そこには詩人の遺影とともに伴侶である三浦安信さん、そして詩人の血縁に繋がる人たちの遺影が安置されていた。私は宮崎治さんのご厚意によって詩人の遺影を拝することができて心が安らいだ。

蜜柑の家の詩人茨木のり子は、詩集『歳月』によって、長い間内にかかえていた「自我の建設と恋」の問題に終止符を打ちたかったのではないか。詩人を取り巻いていた「桎梏」の重さをはねのけるようにして遺稿詩集として愛の詩集を詩人は刊行したと思われる。そんなふうに思うと、愛の詩集『歳月』の刊行は、文学史的なひとつの出来事として捉えることもできるのではないだろうか。

おわりに

茨木のり子の詩の読みのひとつの試みは、詩人の詩に籠められている生の力を感じながら進行していった。この試みは、詩人の詩の読みは詩人の詩の秘めている生の力と拮抗するような力をもって行なうものだということを私に教えてくれた。

『蜜柑の家の詩人　茨木のり子――詩と人と』というこの本を書くことを支えてくれたものは、〈蜜柑の家の詩人〉の声と幻影だった。〈蜜柑の家の詩人〉についてのエッセイを書くときに蘇る詩人の声と幻影が、詩の読みを行なう私の頭と心に生命の風を吹き込んでくれているのを感じていた。私は詩人の声と幻影に支えられてこの本を書き継ぐことができた。

茨木のり子の詩の読みに、読み手の内なる生の力が要請されるのは、詩人が食べ物に満たされてはいても、生の「飢渇」に苦しむ人だったからではないだろうか。「はげしい　飢渇を訴える　未知の人よ」（「劇」）という詩句は詩人の生の「飢渇」を訴える声であり、その「飢渇」は、戦争の時代に青春を奪われた者の悔いと、戦争によって奪われたものを取り戻したいという意思に関わるものと思われる。敗戦の翌年に生まれた私たちの世代の者には、詩人の負わされたような戦争の時代の翳を真摯に受け止めようとしても限界がある。戦争の時代の翳は、「想像力の灯」という知力の問題かもしれない。しかし時間の経過を超えて記憶を継承することのむずかしさを私は思い知らされた。そして時間は流れ過ぎてゆくということを身に染みて感じさせられた。

詩人は石垣りんを真の友として最後まで交友関係をもちつづけた。それは戦争の時代を共に生き抜いたことと関わりがあると思われる。茨木のり子は、二〇〇四年に亡くなった石垣りんの後を追うようにして、二〇〇六年に還らぬ人となった。敗戦後に詩を書き始めた茨木のり子と石垣りんの二人の詩人は、戦争の記憶とともに現在《いま》という時間を生きた女性詩人だったと言えるのではないか。

古典と呼ばれる文学作品は、恋歌が歌い継がれてゆくように、未来という時間に読み継がれていくものである。詩人が「古歌」に託した願い――わたしの貧しく小さな詩篇も　いつか誰かの哀しみを少しは濯《あら》うこともあるだろうか（「古歌」）――は、詩人の抱いていた未来という時間に対する疑いを超えて、きっと叶う時がくるのではないか。

最後に『蜜柑の家の詩人　茨木のり子――詩と人と』という本を書くに当たり、終始励ましつづけてくださった、せりか書房の船橋純一郎さんに心から感謝の気持をお伝えしたいと思います。本当にありがとうございました。心からお礼を申し上げます。

二〇一九年　初夏

著者

テクストと主要参考文献

テクスト

〔詩集〕

『対話』不知火社、一九五五年（二〇〇一年、童話屋より復刊）
『見えない配達夫』飯塚書店、一九五八年（二〇〇一年、童話屋より復刊）
『鎮魂歌』思潮社、一九六五年（二〇〇一年、童話屋より復刊）
『人名詩集』山梨シルクセンター出版部、一九七一年（二〇〇一年、童話屋より復刊）
『自分の感受性くらい』花神社、一九七七年
『寸志』花神社、一九八二年
翻訳詩集『韓国現代詩選』花神社、一九九〇年
『食卓に珈琲の匂い流れ』花神社、一九九二年
『倚りかからず』筑摩書房、一九九九年（二〇〇七年、ちくま文庫）
『歳月』花神社、二〇〇七年
『茨木のり子全詩集』花神社、二〇一〇年

〔散文・評論・その他〕

「埴輪」『櫂詩劇作品集』的場書房、一九五七年（二〇〇二年『茨木のり子集　言の葉Ⅰ』に収録）

『うたの心に生きた人々　与謝野晶子・高村光太郎・山之口貘・金子光晴』さ・え・ら書房、一九六七年
「金子光晴詩集　解説」『金子光晴詩集』彌生書房、一九六七年
「詩は教えられるか」『国語の教育』一九七一年（一九七五年『言の葉さやげ』に収録）
「金子光晴――その言葉たち」『ユリイカ』一九七二年五月（一九七五年『言の葉さやげ』に収録）
『おとらぎつね』さ・え・ら書房、一九六九年
「「櫂」小史」『現代詩文庫20　茨木のり子詩集』思潮社、一九六九年
「日本の恋唄から」『わが愛する詩』思潮社、一九七二年
『言の葉さやげ』花神社、一九七五年
「日本人の悲劇　解説」金子光晴『日本人の悲劇』旺文社、一九七六年
「はたちが敗戦」『ストッキングで歩くとき』たいまつ新書、一九七八年（二〇〇二年『茨木のり子集　言の葉Ⅰ』に収録）
「名人傳のこと」『現代詩読本3金子光晴』思潮社、一九七八年
『詩のこころを読む』岩波ジュニア新書、一九七九
「いちど視たもの」『女性と天皇制』思想の科学社、一九七九年（二〇〇二年『茨木のり子集　言の葉2』に収録）
「散文」『国語通信』一九八一年（一九九四年『一本の茎の上に』に収録）
「自作について」『現代の詩人7　茨木のり子』中央公論社、一九八三年
『ハングルへの旅』朝日新聞社、一九八六年
「ものに会う　ひとに会う」『別冊太陽　韓国の民芸探訪』平凡社、一九八七年
「女へのまなざし」『ちくま日本文学　金子光晴』筑摩書房、一九九一年

『一本の茎の上に』筑摩書房、一九九四年
『茨本のり子集　言の葉』全三巻、筑摩書房　二〇〇二年
『貝の子プチキュー』福音館書店、二〇〇六年

〔対談・インタビュー〕
「美しい言葉を求めて」対談・大岡信＋茨木のり子『花神ブックス1　茨木のり子』花神社、一九八五年
「茨木のり子にきく」『二十歳《はたち》のころ』新潮社、一九九八年（二〇〇二年、新潮文庫）
「傷こそが真珠の核」対談・吉原幸子×茨木のり子『文藝別冊　茨木のり子』河出書房新社、二〇一六年
金裕鴻・茨木のり子『言葉が通じてこそ、友達になれる』筑摩書房、二〇〇四年

主要参考文献

〔茨木のり子に関する本・雑誌・図録〕
『花神ブックス1　茨木のり子』花神社、一九八五年
『現代詩手帖4　追悼特集　茨木のり子』思潮社、二〇〇六年
『茨木のり子の家』平凡社、二〇一〇年
『茨木のり子展』図録　土屋文明記念文学館、二〇一〇年
『茨木のり子展』図録　世田谷文学館、二〇一四年
『文藝別冊　茨木のり子』河出書房新社、二〇一六年
『茨木のり子の献立帖』平凡社コロナブックス、二〇一七年

飯島耕一　対談「〈倚りかからず〉の詩心」大岡信×飯島耕一×井坂洋子『現代詩手帖　追悼特集　茨木のり子』思潮社、二〇〇六年
岩崎勝海「三浦安信のり子夫妻」『花神ブックスI　茨木のり子』花神社、一九八五年
大岡信「茨木のり子の詩」『人名詩集』山梨シルクセンター出版部、一九七一年
岸田衿子「声が聴こえる詩」『花神ブックス1　茨木のり子』花神社、一九八五年
姜信子「麦藁帽子にトマトを入れて」『文藝別冊　茨木のり子』河出書房新社、二〇一六年
高良留美子「茨本のり子さんの手紙」『現代詩手帖 追悼特集茨木のり子』思潮社、二〇〇六年
後藤正治『清冽　詩人茨木のり子の肖像』中央公論社、二〇一〇年
田中和雄「あとがき」茨木のり子『女がひとり頬杖をついて』童話屋、二〇〇八年
――「編集後記」茨木のり子『わたくしたちの成就』童話屋、二〇一三年
谷川俊太郎「あとがき」茨木のり子『わたくしたちの成就』童話屋、二〇一三年
――「初々しさ」『茨木のり子詩集』岩波文庫、二〇一四年
堀場清子「あらゆる君主すてる旅――茨木のり子の出現」『花神ブックス1　茨木のり子』花神社、一九八五年
水尾比呂志「茨木さんの散文」『花神ブックス1　茨木のり子』花神社、一九八五年
――「茨木さんと『櫂』」『現代詩手帖4　追悼特集　茨木のり子』思潮社、二〇〇六年
宮崎治「茨木のり子　お別れの手紙を残して」『文藝春秋　見事な死』二〇〇八年

〔その他の著作〕（著者名五十音順）

阿部公彦『文学を〈凝視〉する』岩波書店、二〇一二年

荒川洋治「いつまでも「いい詩集」」『文学が好き』旬報社、二〇〇一年
安東次男『現代詩の展開』思潮社、一九六五年
飯島正『映画の中の文学　文学の中の映画』白水社、二〇〇二年
石垣りん『表札など』思潮社、一九六八年（二〇〇〇年童話屋より復刊）
――『石垣りん詩集』思潮社、一九七一年
――『ユーモアの鎖国』講談社、一九八一年
――『現代の詩人　石垣りん』中央公論社、一九八三年
――『石垣りん詩集』岩波文庫、二〇一五年
石川啄木『時代閉塞の現状　食うべき詩』岩波文庫、一九七八年
岩崎力「記憶のなかのデュラス」『ユリイカ』一九八五年七月号、青土社
エマニュエル・レヴィナス『実存から実存者へ』西谷修訳、朝日出版社、一九八七年
エミリー・ディキンスン『エミリ・ディキンスン詩集』三巻、中島完訳、国文社、一九八三年
大西巨人『春秋の花』光文社、一九九六年
金子光晴『金子光晴詩集』彌生書房、一九六七年
――『金子光晴　ちくま日本文学』筑摩書房、二〇〇九年
清岡卓行「吉野弘の詩」『吉野弘詩集』思潮社、一九六八年
――「訳者あとがき」『ヒロシマ、私の恋人　かくも長き不在』筑摩書房、一九七〇年
――「石垣りんの詩」『現代詩手帖特集版　石垣りん』思潮社、二〇〇五年
――「デュラスの映画の女主人公たち――夏の夜の10時30分を中心に――」『展望一九六七年九月』筑摩書房

沓掛良彦『サッフォー　詩と生涯』平凡社、一九八八年
――『人間《ひと》とは何ぞ』ミネルヴァ書房、二〇一五年
西郷信綱『古代人と夢』平凡社ライブラリー、一九九三年
佐々木基一「キネマ旬報　1959年度ベスト・テン　私の選んだ順位およびその選出理由」『キネマ旬報ベスト・テン全集　一九六〇――一九六九』キネマ旬報社、二〇〇〇年
佐藤春夫「『風流』論」『現代日本文学大系42　佐藤春夫集』筑摩書房、一九六九年
嶋岡晨『金子光晴論』五月書房、一九七三年
清水文雄校注『和泉式部集・和泉式部続集』岩波文庫、一九八三年
菅野昭正「日々、新しい決意を」世田谷文学館『茨木のり子展図録』二〇一四年
――「大岡信の詩と真実のために」『大岡信の詩と真実』岩波書店、二〇一六年
寺田透『和泉式部』筑摩書房、一九七一年
トーマス・H・ジョンスン『エミリ・ディキンスン評伝』新倉俊一・鵜野ひろ子訳、国文社、一九八五年
新倉俊一『エミリー・ディキンスン　不在の肖像』大修館書房、一九八九年
野村精一「『身』と『心』の相克」『國文学』一九七八年七月号
萩原朔太郎「恋愛名歌集　序言」『萩原朔太郎全集 第七巻』筑摩書房、一九七六年
――「日本浪漫派について」『萩原朔太郎全集 第十巻』筑摩書房、一九七五年
――「恋愛のない時代、詩のない時代」『萩原朔太郎全集 第十巻』筑摩書房、一九七五年
ビクトル・エリセ「ビクトル・エリセとの対話」『ビクトル・エリセ』エクスファイアマガジンジャパン、二〇〇〇年

ボードレール「わが同時代人の数人についての省察」『ボードレール批評3　文芸批評』阿部良雄訳、ちくま学芸文庫、一九九九年
――「「一詩篇の創成」序言」『ボードレール批評3　文芸批評』、一九九九年
――「笑いの本質について、および一般に造型芸術における滑稽について」『ボードレール批評Ⅰ　美術批評』阿部良雄訳、ちくま学芸文庫、一九九九年
ポール・ド・マン「時間性の修辞学［2］」保坂嘉恵美訳、『批評空間』第2号、一九九一年
――『理論への抵抗』大河内昌・富山太佳夫訳、国文社、一九九二年
マルグリット・デュラス「ヒロシマ、私の恋人」清岡卓行訳、『ヒロシマ、私の恋人　かくも長き不在』筑摩書房、一九七〇年
――『苦悩』田中倫郎訳、河出書房新社、一九八五年
――『私はなぜ書くのか』北代美代子訳、河出書房新社、二〇一四年
――『外部の世界　アウトサイドⅡ』谷口正子訳、国文社、二〇〇三年
尹東柱『尹東柱詩集　空と風と星と詩』金時鐘編訳、岩波文庫、二〇一二年
与謝野晶子「『雑記帳』から」『与謝野晶子評論集』岩波文庫、一九八五年
与謝野鉄幹・正宗敦夫・与謝野晶子編纂校訂『日本古典全集　和泉式部』日本古典全集刊行会、一九二七年
吉本隆明『戦後詩史論』大和書房、一九七八年
――『現代日本の詩歌』毎日新聞社、二〇〇三年
ロラン・バルト『零度のエクリチュール』渡辺淳・沢村昻一訳、みすず書房、一九七一年

茨木のり子略年譜

一九二六年（大正十五年）
六月十二日、大阪、回生病院で、父、宮崎洪、母、勝の長女として生まれる。
一九二八年（昭和三年）二歳
弟、英一、生まれる。
一九三一年（昭和六年）五歳
医師であった父の転勤により、京都に移る。京都下総幼稚園に入る。
一九三二年（昭和七年）六歳
愛知県西尾市に移る。
一九三三年（昭和八年）七歳
愛知県西尾小学校入学。
一九三七年（昭和十二年）十一歳
この年（小学校五年生）、日中戦争起こる。十二月、生母、勝、死去
一九三九年（昭和十四年）十三歳
愛知県立西尾女学校入学。第二の母、のぶ子を迎える。
一九四一年（昭和十六年）十五歳
この年（女学校三年生）、大平洋戦争起こる。
一九四二年（昭和十七年）十六歳

父、愛知県幡豆郡吉良町（現、西尾市吉良町）吉田で病院を開業。吉良町に移る。
一九四三年（昭和十八年）十七歳
帝国女子医学薬学理学専門学校（現、東邦大学薬学部）に入学。六月、山本五十六元帥の国葬に一年生全員参加。
一九四五年（昭和二十年）十九歳
学徒動員で、当時、世田谷区上馬にあった海軍療品廠で就業中、敗戦の放送を聞く。翌日、友人と二人、東海道線を無賃乗車で、郷里に辿りつく。
一九四六年（昭和二十一年）二十歳
四月、大学再開。九月、繰上げ卒業。以後薬剤師の資格は使用せず。九月、戯曲「とほつみおやたち」読売新聞戯曲第一回募集に佳作当選。選者は土方与志、千田是也、青山杉作、村山知義等。
一九四七年（昭和二十二年）二十一歳
女優山本安英と出会う。この出会いは人生史において決定的なものになった。
一九四八年（昭和二十三年）二十二歳
童話「貝の子プチキュー」NHKラジオ第一放送。童話「雁のくる頃」NHK名古屋ラジオ放送。
一九四九年（昭和二十四年）二十三歳
医師、三浦安信と結婚。埼玉県所沢市に住む。
一九五〇年（昭和二十五年）二十四歳
「詩学」の投稿欄「詩学研究会」に投稿。村野四朗の選により詩「いさましい歌」が載る。初めて茨本のり子のペンネームを用いる。
一九五三年（昭和二十八年）二十七歳

同人詩誌「櫂」を川崎洋と創刊。以後、谷川俊太郎、吉野弘、友竹辰、大岡信、水尾比呂志、岸田衿子、中江俊夫らが参加。
一九五五年（昭和三十年）二十九歳
第一詩集『対話』（不知火社）刊行。
一九五六年（昭和三十一年）三十歳
神楽坂へ転居。
一九五七年（昭和三十二年）三十一歳
『櫂詩劇作品集』に「埴輪」収録。「櫂」解散。
一九五八年（昭和三十三年）三十二歳
池袋へ転居。十月、保谷市（現、西東京市）東伏見に家を建てる。詩集『見えない配達夫』（飯塚書店）刊行。
「埴輪」TBSラジオ芸術祭参加ドラマ放送。
一九六〇年（昭和三十五年）三十四歳
「ある一五分」NHKラジオ放送。六月、「現代詩の会」安保阻止デモ。
一九六一年（昭和三十六年）三十五歳
夫、くも膜下出血で入院。
一九六二年（昭和三十八年）三十六歳
「現代詩の会」企画の対談で金子光晴に初めて会う。
一九六三年（昭和三十八年）三十七歳
父、死去、弟、英一が医院を継ぐ。

一九六四年（昭和三十九年）三十八歳
「現代詩手帖」の新人作品合評会を飯島耕一らと一年間担当。
一九六五年（昭和四十年）三十九歳
詩集『鎮魂歌』（思潮社）刊行。「櫂」復刊。
一九六七年（昭和四十二年）四十一歳
伝記ライブラリー27『うたの心に生きた人々』（さ・え・ら書房）刊行。
一九六八年（昭和四十三年）四十二歳
「わたしが一番きれいだったとき」作曲ピート・シガー、翻訳片桐ユズル（CBSソニーレコード）発売。
一九六九年（昭和四十四年）四十三歳
現代詩文庫20『茨木のり子詩集』（思潮社）刊行。愛知県民話集『おとらぎつね』（さ・え・ら書房）刊行。
一九七一年（昭和四十六年）四十五歳
詩集『人名詩集』（山梨シルクセンター出版部）刊行。「櫂の会」連詩はじまる。
一九七二年（昭和四十七年）四十六歳
「詩学」の研究作品合評を「櫂」のメンバーで一年間担当。
一九七五年（昭和五十年）四十九歳
「日本の恋唄から」（『わが愛する詩』思潮社所収）を書く。
夫、三浦安信死去。金子光晴死去。エッセイ集『言の葉さやげ』（花神社）刊行。
一九七六年（昭和五十一年）五十歳
朝日カルチャーセンターで韓国語を習い始める。韓国語の師金裕鴻と出会う。

一九七七年（昭和五十二年）五十一歳
詩集『自分の感受性くらい』（花神社）刊行。
一九七八年（昭和五十三年）五十二歳
崔國華に初めて手紙を書き、交流がはじまる。
一九七九年（昭和五十四年）五十三歳
『櫂・連詩』（思潮社）刊行。岩波ジュニア新書9『詩のこころを読む』（岩波書店）刊行。
一九八〇年（昭和五十五年）五十四歳
吉岡しげ美音楽詩集「女の詩《うた》・そして現在《いま》」（キングレコード）に「わたしが一番きれいだったとき」等収録。
一九八二年（昭和五十七年）五十六歳
詩集『寸志』（花神社）刊行。童話『12ひき』（櫓良春・絵、世界文化社）刊行。
一九八三年（昭和五十八年）五十七歳
現代の詩人7『茨木のり子』（中央公論社）刊行。
一九八四年（昭和五十八年）五十八歳
『詩情のどうぶつたち　中谷千代子絵本の世界』（小学館）に詩を寄せる。
一九八五年（昭和六十年）五十九歳
花神ブックス1『茨木のり子』（花神社）刊行。
一九八六年（昭和六十一年）六十歳
エッセイ集『ハングルへの旅』（朝日新聞社）刊行。金善慶の童話の翻訳『うかれがらす』（筑摩書房）刊行。
一九八七年（昭和六十二年）六十一歳

別冊太陽「韓国の民芸探訪」（平凡社）にエッセイ「ものに会う　ひとに会う　ソウル・全州・南原を訪ねて」を書く。
一九八九年（平成元年）六十三歳
文庫『ハングルへの旅』（朝日文庫）刊行。
一九九〇年（平成二年）六十四歳
翻訳詩集『韓国現代詩選』（花神社）刊行。
一九九一年（平成三年）六十五歳
『韓国現代詩選』にて読売文学賞受賞。
一九九二年（平成四年）六十六歳
詩集『食卓に珈琲の匂い流れ』（花神社）刊行。英訳詩集 When I was at my most beautiful and other poems 1953-1982（ピーター・ロビンソン、堀川史子共訳）出版される。
一九九三年（平成五年）六十七歳
「櫂」の同人・友竹辰死去。
一九九四年（平成八年）六十八歳
選詩集『おんなのことば』（童話屋）刊行。文庫『うたの心に生きた人々』（ちくま文庫）刊行。エッセイ集『一本の茎の上に』（筑摩書房）刊行。
一九九六年（平成八年）七十歳
詩画集『汲む』（宇野亜喜良・画、ザイロ）刊行。
一九九八年（平成十年）七十二歳

『二十歳のころ』（立花ゼミ共同製作、新潮社）刊行。
一九九九年（平成十一年）七十三歳
評伝『獏さんがゆく』（童話屋）刊行。詩集『倚りかからず』（筑摩書房）刊行。評伝『個人のたたかい―金子光晴の詩と真実』（童話屋）刊行。CD「はじめての町」（作曲佐藤敏直、鶴岡市制施行七十五周年記念制作、鶴岡市文化会館で初演。
二〇〇〇年（平成十二年）七十四歳
大動脈解離のため入院。乳がんも発見され手術。
二〇〇一年（平成十三年）七十五歳
詩集『見えない配達夫』、『対話』、『鎮魂歌』（童話屋）復刊。
二〇〇二年（平成十四年）七十六歳
詩集『人名詩集』（童話屋）復刊。弟、英一死去。『茨木のり子集　言の葉』全三巻（筑摩書房）刊行。
二〇〇四年（平成十六年）七十八歳
詩選集『落ちこぼれ』（理論社）刊行。対談集『言葉が通じてこそ、友達になれる』（金裕鴻と対談、筑摩書房）刊行。「櫂」の同人・川崎洋死去。石垣りん死去。
二〇〇五年（平成十七年）七十九歳
『現代詩手帖特集版　石垣りん』（思潮社）に「弔辞」を寄せる。
二〇〇六年（平成十八年）
二月十七日、くも膜下出血のため東伏見の自宅にて死去。享年七十九歳。生前に用意された手紙が親しい友人、知人に送られる。葬儀、偲ぶ会は行なわれず、鶴岡市浄禅寺の墓に夫・三浦安信と共に眠る。書斎から遺稿詩集『歳月』の原稿が見つけられる。絵本『貝の子プチキュー』（山内ふじ江・画、福音館書店）刊行。『思索の淵にて　詩と哲学のデュオ』（長谷川宏との共著、近代出版社）刊行。
二〇〇七年（平成十九年）
詩集『歳月』（花神社）刊行。『現代詩手帖4　追悼特集　茨木のり子』（思潮社）刊行。評伝『智恵子と生きた――高村光太郎の生涯』、評伝『君死にたもうことなかれ――与謝野晶子の真実の母性』（童話屋）刊行。CD『りゅうりぇんれんの物語』（沢知恵・歌、コスモスレコーズ）発売。
二〇〇八年（平成二十年）
選詩集『女がひとり頼杖をついて』（童話屋）刊行。
二〇〇九年（平成二十一年）
「詩人　茨木のり子の贈り物――山内ふじ江が描く「貝の子プチキュー」絵本原画の世界」山形県鶴岡市の致道博物館にて開催。
二〇一〇年（平成二十二年）
「茨木のり子展～わたしが一番きれいだったとき～」群馬県立土屋文明記念文学館にて開催。『茨木のり子全詩集』（宮崎治編、花神社）刊行。評伝『清冽　詩人茨木のり子の肖像』（後藤正治　中央公論社）刊行。『茨木のり子の家』（平凡社）刊行。
二〇一三年（平成二十五年）
選詩集『わたくしたちの成就』（童話屋）刊行。
二〇一四年（平成二十六年）
『茨木のり子詩集』（谷川俊太郎選　岩波文庫）刊行。「茨木のり子展」世田谷文学館にて開催。

二〇一六年（平成二十八年）
『文藝別冊　茨木のり子』（河出書房新社）刊行。
二〇一七年（平成二十九年）
『茨木のり子の献立帖』（平凡社）刊行。

※　本年譜は、『茨木のり子全詩集』（花神社）所収の宮崎治編による年譜を主とし、花神ブックス１『茨木のり子』（花神社）所収の自編年譜、大西和雄編による年譜、及び群馬県立土屋文明記念文学館「茨木のり子展」図録所収年譜、世田谷文学館「茨木のり子展」図録所収年譜、『茨木のり子詩集』（岩波文庫）所収年譜を参考資料として作成しました。

［巻末付録］

蜜柑の家の詩人との思い出——写真と手紙

茨木のり子さんの蜜柑の家の前で
1980年7月

茨木のり子さんと向き合って
1982年8月

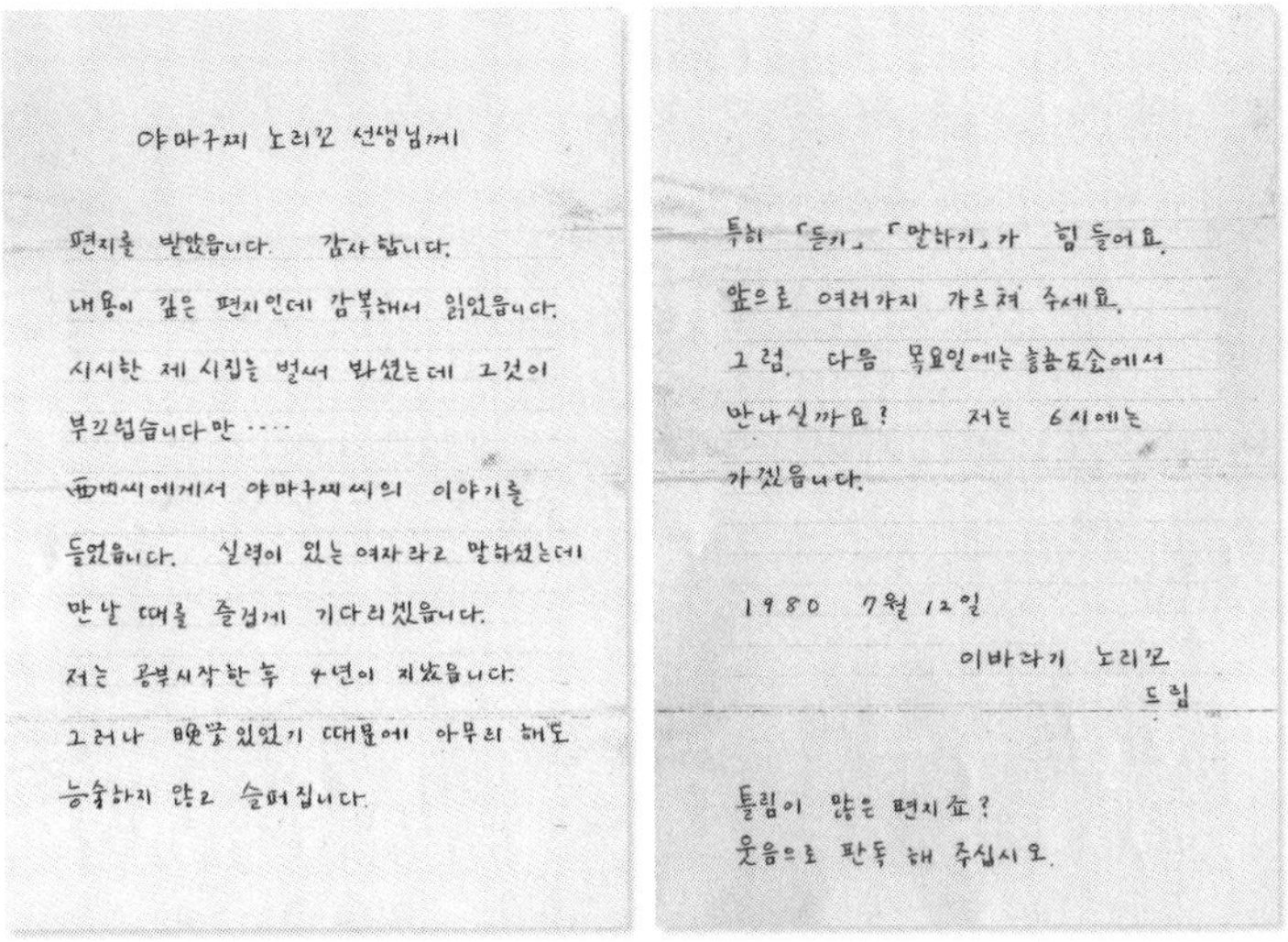

야마구찌 노리꼬 선생님께

편지를 받았읍니다. 감사 합니다.
내용이 깊은 편지인데 감복해서 읽었읍니다.
시시한 제 시집을 벌써 봐셨는데 그것이
부끄럽습니다만····
西內씨에게서 야마구찌씨의 이야기를
들었읍니다. 실력이 있는 여자라고 말하셨는데
만날 때를 즐겁게 기다리겠읍니다.
저는 공부시작한 후 4년이 지났읍니다.
그러나 晩学 있었기 때문에 아무리 해도
능숙하지 않고 슬퍼집니다.

특히 「듣기」「말하기」가 힘 들어요.
앞으로 여러가지 가르쳐 주세요.
그럼, 다음 목요일에는 語友会에서
만나실까요? 저는 6시에는
가겠읍니다.

1980 7월 12일
이바라기 노리꼬
드림

틀림이 많은 편지죠?
웃음으로 판독 해 주십시오.

茨木のり子さんからの
ハングルで書かれた最初の手紙
1980年7月12日付

山口のり子先生へ

お手紙受け取りました。ありがとうございます。
内容の深いお手紙で、感服して読みました。
つまらない私の詩集をもうお読みになったとのこと、
はずかしいですが……
西内さんから山口さんのお話を聞きました。
実力のある女性だと言っておられたので、
お逢いする時を楽しみに待っております。
私は勉強を始めて4年になります。
けれども晩学だったので、どれほどやっても
上手にならず、悲しい気持です。
とくに「聞くこと」「話すこと」が大変です。
これからいろいろ教えて下さい。
それでは、次の木曜日には語友会で
お逢いできるでしょうか。私は6時には
まいります。

1980 7月12日
茨木のり子 拝

間違いの多い手紙でしょう。
笑って判読してください。

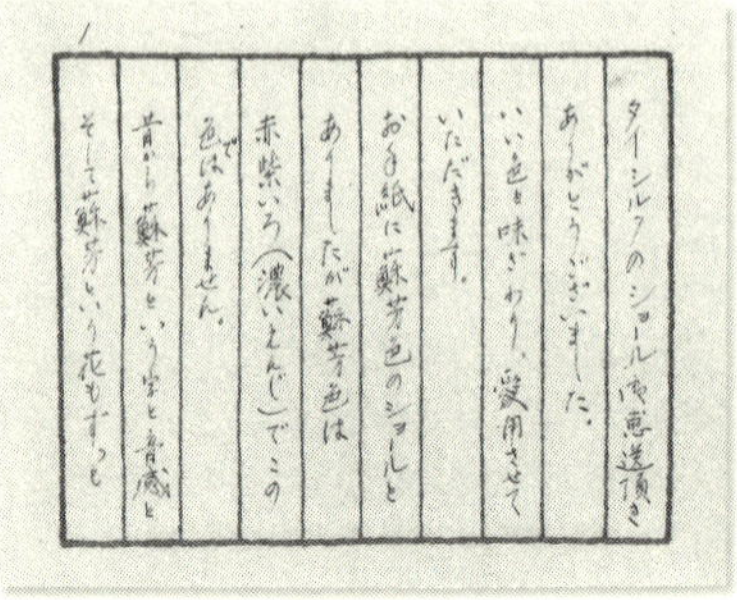

1

タイシルクのショール御恵送頂き
ありがとうございました。
いい色と味ざわり、愛用させて
いただきます。
お手紙に蘇芳色のショールと
ありましたが蘇芳色は
赤紫いろ（濃いえんじ）でこの
色ではありません。
昔から蘇芳という字と音感と
そして蘇芳という花もずっと

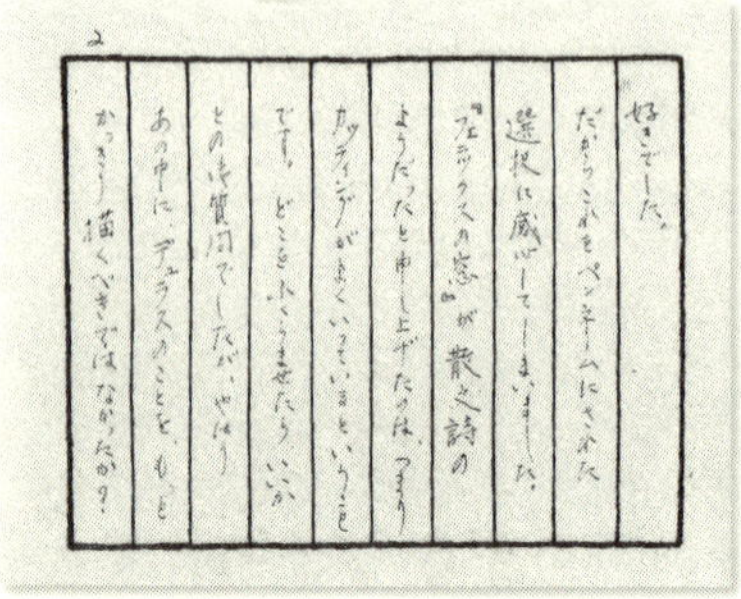

2

好きでした。
だからこれをペンネームにされた
選択に感心してしまいました。
『フェニックスの窓』が散文詩の
ようだったと申し上げたのは、つまり
カッティングがよくいっているということ
です。どこをふくらませたらいいか
との御質問でしたが、やはり
あの中に、デュラスのことを、もっと
かっきり描くべきではなかったか？

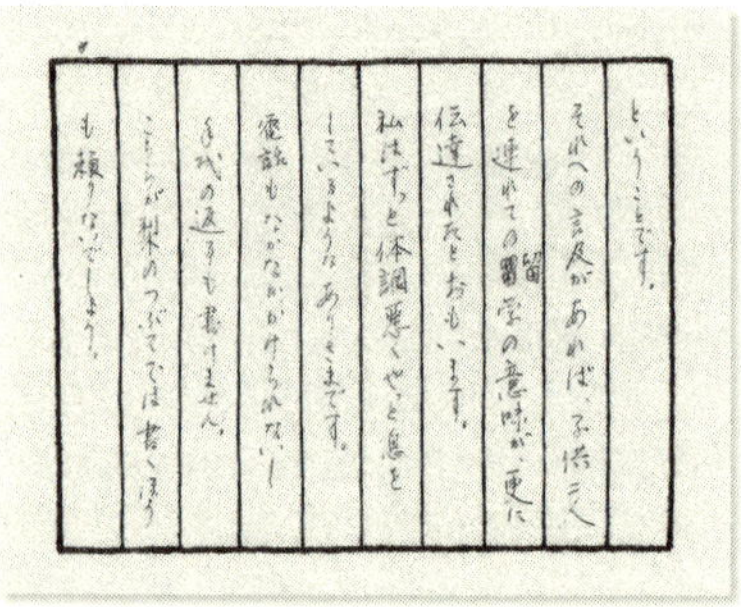

ということです。
それへの言及があれば、子供二人
を連れての留学の意味が、更に
伝達されたとおもいます。
私はずっと体調悪くやっと息を
しているようなありさまです。
電話もなかなかかけられないし
手紙の返事も書けません。
こちらが梨のつぶてでは書くほう
も頼りないでしょう。

タイシルクのショール御恵送頂き
ありがとうございました。
いい色と味ざわり、愛用させて
いただきます。
お手紙に蘇芳色のショールと
ありましたが蘇芳色は
赤紫いろ（濃いえんじ）でこの
色ではありません。
昔から蘇芳という字と音感と
そして蘇芳という花もずっと
好きでした。
だからこれをペンネームにされた
選択に感心してしまいました。
『フェニックスの窓』が散文詩の
ようだったと申し上げたのは、つまり
カッティングがよくいっているということ
です。どこをふくらませたらいいか
との御質問でしたが、やはり
あの中に、デュラスのことを、もっと
かっきり描くべきではなかったか？

ということです。
それへの言及がもっとあれば、子供二人
を連れての留学の意味が、更に
伝達されたとおもいます。
私はずっと体調悪くやっと息を

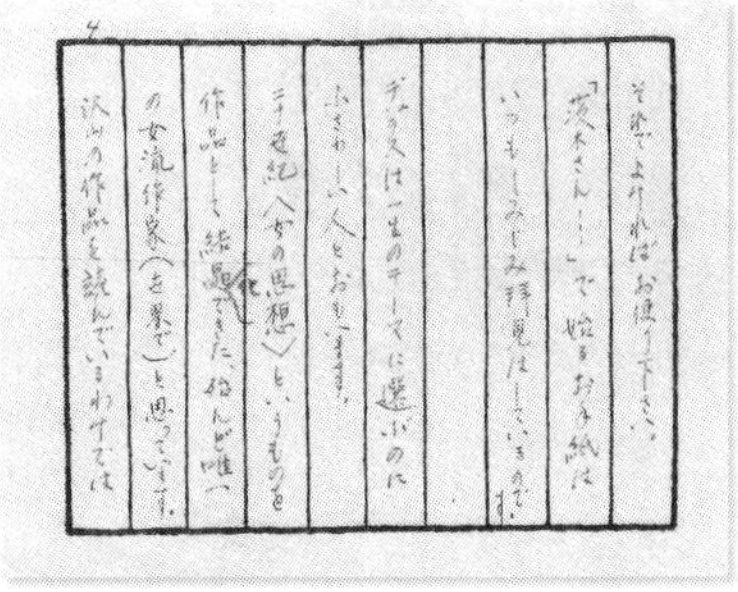

4

それでよければお便り下さい。
「茨木さん…」で始るお手紙は
いつもしみじみ拝見はしているのです。

デュラスは一生のテーマに選ぶのに
ふさわしい人とおもいます。
二十世紀〈女の思想〉というものを
作品として結晶化できた、殆んど唯一
の女流作家（世界で）と思っています。
沢山の作品を読んでいるわけでは

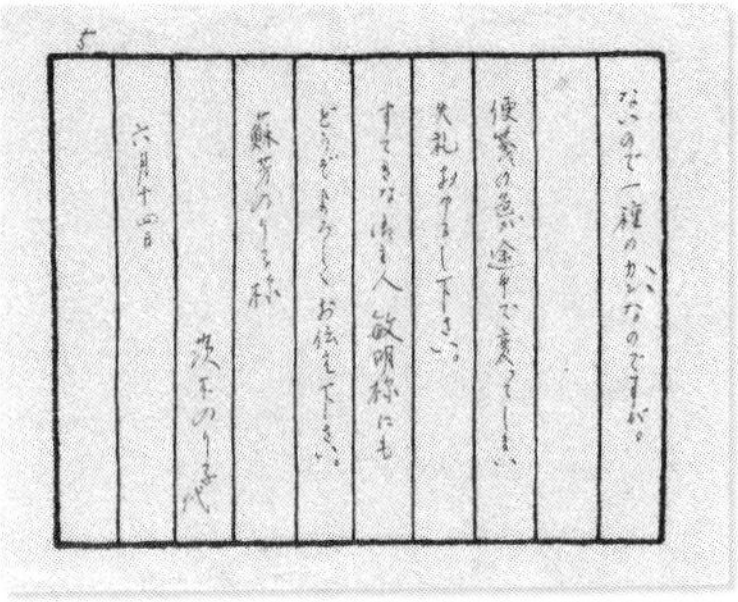

5

ないので一種のカンなのですが。

便箋の色が途中で変ってしまい
失礼おゆるし下さい。
すてきな御主人敏明様にも
どうぞよろしくお伝え下さい。
蘇芳のり子様
六月十四日
茨木のり子 代

茨木のり子さんからの
晩年の手紙（代筆）
2003年6月14日付

しているようなありさまです。
電話もなかなかかけられないし
手紙の返事も書けません。
こちらが梨のつぶてでは書くほう
も頼りないでしょう。

それでよければお便り下さい。
「茨木さん…」で始るお手紙は
いつもしみじみ拝見はしているのです。

デュラスは一生のテーマに選ぶのに
ふさわしい人とおもいます。
二十世紀〈女の思想〉というものを
作品として結晶化できた、殆んど唯一
の女流作家（世界で）と思っています。
沢山の作品を読んでいるわけでは
ないので一種のカンなのですが。

便箋の色が途中で変ってしまい
失礼おゆるし下さい。
すてきな御主人 敏明様にも
どうぞよろしくお伝え下さい。
蘇芳のり子様
　　　　　　　　茨木のり子　代
六月十四日

茨木のり子さんからの
韓国のおみやげの花型の燭台

著者紹介

蘇芳のり子（すおう・のりこ）

1946年 岐阜県に生まれる

1969年 早稲田大学第一文学部仏文科卒業

1969年～ 1974年 岐阜県立高校勤務

1977年～ 1992年 東京都立高校勤務

1992年　ニース大学文学部博士課程前期課程修了

1997年　同大学博士課程後期課程修了

マルグリット・デュラスの研究で新制度による博士号取得

著書『フェニックスの窓』(文芸社 2003年)

『モンパルナスの少女』(矢立出版 2009年)

『マルグリット・デュラス《幻想の詩学》』(せりか書房　2016年)

蘇柑の家の詩人　茨木のり子――詩と人と

2019年　11月8日　第1刷発行

著　者　蘇芳のり子

発行者　船橋純一郎

発行所　株式会社 せりか書房　〒112-0011 東京都文京区千石 1-29-12 深沢ビル 2F

電話：03-5940-4700　振替 00150-6-143601　http://www.serica.co.jp

印　刷　中央精版印刷株式会社

装　幀　工藤強勝＋勝田亜加里

ISBN 978-4-7967-0383-3 C1095